Josef Winkler
Domra
Am Ufer des Ganges

Roman

Mit Fotografien von
Christina Schwichtenberg
und Josef Winkler

Suhrkamp

Umschlagfoto: Christina Schwichtenberg
(Benares – Am Ufer des Ganges)

suhrkamp taschenbuch 3094
Erste Auflage 2000

Satz: Libro, Kriftel
Druck: Druckhaus Nomos, Sinzheim
Printed in Germany
Umschlag: Göllner, Michels, Zegarzewski
ISBN 978-3-518-39594-3

3 4 5 6 7 8 – 13 12 11 10 09 08

»Mein Bericht wird der schwarze Ast sein,
der ein Knie bildet am Himmel.«

Ein bloßfüßiger, halbwüchsiger, nur mit einem rotweißkarierten Lendentuch bekleideter Junge mit schwarzgefärbten Augenlidern trug ein zwischen zwei getrocknete Kuhfladen geklemmtes, heißes, mit einem grauen Aschefilm überzogenes, kleines Holzkohlestück, das er vom ewig brennenden heiligen Feuer genommen hatte, von dem alle Scheiterhaufen angezündet werden, über die Steinstiege und über den Sandhügel hinunter ans Ufer des Ganges und legte es auf die Knickstelle eines trockenen Schilfbündels, das ein frischgeschorener, glatzköpfiger, nur mit einem nahtlosen weißen Baumwolltuch bekleideter, vor einem Scheiterhaufen wartender Mann in seinen Händen hielt. Die rauchend heiße, auf dem Schilf liegende Kohle begann sich rot zu färben, zu glühen und entzündete das Schilfbündel, mit dem der kahlgeschorene Mann siebenmal, dabei mit dem Feuer jedesmal die Stirn des von Kopf bis Fuß in ein farbiges, mit goldenen Streifen durchwirktes Kunststofftuch eingewickelten Toten berührend, um den Scheiterhaufen herumging, ehe er das lichterloh brennende Schilfbündel unter dem Rücken des Toten zwischen die kreuz und quer aufgestapelten Mangoholzscheiter steckte.

»Wasserdurchtränktes Erdreich machte Beerdigungen unmöglich, so daß die Leichen in Bottiche mit wildem Honig gelegt werden mußten, bis der Boden trocken genug war, um sie aufzunehmen. Der Honig schmeckte leicht nach Orangen und verlieh den Leichen – so Wapshot – ein schlüpfriges, aalglattes Äußeres, das ihren Transport erschwerte.«

IN DIE KNECHTSTUBE EINTRETEND, überlegte ich mir, welches von den fünf Paar Schuhen ich anziehen sollte, und bemerkte, als ich ein Paar nach dem anderen aufhob und die Nähte kontrollierte, daß ein Paar Lederschuhe in der ungeheizten, eiskalten und feuchten Knechtstube besonders an den Sohlen verschimmelt war. Ich lockerte die Schnürsenkel, hob die Lederlasche und schlüpfte in die mit weißgrauem Pilz bewachsenen Schuhe hinein. Mich schämend, weil mir Tränen über die Wangen rannen, verließ ich das elterliche Bauernhaus, nachdem ich mich kurz und ohne ihnen in die Augen zu sehen, von den Bewohnern des Hauses verabschiedet hatte, und ging mit den schimmligen Schuhen über den leichtbeschneiten Dorfhügel hinauf zur Omnibushaltestelle.

DIE TINTE, die der Preßkolben meiner Füllfeder, den ich in der Kellertoilette am Flughafen nach unten drehte, aus der Feder drückte, fiel patzenweise ins weiße Emailwaschbekken und bespritzte die Innenwölbung der Emailmuschel. Ein Engländer, der sich gerade vom Pissoir weggedreht hatte, schaute überrascht und mißtrauisch auf das mit blauer Tinte vollgespritzte Waschbecken. Die immer wieder auf die Uhr blickenden und gähnenden Fluggäste raschelten mit den Zeitungen, die uns vor dem Einstieg zwei Frauen mit dunkelblauen Lederhandschuhen überreicht hatten. Ein Mann neben mir blätterte eine englische Tageszeitung auf, suchte eine bestimmte Seite und begann sofort mit dem Ausfüllen eines Kreuzworträtsels. Die Fingerspitzen fast aller zeitunglesenden Fluggäste waren schwarz gefärbt und schmierig von der Druckerschwärze. Gleichgültig, mit leerem Blick, führte eine dunkelblau gekleidete Frau die Sicherheitsvorkehrungen vor. Ab und zu blickten die zeitunglesenden und weiter mit dem Zeitungspapier raschelnden Fluggäste auf die Handbewegungen der dunkelblaue Lederhandschuhe tragenden Stewardeß. Als ich während des Fluges auf der Titelseite eines deutschen Wochenmagazins einen hellgrauen Filztrachtenhut mit dunkelgrauen Flecken und einem aufgesteckten Blechedelweiß sah, fiel mir der Vater des jugendlichen Selbstmörders Jakob ein, der Hüte mit diesem Design und Muster oft trägt und der erst unlängst auf dem Dorffriedhof vor dem Grab seines Sohnes über mich gesagt haben soll: »Das ist kein Mensch ... Der hat das Dorf kaputtgemacht ... Wir im Dorf sind anständige Leut ... Die Leute im Dorf hassen ihn, und niemand mehr will ihn im Dorf sehen, jeder weicht ihm aus ... Mit dem Winkler wird es noch einmal schlimm enden ... Die Geschichte ist noch nicht zuende, ist noch nicht ausgestanden ... Aber der ist es nicht wert, daß man über ihn ein

Wort verliert!« Mehrere Male soll er, vor dem Grab seines Sohnes nervös auf- und abgehend, gesagt haben: »Die Geschichte ist noch nicht ausgestanden!« Ich blätterte das Magazin auf und begann ein paar Artikel anzulesen, blätterte aber immer wieder zurück, um den hellgrauen, mit mausgrauen Flecken besprenkelten Filzhut mit dem aufgesteckten Blechedelweiß zu betrachten – »Die Geschichte ist noch nicht ausgestanden!« –, und sah immer wieder den beschneiten Dorffriedhof und die Eiszapfen vor mir, die an den ausgestreckten Armen und am Blechbart des Herrn von Nazareth an den Grabkreuzen hingen. Die Flammen halb niedergebrannter roter und gelber Wachskerzen flackerten und knisterten in den feuchten, angeschmolzenen roten Plastikbechern auf den Gräbern der Verstorbenen. Während ich auf den grauen Filzhut blickte und sich immer wieder die Bilder schneebedeckter Grabhügel und Grabdenkmäler zwischen die Worte von Jakobs Vater schoben – »Mit dem Winkler wird es noch einmal schlimm enden!« –, hörte ich aus einem Kopfhörer in dem Flugzeug, das uns von London nach New Delhi brachte, die Stimme des lange schon verstorbenen italienischen Tenors Beniamino Gigli.

BEIM ABENDESSEN in einem Restaurant in New Delhi, als mich wieder Angst vor Hunger überfiel – wir hatten mehrere Stunden lang ein Lokal gesucht – und ich hastig ein stark gewürztes indisches Gericht aus Lammfleisch und Reis hinunterschlang, tauchten in mir Haßgefühle gegen Eugenia auf, nachdem mir beim Essen eingefallen war, daß ich als Kind oft für Eugenia zum Kaufmann gehen und zehn Dekagramm frisch aufgeschnittene Schinkenwurst kaufen mußte, die sie zu Hause alleine aufaß. Ich saß am Küchentisch vor der essenden Eugenia und blickte gierig auf den immer kleiner werdenden Stoß aufgeschnittener Schinkenwurst. Als sie mich wieder beauftragte, zum Kaufmann zu gehen, um Schinkenwurst zu kaufen, öffnete ich unterwegs das knisternde Fettpapier und aß auf der Straße ein paar Blätter. Das letzte Mal beauftragte sie mich, Schinkenwurst zu kaufen, als ich einmal unterwegs mehr als die Hälfte aufgegessen hatte und nur mehr ein paar Dekagramm nach Hause brachte. Meiner im Bett mit offenem Mund schlafenden, laut schnarchenden dicken, zahnlosen Großmutter stahl ich, in ihre Sterbekammer schleichend, aus einer runden Schachtel, die ebenfalls ich beim Kaufmann hatte holen müssen, eine Ecke in Silberpapier eingepackten Enzian-Schmelzkäse. Nach dem Abendessen, im fensterlosen, klimatisierten Hotelzimmer, als wir mit einem Tauchsieder Wasser zum Kochen brachten und scheibchenweise Ingwer ins heiße Wasser schnitten, plagten mich wieder Schuldgefühle und Angstzustände. Ich bereute die Haßgefühle gegen Eugenia und fragte mich, ob sie überhaupt noch lebt, ob ich nicht am nächsten Morgen aus New Delhi in Kärnten anrufen sollte.

AUS DEM ZUGFENSTER, auf die vorbeiziehenden Weizenfelder, Lehmhütten, Wasserbüffel, Bananenpalmen und Bambussträucher blickend, hörte ich die Stimme von Hans Henny Jahnn: »Ich verlasse dich jetzt. Du mußt alleine weitergehen. Du sollst diese Stadt, die du nicht kennst, erforschen.« Lange schon, mehrere Jahre lang, hatte ich die in meiner Bibliothek versteckte Tonbandkassette mit der Stimme von Hans Henny Jahnn nicht mehr angehört. Auf dem Rücken eines in einem Tümpel stehenden jungen schwarzen Wasserbüffels hockten so lange zwei schwarze Raben und pickten Mitesser aus seiner Haut, bis eine junge, einen roten Sari tragende Frau mit einem dicken grünen Bambusknüppel an den Tümpel herantrat, worauf die beiden aufgeschreckten Raben mit dem Ungeziefer im Schnabel über den weiterfahrenden Zug hinwegflogen. Mit dem Bambusstab trieb die junge Inderin den mit Schlingpflanzen über und über bedeckten Wasserbüffel aus dem faulenden, mit grünbraunem Schlamm bedeckten Sumpf. Während ich immer wieder die Stimme von Hans Henny Jahnn den immerselben Satz – »Ich verlasse dich jetzt. Du mußt alleine weitergehen. Du sollst diese Stadt, die du nicht kennst, erforschen.« – sagen hörte und mit zusammengekniffenen Augenlidern auf die grelle Landschaft blickte und einen nackten, fünfjährigen schwarzen Jungen mit einem Bambusstock zwischen zwanzig fressenden Ziegen auf einem Feld sah, fiel mir, seinen dicken grünen Bambusstock fixierend, das Bambusfahrrad ein, von dem mir unmittelbar vor meiner Abreise nach Indien mein Vater erzählt hatte, das wenige Jahre vor dem Ersten Weltkrieg in einem Zimmer des elterlichen Bauernhauses stand und mit dem mein Großvater oftmals auf der Landstraße nach Paternion zu seinen Verwandten fuhr, mit dem aber mein Vater und seine Geschwister niemals fahren durften. Die Kinder schoben dieses aus Bambusstöcken zusammengebaute, mit Stahlfelgen und Gummireifen ausgestattete Fahrrad in einer Kammer im Haus immer wieder hin und her und auf und ab, kurvten damit zwischen den Möbeln, bis sie die Schritte ihres Vaters hörten, der langsam und heftig schnaufend mit seinen nägelbeschlagenen Schuhen über die sechzehnstufige Holzstiege ging. »Ich habe die Wahl, nach rechts oder nach links zu gehen. Wohin werde ich mich also wenden, da ich hier fremd bin, kein Zuhause habe und niemanden kenne, der mir raten könnte?« Immer wieder flogen Raben auf die Geier zu, die auf dem Dach einer Moschee hockten, setzten sich auf ihre Schultern und fraßen Mitesser aus ihrer Haut. Wenn ein Geier mit seinem Körper eine Bewegung machte oder einen Flügel halb ausstreckte, erhoben sich die Raben, setzten sich auf die Kuppel der Moschee und versuchten sich erneut am Rücken und an den Flügeln der Geier festzukrallen und die Insekten aus ihrem Gefieder zu fressen. Unweit von einem Reisfeld, in dem zwanzig, dreißig Graureiher standen, gingen mehrere Maulesel am Bahndamm entlang, die über ihren Rücken hängende, mit Bahndammsteinen gefüllte schwere Jutesäcke trugen. Neben einem bloßfüßigen zwölfjährigen Jungen, der nur mit einem violetten Lendenschurz bekleidet war und seinen mit Wasser gefüllten Eimer in der Hand hielt, gingen mehrere braune und schwarze, zwischen den kleinen hellbraunen Steinen spärlich hervorwachsende Grasbüschel fressende Ziegen. Mit Hanfschnüren zusammengebundene Holzbündel schwankten auf den Köpfen zweier kleiner, zwischen den Bahngleisen gehender Mädchen. Sofort sprang ich im Zugabteil auf, aber es gelang mir nicht, in die Grube zu sehen, da der Zug doch zu weit entfernt war, als ich wohl fünfzig Geier auf der einen Seite der Grube stehen sah, während auf der anderen Seite der Grube, die nackten Hüften nur mit einem Tuch bedeckt, Inder standen, die ebenfalls, ohne auf den langsam quietschend vorbeifahrenden

Zug zu achten, in die Grube starrten. Als der Zug bei einer Haltestelle eine Zeitlang stehenblieb – eine rostige, entgleiste Lokomotive lag vor den Wohnbaracken in einem Feld –, sagte meine Begleiterin, daß sie vom Dach des Bahnhofsgebäudes einen Affen auf den Zug habe springen sehen, während ich Hunderte von rotgefärbten, noch feuchten, an Zäunen hängenden Baumwollsträngen fixierte. Zwischen ihrem vierten und achten Lebensjahr lebte meine Begleiterin mit ihren Eltern in Indien, im Bundesstaat Orissa, wo sie, wie sie erzählte, einmal hinter einem Chamäleons tötenden Hund herlief, sich dabei im Dickicht verirrte und weinend die toten, wohl vierzig Zentimeter langen Tiere aufsammelte. Indische Arbeiter, die mit ihren Autos an der Stelle vorbeifuhren, wo sie weinend bei den zerbissenen, toten Chamäleons hockte, wollten sie nach Hause bringen, aber da ihr die Mutter aufgetragen hatte, mit niemandem mitzugehen, hielt sie sich, ein totes Chamäleon in der einen Hand, mit der anderen am Zaun fest und ließ sich erst nach einiger Zeit dazu überreden mitzukommen. Mit zwei großen toten Chamäleons in den Händen kam sie verweint zu Hause an. Während der Zug langsam, wackelnd und quietschend den Bahnhof von Kanpur verließ, tanzten mit Farben vollgespritzte betrunkene junge Männer auf der Straße. Zwei kleine Knaben, deren Gesichter und Kleider voller Blütenfarben waren, gingen zwischen den Bahngleisen neben dem langsam weiterrollenden Zug her – der eine mit der Hand auf der Schulter des anderen. Auch ein Pferd, das an einen Wagen gespannt war, auf dem ein paar Jungen saßen, war wie die Knaben und zwei nebenhergehende Ziegen voller roter Blütenfarben. Ein kleiner Junge, der sein Fahrrad abgestellt hatte, hockte sich neben den Bahngleisen am Rande eines Feldes nieder und ließ, unbeirrt vom langsam vorbeifahrenden Zug und ohne aufzublicken, neben einer grünen, gelbe Blüten tragenden, vom Wind leicht bewegten Distel seinen warmen Urinstrahl auf die schwarzen

Zehen seines linken Fußes laufen. Am Rande eines Feldes standen mehr als zwanzig Geier unbeweglich vor dem blutigen Kadaver eines Kalbes, an den sich bereits drei Hunde herangemacht hatten, die einander ankläffend an den Fleischteilen zerrten. Der Vater, der mit seiner kleinen schwarzen Tochter aus der Zugtoilette gekommen war, hielt eine pfirsichfarbene Kinderunterhose in den Händen, während das kleine, mit nacktem Hintern dastehende Mädchen seine Scheide mit dem Taschentuch des Vaters abwischte, das der Vater danach in seine Hosentasche steckte. Mehrere zehn-, zwölf- und vierzehnjährige, nur einen Lendenschurz tragende und durch Kohlestaub von Kopf bis Fuß geschwärzte Knaben kratzten mit Harken Kohle aus der Öffnung eines abgestellten Zugwaggons. »Ich verlasse dich jetzt. Du mußt alleine weitergehen. Du sollst diese Stadt, die du nicht kennst, erforschen.«

MIT HOCHERHOBENEN HÄNDEN und laut schreiend verjagte ein schwarzhäutiger Wäscherjunge einen Wasserbüffel, der über die gewaschene und auf dem heißen Sand ausgebreitete Wäsche laufen wollte. Neben dem flachen Waschstein schwammen verfaulende orangefarbene Blumengirlanden und mehrere zusammengeknüllte farbige Kunststoffleichentücher. Sofort wurden die drei, vier über den brennenden Scheiterhaufen fliegenden Schmetterlinge von den Flammen erfaßt und fielen mit angekohlten, löchrigen Flügeln auf den brennenden Leichnam. Die Goldstreifen an den Kunststofftüchern, in die der Tote eingewickelt worden war, glitzerten in der Sonne. Auf einer niedergebrannten und gelöschten Feuerstelle hüpften rote Spatzenfüße von einem lauwarmen kleinen Holzkohlestück aufs andere. Der Dobi warf seinem halbwüchsigen Sohn wieder ein frischgewaschenes, ausgewrungenes Tuch zu, das der Junge zum Trocknen auf dem heißen Sand ausbreitete. Man hörte das Brüllen der im seichten Flußwasser stehenden schwarzen Wasserbüffel und lange, laute, röhrende Schreie eines an einen Holzpfahl angebundenen Esels. Das weit hervorstehende Gerippe des Brustkorbes einer vor meinen Füßen schlafenden braunschwarz gefleckten Hündin bewegte sich im Rhythmus ihrer Atemzüge auf und nieder. Ab und zu zitterten beim Atemholen die Spitzen ihrer rosaroten und schwarz besprenkelten Zitzen. Ein neben mir sitzender und auf den brennenden Scheiterhaufen starrender Junge holte eine Weintraubenkugel nach der anderen aus einem knisternden grünen Plastiksäckchen und zerdrückte sie mit der Zunge am Gaumen. Ein paar Treppenstufen weiter oben entblößte ein zehnjähriger Junge seinen Hintern und hockte sich nieder. Der Dobi stieß einen Schrei aus oder stöhnte, wenn er ein schweres, nasses Wäschestück auf den Waschstein klatschte. Nachdem der schwarze Wäscherjunge seinen frischgewaschen ausgebreiteten und inzwischen trokken gewordenen Lendenschurz von einer Steinstufe genommen hatte, tauchte er auf dem warmen, runden Einäscherungsaltarstein auf, entknotete das weißrotkarierte Tuch, das er um seine nackten Hüften gebunden hatte, und ließ es auf seine nackten Füße hinunterrutschen. Vollkommen entblößt, so daß die vorbeifahrenden Bootsinsassen ihre Fotoapparate und Filmkameras hoben und den Nackten ablichteten, stand er auf dem runden, warmen Einäscherungsaltarstein und legte langsam und genußvoll, immer wieder auf seine schwarzen Geschlechtsteile und Schamhaare blikkend, den Lendenschurz um seine nackten Hüften und verschnürte ihn über seinen prallen schwarzen Hinterbakken auf seinem Rücken. Unmittelbar unter dem runden Einäscherungsaltarstein, auf dem der Knabe mit bloßen Füßen in der kalten Asche zwischen den schwarzen, kleinen Holzkohlestücken und den verkohlten, grauweißen, feinlöchrigen Knochenteilchen eines eingeäscherten Toten stand, lag ein von Kopf bis Fuß in lila Tücher eingewickelter Leichnam auf einer siebensprossigen Bambusleiter. Ein glatzköpfiger junger Mann, der nur mit einem dünnen, fast durchsichtigen, nahtlosen weißen Baumwolltuch bekleidet war, das er um seine nackten Hüften und um seinen bloßen Oberkörper geschlungen hatte, steckte ein Bündel brennender Räucherstäbchen zu Kopf und zu Füßen des Toten in den Sand. Die raschelnden Blätter einer Hindu-Zeitung, die der Wind über einen auf ein Bambusgerüst aufgebundenen Toten trieb, streiften die Spitzen der qualmenden und umknickenden Räucherstäbchen. Um mich herum hockende Inder schauten abwechselnd auf meine Füllfeder und auf mein Notizbuch, blickten mir ins Gesicht oder betrachteten meine Lederschuhe und unterhielten sich darüber. Eine blonde junge Touristin mit Sonnenbrille, bonbonfarbenem Leibchen, gespreizten Beinen in blauen Jeans – mit ihren Zehen streichelte sie ihr Fußgelenk –, ließ sich von einem ausgemergelten alten Bootsmann ans Ufer rudern und schaute vom kreisenden Boot aus bei der Einäscherung eines Leichnams zu. Nach zehn Minuten ließ sich die blonde Touristin mit dem zuckerlutscherfarbenen Leibchen, auf dem vor einer untergehenden Sonne ein großes Surfbrett abgebildet war, wieder in den Fluß hinausrudern und hob, als das Boot zwanzig Meter vom brennenden Scheiterhaufen entfernt war, ihren zwei-, dreimal aufblitzenden Fotoapparat. Drei zehn-, zwölfjährige Jungen, die ein dünnes Schilfrohr in Händen hielten und mit der Schilfrute auf den sich verzerrenden Wasserspiegel des Flusses tippten, gingen bloßfüßig zwischen den schwimmenden, verfaulenden orange- und gelbfarbenen Marigoldblumengirlanden, den schwimmenden, an ihre schwarzen Fußgelenke stoßenden Holzkohlestücken und den halbverschmorten, im seichten Flußwasser liegenden menschlichen Leichenteilen. Einer der drei bloßfüßig durchs seichte Flußwasser watenden Jungen blieb vor dem Scheiterhaufen stehen, betrachtete die auf einem farbigen Zeitungsblatt abgebildeten, grinsenden Schauspieler, las ein paar Zeilen, knüllte das Blatt zusammen und stopfte es zwischen die kreuz und quer übereinanderliegenden Hölzer des Scheiterhaufens. Hinter meinem Rücken hatten sich Travellerboy und Travellergirl postiert und warteten darauf, daß der Leichnam auf den Scheiterhaufen gehoben würde. Vier Männer befreiten den Verstorbenen von den Hanfstricken, mit denen er auf die siebensprossige Bambusleiter gebunden worden war, und hoben den in farbige Kunststofftücher vom Kopf bis zum Fußgelenk eingewickelten Leichnam auf den vorbereiteten Mangoholzstoß. Auf den Toten legten sie eine Schicht Holzprügel, so daß man zwischen den Scheiten nur mehr die in der Sonne glitzernden breiten Goldstreifen am Kunststoffleichentuch erkennen konnte. Ein Esel, der unweit vom Ufer des Ganges stundenlang unter der prallen Sonne an einen Holzpflock angebunden stand und dem der halbwüchsige Wäscherjunge die gesäuberte und getrocknete Wäsche aufgeladen hatte, pfiff röhrend aus seinen Lungen. Der Wind schlug zwei braunen, an gelben Marigoldblüten kauenden Ziegen ihre langen, herabhängenden Ohren um den Kopf. Zu meinen Füßen blickte ich auf ein paar im Sand liegende, sich im Wind immer wieder im Halbkreis drehende schwarze Haarlocken und auf eine schwarze Hundegrimasse mit weit heraushängender rosaroter Zunge. Mit einem brennenden Bündel Schilf ging der glatzköpfige junge, in ein nahtloses weißes Baumwolltuch gehüllte Mann fünfmal um den Scheiterhaufen herum, berührte bei jeder Runde mit dem brennenden Schilf den Kopf des Toten und schob das lichterloh brennende und leise knisternde Schilf unter den Leichnam zwischen die kreuz und quer aufgeschichteten, gespalteten Mangoholzscheite. Immer wieder tauchte ein vierzehnjähriger, nur mit einem rotweißkarierten Lendenschurz bekleideter, kurze, dicke Mangoholzprügel auf seiner Schulter tragender Junge mit schwarzgefärbten Augenlidern auf, der vom Holzlager der Domra kam und die Scheite am Ufer des Ganges wenige Meter von der anbrennenden Feuerstelle entfernt für einen neu zu errichtenden Scheiterhaufen auf den Sandboden warf. Zwischen dem Jaulen zweier Hunde, dem leisen Knistern des brennenden Schilfs, den anbrennend prasselnden und krachenden dicken Mangoholzstücken, auf denen der Leichnam lag, dem Aufklatschen der nassen Wäsche auf dem Waschstein und den Schreien von Kindern hörte man das Aufeinanderpoltern der Holzprügel, die der halbwüchsige, nur mit einem rotweißkarierten Lendenschurz bekleidete Sohn eines Domra von seiner nackten dunkelbraunen Schulter kippte. Während es immer stärker nach brennendem Sandelholzpulver roch, stopfte der glatzköpfige, nur mit einem nahtlosen weißen Baumwolltuch bekleidete junge Mann trockenes, zusammengeknicktes Schilf zwischen den Toten und die aufgeschichteten Holzprügel. Um den

Scheiterhaufen herumgehend, suchten zwei Kuhkälber nach den orange-, weiß- und gelbfarbenen Blumengirlanden und den groben Hanfschnüren, mit denen der Tote auf die Bambusleiter gebunden worden war. Zwei fünfzehnjährige Jungen, Angehörige des Toten, die während der Einäscherung ein rituelles Bad im Ganges genommen, ein weißblaukariertes, plitschnasses Tuch um ihre nackten Hüften geschlungen und am Nabel verknotet hatten, waren zum Einäscherungsplatz zurückgekommen und stellten sich zu den vier rauchenden Männern, die den Leichnam aufgeschnürt und von der grünen Bambustragbahre auf den Scheiterhaufen gehoben hatten. Deutlich konnte man die Konturen ihrer Geschlechtsteile unter den nassen, dünnen Badetüchern sehen. Einer der beiden Knaben griff immer wieder, auf den langsam anbrennenden, auf dem Scheiterhaufen liegenden Toten blickend, unter das blauweißkarierte Tuch an seine Geschlechtsteile und zog an der Vorhaut seines Gliedes. Wenn der Wind stärker wehte und das feuchte blauweißkarierte Tuch auseinanderfiel, sah man einen Augenblick lang seine schwarzen Geschlechtsteile, seine mehr als einen Zentimeter über die Eichel seines Gliedes hängende, zerknitterte, feuchte Vorhaut und seine buschigen schwarzen Schamhaare. Unweit vom brennenden Scheiterhaufen schmierte ein Mann mit bloßen Händen Teer auf die Unterseite seines gekippten Bootes. Der Geruch des warmen Teers vermischte sich mit dem Geruch des brennenden Mangoholzes, auf dem der schmorende Körper des Toten lag. Immer wieder hörte ich die Spuckgeräusche der wenige Meter vor dem brennenden Leichnam hockenden, ihre roten und orangefarbenen Betelreste auswerfenden Inder. Am Flußufer, hinter dem rauchenden und brennenden Scheiterhaufen entlangstreunend, schnüffelte eine braunschwarzgefleckte Hündin mit tief nach unten hängenden, rosaroten und schwarz besprenkelten Zitzen nach halbverkohlten, rußigen Menschenknochen. Grauschwarze Vögel mit orangefarbenen Flecken um ihre Augen hüpften zwischen den Hanfschnüre kauenden Kälbern auf den gelben, weißen und orangefarbenen Blüten herumliegender und zerfledderter Marigoldgirlanden. Nachdem sich die Beine des brennenden Toten gegrätscht hatten, schob ein schnauzbärtiger, nur mit einem Lendenschurz bekleideter junger Domra mit der angekohlten Spitze eines grünen Bambusstabes die Oberschenkel wieder zusammen. Als sich unmittelbar danach der rechte Unterschenkel vom Oberschenkel löste und langsam vom Holzstoß rutschte, schob er mit dem Bambusstab den abgerutschten Unterschenkel auf den qualmenden und brennenden Scheiterhaufen zurück. Ein Boot wurde nahe ans Flußufer herangerudert, und ein Inder kommentierte, mit einem Arm auf den stark rauchenden, laut knisternden und brennenden Scheiterhaufen deutend – gelbe und orangefarbene Stichflammen schlugen über dem schmorenden Leichnam zusammen –, für einen jungen, wuschelköpfigen und bärtigen, im Boot sitzenden Touristen die Einäscherungsrituale. Ein nackter Knabe führte lachend, dem brennenden Scheiterhaufen immer näher kommend, einen immer wieder »Ram Nam!« rufenden blinden, sich am angekohlten Ende einer Bambusstange festhaltenden Mann im Kreis, bis der sehbehinderte, unmittelbar vor dem brennenden Scheiterhaufen stehende Mann erschrocken vor den hochschlagenden, Hitze verströmenden Flammen zurückwich, wortlos stehenblieb, sich am angekohlten, zwischen seinen Fingern morsch abbröckelnden Ende der angebrannten Bambusstange festhielt und der nackte, laut lachende, die Bambusstange am anderen Ende festhaltende Knabe den immer wieder »Ram Nam!« rufenden Blinden über den Sandhügel hinauf aufs ewig brennende heilige Feuer zu führte. Hinter meinem Rücken preßten Travellerboy und Travellergirl ein Taschentuch an ihre Nase. Kleine, halbverkohlte Stoffetzen vom weißen Baumwolltuch, mit dem der nackte Körper des

Toten eingewickelt wird, bevor färbige, mit breiten Goldstreifen durchwirkte Kunststofftücher um seinen Leichnam geschlagen werden, flogen um unsere Köpfe, senkten sich auf meine Brust, meine Oberschenkel und auf mein aufgeschlagenes Notizbuch. Ich blickte auf den nackten braunen Rücken des vor mir auf dem Sandboden sitzenden, keine zwanzig Jahre alten, glatzköpfigen, in ein nahtloses weißes Baumwolltuch eingehüllten jungen Mannes, der die Einäscherungszeremonie eröffnet hatte. An seinem rasierten Hinterkopf sah man an der Fontanelle noch ein dünnes Büschel schwarzer, in die Höhe stehender Haare. Der rechte schmorende Unterarm des Toten, der sich vom Oberarm gelöst hatte, rutschte über den Rand des Scheiterhaufens hinunter. Der schnauzbärtige, bloßfüßige, nur mit einem Lendentuch bekleidete Domra klemmte den halbverkohlten Arm zwischen zwei Bambusprießel und schob die angekohlte, an den gebogenen Fingerspitzen rauchende Hand zwischen die qualmenden und brennenden Holzprügel, während man das laute Knistern des brennenden Holzes, den durch die Flammen pfeifenden Wind, die Schreie und das Weinen eines Kindes, das Gekrächze mehrerer Raben und die röhrenden Schreie des mit trockenen Wäschebündeln beladenen Esels hörte. Bei einer anderen, niedergebrannten und nur noch glosenden Feuerstelle sammelte der vierzehnjährige Junge mit den schwarzgefärbten Augenlidern übergebliebene, noch warme, halbverkohlte Holzscheite auf, band sie mit den Resten einer am Ufer des Flusses herumliegenden feuchten Hanfschnur zusammen, mit der ein Toter auf die siebensprossige Bambusleiter gebunden worden war, steckte ein paar kleine Holzkohlebrocken zwischen die langen Holzkohlestücke, hob das Kohlebündel auf seinen Rücken und ging neben dem Betongerüst des elektrischen Krematoriums die Steintreppe hinauf, am ewig brennenden heiligen Feuer vorbei, in die Harishchandra Road, ins Wohnquartier der Domra. Mit einer grünen Bambusstange im niedergebrannten Scheiterhaufen stöbernd, stieß ein Mann mehrere Kohlestücke aus dem Aschehaufen und zündete an einem heißen weißen, feinlöchrigen Knochenstück des eingeäscherten Toten seine Zigarette an. Beim Zurückgehen zum Hotel, am Ufer des Ganges, als ich daran dachte, daß der Zuckerbäcker, der Bruder des toten Oswald – Oswald hatte sich fünfzehnjährig in einem Heustadel an einem Kalbstrick erhängt –, einmal gesagt haben soll, daß man mich aufheizen – »aufghatzt ghört er!« –, mich also bei lebendigem und nicht bei totem Leib einäschern solle, erschrak ich, als ich auf ein Büschel im Sand liegender schwarzer Haare trat, die vom Kopf eines Mannes geschoren worden waren, der eine Einäscherungszeremonie zu eröffnen hatte. Vielleicht aber hatte ich es mißverstanden, und der Zuckerbäcker hatte nicht gesagt, daß man mich aufheizen, wohl aber erschießen, also nicht aufhatzn, sondern niederhatzn solle: »Niederghatzt ghört er! ... An die Wand gstellt ghört er!« Nachdem ich ein paar Schritte weitergegangen war und mein rechtes Bein gehoben hatte, um zu sehen, ob ein paar Haare auf den Gummisohlen meiner Schuhe kleben geblieben waren, und ich immer wieder aufghatzt oder niederghatzt, niederghatzt oder aufghatzt vor mich hinmurmelte, blickte ich auf die bis zum Hals im Fluß stehenden, ständig wiederkäuenden, ihre speicheltropfenden Unterkiefer hin- und herschiebenden schwarzen Wasserbüffel. Ein Schiff mit Hunderten aufgestapelter brauner Tontöpfe tockerte langsam hinter den Flanken der Wasserbüffel vorbei. Ein junger Mann, der in Begleitung eines älteren eine Batterie andächtig wie einen Kultgegenstand auf seiner Schulter trug, ging am Ufer des Ganges entlang, blieb auf einer langen, breiten Treppe stehen, stellte die Autobatterie auf eine Steinstufe, drehte sich dem Fluß zu, faltete seine Hände über dem Kopf zum Gebet und hob die Autobatterie wieder auf seine Schulter. Auf der ersten, halb im Ganges versunkenen

Steinstufe des Tulsi Ghat wetzte und schürfte ein nepalesischer Knabe, zwischen seiner frischgewaschenen, auf der warmen Steintreppe ausgebreiteten Unterwäsche sitzend, seine Fersen am Stein, um den Schmutz, den er sich in die harten, rissigen Hautfalten seiner Füße eingetreten hatte, herauszureiben. Neben dem Hotelaufgang, vor einem kleinen, zum Hotel gehörenden Tempel, kaute ein kleines schwarzes Zicklein an den Blüten geopferter und auf dem Boden liegender orangefarbener und gelber Marigoldgirlanden.

IN DEN ERSTEN TAGEN in Varanasi, nachdem wir zu Fuß in die Godaulia gegangen waren und mir in den engen Gassen besonders eine dunkelbraun und weiß gefleckte Ziege aufgefallen war, die an einem halbverkohlten, rippigen, mit einem grauen Aschefilm überzogenen Holzprügel nagte, meine Begleiterin bei einem Süßwarenverkäufer die indischen Süßigkeiten ihrer Kindheit wiedergefunden hatte – »Das ist genau der Geruch von damals!« – und ich mit gelähmter Zunge, vollkommen erschöpft und erschlagen von den neuen Eindrücken und für mich neuartigen Bildern, auf der Fahrradrikscha saß und auf die Bewegungen der dunklen Brustkorbrippen des in die Pedale tretenden, uns zum Hotel zurückfahrenden Rikschafahrers starrte, überlegte ich mir, während meine Begleiterin vom Pistaziengeschmack einer indischen Süßigkeit schwärmte, ob ich sprachloses Elendshäufchen mich nicht vor einem herankommenden schweren Lastwagen von der Fahrradrikscha auf die Straße werfen sollte, und murmelte, mich am Bambusgestänge der Fahrradrikscha festhaltend und auf die Bewegungen der dunklen Brustkorbrippen des in die Pedale tretenden Rikschafahrers blickend, mehrere Male vor mich hin: »Du wirst nie wieder einen Satz schreiben können!« Am selben Abend, als ich im Speisezimmer des Hotels bei einem Hauskonzert hinter den anderen Zuhörern auf einer auf die Dachterrasse hinaufführenden Treppe saß und die Sängerin und den Sitarspieler anstarrte, begann ich, mich hinter einem Pfosten des Treppengeländers versteckend, zu weinen und biß, während mir Rotz und Wasser über den Handrücken rannen, meinen rechten Daumenfingernagel blutig.

WÄHREND DER WIND südwärts wehte und man vom naheliegenden Harishchandra Ghat den Geruch auf den Scheiterhaufen verbrennender Leichen wahrnehmen konnte, ging ein vierzehnjähriger Junge, der nur mit einem engen, mit einem Tigerfellmuster bedruckten, in seine Hinterbacken einschneidenden Lendenschurz so bekleidet war, daß man links und rechts von seiner Leistengegend den Ansatz seiner schwarzen, glänzenden Schamhaare sehen konnte, im seichten Gangesufer vor den wiederkäuenden, bis zum Hals im Fluß stehenden Wasserbüffeln spazieren, die ihre Köpfe verdrehten und mit ihren Augenlidern blinzelten, als der halbnackte schwarze Junge mit seinen Handschalen Flußwasser aufschöpfte und den Wasserbüffeln ins Gesicht spritzte. Ein halbwüchsiger, einen orangefarbenen Punkt zwischen seinen Augenbrauen tragender und nur mit einem gelben Lendenschurz bekleideter Junge kaute am Stengel einer weißen Oleanderblüte. Auf dem Kadaver eines hinter den Flanken der Wasserbüffel langsam vorbeitreibenden, verwesenden Kalbes hockten wie schwarze Stecknadelköpfe Abertausende farbig glitzernder Fliegen. Eine Frau seifte den Kopf ihres erst wenige Monate alten, schreienden Knaben ein, dem Seifenschaum in Augen und Mund rann, drückte ihre flache Innenhand auf die Augen des Kindes und tauchte es, um die Seife abspülen zu können, in den Ganges ein. Die Schreie des Kindes erstickten unter Wasser. Als sie seinen Kopf wieder anhob, schnappte der Knabe mehrere Male mit weit aufgerissenen Augen nach Luft und begann wieder zu weinen und zu schreien. Weiter am Flußufer entlang, zum nächsten Ghat gehend, setzte ich mich mit meinem aufgeschlagenen Notizbuch auf die unterste Treppenstufe, wo neben einem am trocknen Flußufer liegenden, mit Fliegen übersäten Hundekadaver eine jüngere einer älteren Frau mit strähnigen, nassen Haaren, der im

Oberkiefer zwei Zähne fehlten, mit einer rosaroten Seife, auf der »Rexona« stand, den Rücken einseifte. Ein Mann bestrich mit einem angefeuchteten roten Pulver seine Ober- und Unterkieferzähne, schlürfte Gangeswasser aus einer halbierten Kokosnußschale, verstrich das mit Speichel und heiligem Gangeswasser benäßte rote Pulver auf seinem Gebiß und Zahnfleisch und putzte abwechselnd mit dem linken und rechten Zeigefinger seine Zähne. Mit der Kokosnußschale schöpfte er Wasser aus dem Ganges, spülte seinen Mund, gurgelte und spuckte das rotgefärbte, mit Speichel vermischte Wasser neben dem Hundekadaver auf die trockene, von der Vormittagssonne warmgewordene Steintreppe. Als dabei ein paar Wassertropfen von der Treppe auf die Hundeleiche spritzten, hob sich ein Schwarm Fliegen, setzte sich aber sofort wieder auf den verwesenden Kadaver. Weißer Seifenschaum rann über den enganliegenden blauen, die breiten schwarzen Hinterbakken einzwängenden Lendenschurz eines halbwüchsigen, immer wieder auf meine Füllfeder und auf mein aufgeschlagenes Notizbuch blickenden Knaben, der abwechselnd mit seiner linken und rechten Hand, die Arme in die Höhe haltend, seine buschigen schwarzen Achselhaare einseifte. Während er mit geschlossenen Augen sein Gesicht wusch und das Seifenstück an seinen schwarzen Augenbrauen rieb, trat er näher an mich heran und drückte seine Hüften an meine harten Kniescheiben. Seifenschaum rann über seine Brust, über den Bauch und in seine links und rechts an der Leistengegend büschelweise aus dem engen Lendenschurz herausschauenden schwarzen Schamhaare hinein und über seine Beine hinunter. Bevor sein anschwellendes Glied, das er immer wieder an meine Kniescheiben preßte, steif wurde, drehte er sich um, ging ein paar Schritte ans Wasser und hechtete über den mit Fliegen übersäten, stark nach Verwesung riechenden, angetriebenen Kalbskadaver in den Fluß hinein, schwamm weit in den Ganges hinaus, kraulte flußauf- und flußabwärts und tauchte mehrere Male zwischen den vom naheliegenden Einäscherungsplatz angeschwemmten, weinroten, von grauem Schlamm bedeckten Blumengirlanden und kehrte erst wieder ans Flußufer zurück, als es den stinkenden, mit Tausenden Fliegen bespickten Kalbskadaver weiter flußabwärts getrieben hatte. Aus dem Ganges wieder auf mich zukommend, schüttelte er seinen nassen Kopf, so daß die Wassertropfen aus seinen Haaren auf mein aufgeschlagenes Notizbuch fielen, und setzte sich neben mich auf die Steintreppe. Wortlos nahm er mir die Füllfeder und das Notizbuch aus der Hand und schrieb auf Hindi seinen Namen in eine leere Notizbuchseite. Mit plitschnassen, an ihren Körpern klebenden orangefarbenen und gelben Saris gingen die beiden Frauen – die jüngere stützte die ältere – an dem toten, am Flußufer liegenden Hund vorbei, langsam über die lange Steintreppe hinauf in die Stadt hinein. Die ältere Frau hielt eine mit dem heiligen Gangeswasser gefüllte Messingkanne in ihrer dürren rechten, mit kleinen und großen Leberflecken übersäten Hand. Mit einem angekohlten, halbverbrannten Menschenknochen im Maul lief eine Hündin an einem auf dem Boden liegenden, mit Hanfstricken auf eine grüne, siebensprossige Bambusleiter gebundenen und von Kopf bis Fuß in farbige Kunststofftücher, in die dünne und breite Goldstreifen eingewirkt waren, eingewickelten Leichnam vorbei, vor dem mehr als eine halbe Stunde lang ein bloßfüßiger, weinender vierzehnjähriger Knabe saß, der seinen Kopf zwischen seine angezogenen Knie preßte. Orangefarbene, zerfledderte Blumengirlanden, ein leerer brauner Tonkrug und ein kleines Paket mit Sandelholzpulver lagen zu Füßen des Toten. Manchmal hob der bloßfüßige Junge, der eine dunkelgrüne lange Hose trug, in die senkrecht glitzernde Goldfäden eingewirkt waren, seinen Kopf und starrte leer und mit verschwommenem Blick lange auf den Ganges hinaus, stützte seine Stirn wieder auf die nebeneinanderliegenden Kniescheiben seiner angezogenen Beine oder verbarg, vor dem Toten sitzend, sein Gesicht in den Händen. Als drei Domra am ewig brennenden heiligen Feuer vorbei über die Steinstiege und den Sandhügel hinunter zum Einäscherungsplatz liefen, stand der Knabe vom Boden auf, klopfte mit seinen Händen den hinunterrieselnden Sand von den Kleidern und krempelte seine Hosenröhren bis zu seinen Knien auf. Gemeinsam trugen sie den auf eine grüne, siebensprossige Bambusleiter gebundenen Leichnam ans Ufer des Ganges und tauchten ihn – der Knabe wohl fünf Meter voraus in den Fluß hineingehend – ins heilige Wasser hinein, so daß der Junge zwischen orangefarbenen, gelben und weinroten Blumengirlanden, zusammengeknüllten farbigen Leichentüchern und zwischen den schwimmenden schwarzen Holzkohlestücken im Wasser stand. Sie tauchten den auf der Bambusleiter liegenden Toten mehrmals unter, bis auch der Kopf unter dem Wasserspiegel verschwand, hoben ihn wieder auf und trugen ihn, während das Flußwasser vom Toten und von der Tragbahre in den Ganges zurückrann, ans trockene Ufer. Die Domra öffneten die Knoten der Hanfschnur und hoben den Leichnam – der weinende Knabe faßte den Toten an den naßgewordenen Beinen – von der siebensprossigen Bambusleiter auf den vorbereiteten Scheiterhaufen.

VOR DEM TREPPENAUFGANG des Hotels Ganges View am Assi Ghat, unter dem Hotelschild, hockt ein grauer Frosch mit dünnen weißen Streifen in einem kleinen Lotusteich, in dem auf einem die Lotosblätter überragenden Eisenständer bei der morgendlichen und abendlichen zeremoniellen Heiligenverehrung ein fünfzehnjähriger nepalesischer Priesterjunge einen Öldocht anzündet. Der Priesterjunge entstaubt den orangefarben gestrichenen Hanuman, kehrt verwelkte Blumen aus dem hinter dem Lotusteich gelegenen Haustempel, schmückt die Heiligenfigur mit frischen orangefarbenen und gelben Marigoldblüten und zündet Räucherstäbchen an. In einem engen Flur, der von der Veranda des Hotels ins Wohn- und Eßzimmer führt, in dem man, vor allem zu den Mahlzeiten, aus einem Kassettenrecorder klassische indische Musik hören kann, steht auf einem antiken Schrank in einer indischen Porzellanvase ein Strauß mit rotem Oleander. Über der Eingangstür des Schlafzimmers, nahe der elektrischen Lampe, die abends Tausende Motten ans Licht zieht, warten bereits am späten Nachmittag mehrere graue, sich von Motten ernährende Geckos. Tagsüber fliegen Spatzen auf die Hotelveranda und fressen die Motten, die sich noch halb tot an der gekalkten Mauer festhalten und scharenweise – mit ihren langen Beinen zukkend – auf dem Steinboden der Veranda verenden. Immer wieder sah ich auf der Verandamauer unruhig hin- und hertrippelnde Spatzen, die mehr als fünf tote oder noch zappelnde Motten in ihre Schnäbel eingezwängt hatten. Neben den Speichen eines schwarzen Fahrrades, das im Hotelgarten auf dem Rasen stand, suchten zehn, zwanzig Spatzen nach Käfern und Würmern und flogen, sich hinter den langen roten, gelben und weißen Lilien von den Zaunspitzen erhebend, unter dem Gekrächze mehrerer Raben wieder gemeinsam zurück zum schwarzen, auf dem Rasen stehenden Fahrrad, während zwei kleine schwarze Ziegen unter der Hotelveranda an den leprakranken, vor dem Gartenzaun auf Jutesäcken liegenden, bettelnden Frauen und Männern vorbeigingen. Eine auf dem Balkon sitzende und auf die Leprakranken hinunterstarrende Touristin, die auf ihren kurzen Söckchen mit schwarzem Faden eine aufgehende Sonne eingestickt hatte, schlürfte mit einem in einer Glasflasche steckenden Plastikröhrchen – »Mr. Pic« stand auf der Flasche – Soda in ihren Mund. Wenigstens zuckte ich zusammen, als ich, mich umdrehend, bemerkte, daß die Gelatinehaut der kleinen Vitamintablette, die ich ausgedrückt und über meine Schulter von der Veranda geworfen hatte, einem mit gefalteten Händen zur Veranda »Namaste ba-ba!« heraufrufenden orangegekleideten, langbärtigen Mönch vor die Füße gefallen sein könnte. Unmittelbar gegenüber dem Hotel befindet sich eine rosarot gestrichene, die Aussicht auf den Ganges teilweise verdeckende öffentliche Toilettenanlage, die wegen der Gebühren von den wenigsten Indern aufgesucht wird. Besonders am frühen Morgen kann man von der Veranda des Hotels aus auf einem langgezogenen Hügel, nahe am Ufer des Ganges, Knaben und Männer bei der Verrichtung ihrer Morgentoilette sehen. Raben sitzen auf den Köpfen und Rücken kleiner und großer langborstiger, mit ihren Schnauzen in der Müllhalde wühlender Schweine und fressen Läuse, Wanzen und andere Insekten zwischen den Borsten aus der Haut. Als ich Shashank, den Besitzer des Hotels fragte, ob das zwölfjährige Mädchen mit den langen schwarzen Haarzöpfen und die drei bloßfüßigen, die Gäste bedienenden Jungen seine Kinder seien, sagte er, daß er nur drei reinrassige Hunde, keine Kinder habe. Die drei Hunde sind meine Kinder! Bezeichnenderweise, sagte er selbstironisch, trägt der braune Dackel den Namen »Lapsus«! Als die Hündin Pria, offenbar aus Eifersucht, den kleinen verhätschelten Hund Argo an der Stirn und zwischen den Augenbrauen gebissen hatte, betupfte Wilma, die Frau des Schweizer Schriftstellers, auf der Hotelveranda – der Hund hockte auf ihrem Schoß – die blutende Wunde mit einem jodierten Wattebausch. Während Shashank seinem braunen Dackel Lapsus mit Watte die Ohren putzte, hetzten und rutschten die beiden anderen Hunde auf dem glatten Verandaboden hin und her, bis sie erschöpft stehen blieben, sich niederhockten, ein paar Minuten ausruhten, um erneut, einander verfolgend, zwischen den Beinen der auf der Veranda sitzenden, Limonade trinkenden, Tee schlürfenden und in Indien-Führern blätternden Touristen auf dem glatten Steinboden hin und her zu rutschen. Unter der Veranda des Hotels, in einem Holzverschlag, wo eine Familie mit zwei Kindern, einem Knaben und einem Mädchen, haust, klaubte die Mutter wieder Läuse aus der Kopfhaut ihrer kleinen, an Bronchitis leidenden Tochter und zerdrückte sie mit ihren Fingernägeln auf dem Hüttenboden. Unmittelbar danach, als ich noch auf der Veranda stand und hinunterblickte, begann sie mit dem hustenden Mädchen zu schreien, zerrte es an den langen, verfilzten Haaren und schlug dem laut weinenden und hustenden Mädchen mehrere Male ihre Hand auf Kopf und Oberkörper, bis man das Krachen der Brustkorbrippen hörte. Kaum wurde der Ventilator auf der Hotelveranda eingeschaltet, fiel mir eine Geschichte ein, die Felicitas Rudesch, die in den fünfziger Jahren Indien bereiste, erzählte hatte, wie einmal eine Eidechse in einen laufenden Ventilator hineingeriet und von den mit hoher Geschwindigkeit kreisenden Eisenflügeln zerfetzt und die ringsum sitzenden und Tee trinkenden Hotelgäste mit Eidechsenfleisch und Eidechsenblut bespritzt wurden.

AN EINEM FRÜHEN MORGEN, als ich noch einmal unter dem Gekrächze der auf den Ästen des Neembaumes hockenden Raben eingeschlafen war, träumte ich, daß der Grabstein meiner Familie auf dem Friedhof fehlte und an seiner Stelle nur mehr ein frisch aufgeschütteter brauner Reisighaufen zu sehen war, in dem es von Tausenden kopfloser schwarzer Ameisen wimmelte. Ein kleiner weißer Sarg wurde von weißgekleideten, weiße Bischofsmützen tragenden Kindern – sie schritten über blutverschmierte Engelsflügel – aus dem offenen Kirchentor getragen und bewegte sich langsam auf den Reisighaufen und auf die unruhiger werdenden, weiße Knochensplitter kreuz und quer tragenden Ameisen zu. Von der anderen Seite, am Eingang des Friedhofs, erschien ein zweiter Leichenzug, in dem von schwarzgekleideten, Erntedankkronen tragenden Männern ein doppelbödiger Glassarg ohne Deckel getragen wurde. Unten lag eine junge Frau, die meiner jugendlichen Mutter ähnlich sah. Über ihr lag der siebzehnjährige Selbstmörder Jakob mit einem großen schwarzen Ameisenkopf. Seine Beine waren an den Knöcheln mit einem feinlöchrigen schwarzen Nylontrauerschleier zusammengebunden. Als einer der Leichenträger stolpernd auf die Knie ging und eine Kante des doppelbödigen Glassarges auf dem Steinpflaster splitternd anstieß, öffnete sich der Mund des weiblichen, zuunterst liegenden Leichnams, und Tausende kleiner, tiefgefrorener schwarzer Ameisenköpfe – die Eisschicht glitzerte auf den großen Augen – kugelten hervor. Langsam richtete sich der Gefallene, die Erntedankkrone auf seinem Haupt zurechtrichtende Sargträger wieder auf und ging, den doppelbödigen Glassarg auf seiner linken Schulter tragend, weiter den gepflasterten Friedhofsweg entlang. Bevor der Kinderleichenzug, der von den weißgekleideten, weiße Bischofsmützen tragenden Kindern begleitet wurde, und der Leichenzug der schwarzgekleideten, Erntedankkronen tragenden Erwachsenen mit dem doppelbödigen Glassarg zusammenstießen, wachte ich mit heftig schlagendem Herzen auf, befühlte meine nassen Achselhöhlen und lauschte auf das Husten des verlausten kleinen Mädchens mit den struppigen schwarzen Haaren in der Elendshütte unter der Veranda des Hotels, hörte das Gekrächze der auf den Ästen des Neembaums hockenden Raben, mehrere Eselsschreie und die immer gleichlautenden Gebete einer Sekte, die, wenige Meter vom Ufer des Ganges entfernt, umstellt von vier ihren Lagerplatz markierenden Lautsprechern, ihr Zelt aufgeschlagen hatte und ununterbrochen, schon den vierten Tag vom frühen Morgen bis in die späte Nacht, die immerselben drei, vier, fünf Sätze ins Mikrophon hineinsprach und hineinsang.

EIN SCHWEIZER, monatelang im Hotel Ganges View in Varanasi lebender Schriftsteller erzählte, daß ein toter Heiliger mit Hanfschnüren auf einen Stuhl gebunden, mit Steinen beschwert und in der Mitte des Ganges versenkt wurde. Nach kurzer Zeit stieg der Leichnam, der noch auf dem Stuhl festgebunden war, an die Wasseroberfläche. Der Kopf des Toten hing nach hinten über die Stuhllehne. Ein Geier krallte sich auf der Brust des toten Heiligen fest, pickte ihm die Augen aus und stocherte mit seinem krummen Schnabel im Mund und in den Nasenlöchern des auf dem Stuhl mit Hanfschnüren festgebundenen, im Ganges treibenden Leichnams. Er erzählte außerdem, daß er einmal bei einer iranischen Familie gewohnt habe, die eines Tages ein Paket bekam, in das ein paar Früchte und ein paar Granatäpfel eingepackt waren. Am selben Abend kam ein zweites Paket, in dem, in Holzwolle eingewickelt, der Kopf des Bruders des Familienoberhauptes lag, da dieser geköpfte Bruder angeblich Verbindungen und Beziehungen zum Irak unterhielt. Eine Portugiesin, die immer wieder im Hotel Ganges View auftauchte und die eine Dissertation über die verschiedenen Einäscherungsrituale schrieb, berichtete, daß in Indien den Epileptikern von abergläubischen Leuten Chapati zum Essen gereicht werden, die auf einem Leichnam gebraten wurden. Besonders gut soll die Speise gegen Epilepsie wirken, wenn in die Chapati ein paar Leichenfleischteilchen miteingebraten werden. Während Shashank erzählte, daß früher tote Heilige in einem engmaschigen Käfig bestattet und im Ganges versenkt wurden, damit die Fische den Heiligen nicht auffressen konnten, putzte er mit einem feuchten Lappen von einer grünen Verandafensterscheibe – ein Teil der Hotelveranda ist verglast – die Kotpünktchen der Insekten ab und säuberte die beiden an Säulen angebrachten Laternen, an denen, in Spinnweben verfangen, unzählige tote oder noch zappelnde graue Motten hingen. Als er mit dem Putzlappen, auf dem die Insekten klebten, ein Laternenglas säuberte und mit seinem Unterarm den Leuchtkörper streifte, so daß die Motten, an feinen Spinnweben pendelnd, an seinem Handgelenk hängenblieben, erzählte er, daß Kinder in einer Prozession einen toten Affen zum Flußufer trugen und in den Ganges warfen.

IM HOTEL BANARAS RIVER wurden mehrere Portionen Mangopudding mit Bananen auf den Mittagstisch gestellt, als eine deutsche Fotografin zu meiner Begleiterin sagte, wobei sie mit ihrem abgeschleckten Löffel auf mich deutete: »Er hat ja trotzdem verstanden, was ich gesagt habe«, nachdem sie die Mitteilung bekommen hatte, daß ich kein Deutscher sei, sondern aus Österreich komme. Neben mir saß ein blondes, schüchternes, mageres und blasses Mädchen, das mit einem kurzstieligen Löffel leise Tomatensuppe aus einem Teller aß, abwechselnd in die Gesprächsrunde, auf ihre rote Tomatensuppe und auf einen aufgeschlagenen Indien-Führer blickend. Jedesmal runzelte sie die Stirn und berührte zuerst mit ihrer Zungenspitze die heiße Tomatensuppe, bevor sie den gefüllten Löffel zwischen ihre Lippen schob. Ein junger, ebenfalls am Tisch sitzender und Mangopudding mit Bananen essender bärtiger Psychologiestudent berichtete, als gerade die Tür des Eßzimmers aufging und ein magerer, blasser, leicht gelblich im Gesicht aussehender, an Durchfall leidender, mit einem senkrecht gestreiften, blauweißen Schlafanzug bekleideter junger Mann aus Bayern eintrat und sich ebenfalls an den Mittagstisch setzte, daß er eine Dissertation über Mager- und Fettsucht schreibe, daß Fettsüchtige, wie er sofort zu dozieren begann, häufig stehlen und oft hochverschuldet seien. Er tauchte seinen Löffel in den Mangopudding ein, fischte ein paar Bananenstücke heraus und sagte, daß Hunger in der Konsumgesellschaft als Symbol des Sexualtriebes zu verstehen sei. Ein Londoner Wissenschaftler vergleiche in einer Studie die schlanken Ballerinen mit Magersüchtigen. Er kenne einen jungen, spindeldürren, katholische Theologie studierenden Mann, der furchtbare Schuldgefühle habe, das Essen verweigere, der müsse einen, wie er sich ausdrückte, schweren Mutterkonflikt durchstehen. Er sagte, und tauchte wieder seinen

Löffel in den Mangopudding ein, daß die Mütter der Mager- und Fettsüchtigen häufig dominierend, strafend und ungerecht zu ihren Kindern seien. Die junge, ebenfalls Mangopudding mit Bananenscheiben essende Fotografin erzählte, daß sie in der Godaulia für mehrere tausend Rupies silbernen Halsschmuck gekauft habe, und ärgerte sich kurze Zeit später, als über die Preise in Indien gesprochen – »Ich beginne in Rupies zu denken!« – und Erfahrungen ausgetauscht wurden, weil ihr der indische Bootsmann, der sie vom einen zum anderen Ufer des Ganges gerudert, fünf Rupies zuviel abgenommen habe. »Die Regeln von daheim muß man hier in Indien ablegen, sonst beißt man auf Grundeis«, sagte der abgemagerte, blasse, bereits seit einer Woche an Durchfall leidende junge Mann im bayrischen Dialekt, der mit einem Pyjama bekleidet aufgetaucht war und immer wieder auf meine lederne Umhängetasche, auf mein Notizbuch, auf dem ein Knabenbildnis von Bernardino Pinturicchio abgebildet war, und auf meine Füllfeder starrte.

VON EINEM BESUCH in den kleinen Seidenwerkstätten zurückkommend, in denen vier-, fünf- und zehnjährige Mädchen und Buben mit nackten Füßen an den Webstühlen saßen und bei dem uns in einem Hinterhof eine von einer Schar schreiender Kinder umgebene Frau ein einjähriges Mädchen mit verfilzten Haaren, dem Rotz und Eiter aus der Nase rannen, angeboten hatte, das wir nach Europa mitnehmen sollten, begegneten wir, auf der Fahrradrikscha sitzend, durch die Stadt Richtung Assi Ghat zum Hotel Ganges View zurückfahrend, einem Karren mit Gummirädern, der von zwei weißen Ochsen mit langen, gebogenen Hörnern gezogen wurde und auf den, mit Stricken befestigt, Tausende Bücher aufgestapelt waren.

NEBEN DEN GETREIDE waschenden Frauen stand ein Käfig mit einem grünen, auf einer Holzstange hockenden Papagei. Die in farbige Saris gekleideten Frauen tauchten einen mit Getreide gefüllten Bastkorb ins Gangeswasser, bis sich die Spreu von den Getreidekörnern löste und sich an der Wasseroberfläche im Bastkorb sammelte. Mit ihren Händen schöpften sie die schwimmende Spreu ab und stellten den Korb mit dem gewaschenen Getreide neben den Papageienkäfig. Das Wasser sickerte langsam aus dem Getreidekorb und rann über die Stufen hinunter zurück in den Ganges. Ein weißbraun gefleckter, immer wieder gähnender Hund schlief im Schatten feuchter, stark nach Algen, Muscheln und Fischen riechender, an Bambusstangen aufgehängter Fischernetze. Zwei Ziegen, die eine braunschwarz, die andere weißschwarz gefleckt, standen auf einem über die warmen Steinstufen ausgebreiteten Fischernetz und knabberten an den Baumwollfäden. Wiedehopfe pickten halb- und unverdaute Körner aus den menschlichen Kothaufen, die auf den Steintreppen am Ufer des Ganges herumlagen. Mit einer Seife, auf der »Ganga« eingepreßt war, und mit abgenützten Zahnbürsten, auf die schon zu Hause sparsam Zahnpasta aufgetragen wurde, defilierten Knaben und junge Männer mit Lendenschurz oder Unterhose über dem Schlüsselbein das Gangesufer entlang zu ihrem Bade- und Waschplatz. Ein kahlgeschorener, nach einem Bad im Ganges am ganzen Körper schlotternder halbwüchsiger Junge mit schwarzen, kaputten Zähnen tauchte seine Fingerspitze immer wieder in einen Zinnbecher und betupfte von der Stirn bis zu den Zehenspitzen seinen mit Gänsehaut überzogenen Körper mit gelbem Sesamöl. Heftig zitterten dabei seine Kniescheiben und der Unterkiefer seines halbgeöffneten Mundes vor Kälte, so daß man immer wieder seine schadhaften Zahnreihen sehen konnte. Zusammengeschrumpft vor Kälte waren auch sein Glied und seine schwarzen, faltigen, unbehaarten Hoden. Mit einer roten Paste, untermischt mit Gangeswasser, und seinen rechten Zeigefinger als Zahnbürste benützend, säuberte ein anderer, einen grünen Lendenschurz tragender Junge zuerst seine Zähne, bevor er mit einer blauen Seife auf der untersten Treppenstufe seine Kleider einzuseifen begann. Eine weiße Ziege stieg mit einer nassen, tropfenden orangefarbenen Blumengirlande im Maul die Treppe hinauf, die auf dem Körper eines am Verbrennungsplatz eingeäscherten Toten gelegen hatte und durch Wind und Strömung vom Harishchandra Ghat flußabwärts getrieben worden war. Kleine weiße Seifenschaumblasen zerplatzten lautlos nacheinander auf den Unterschenkeln eines an seinen Fingernägeln beißenden Knaben, der ein angeschwemmtes Stück Seife aus dem Wasser fischte und einem anderen, plitschnaß aus dem Fluß steigenden Knaben an die Brust warf. Ein junger Mann seifte, zuerst verstohlen, scheu und schamvoll um sich blickend, unter dem umgebundenen rotweißkarierten, an den Hüften klebenden Badetuch seine Geschlechtsteile ein und fuhr, als er sich unbeobachtet fühlte, mit dem Seifenstück zwischen seine Hinterbacken. Wenn der grüne, locker umgebundene Lendenschurz des mit einer blauen Seife Hose und Unterwäsche einseifenden, auf der untersten Treppenstufe hockenden Knaben verrutschte, seinen Hintern halb entblößte und in die Spalte seiner Arschbacken rutschte, rückte er den grünen Stoff wieder zurecht und streichelte dabei unauffällig seinen schwarzen Hintern, berührte mit seinem Handrücken die Wölbung seiner Geschlechtsteile und zupfte an seinen spärlich aus dem grünen Lendenschurz an der Leistengegend hervorstehenden, eingeringelten schwarzen Schamhaaren. Der Knabe trat mit seinen nackten Beinen auf die eingeseifte Hose, so daß der Seifenschaum – er legte dabei wieder seine beiden Hände auf seine Hinterbacken und suchte mit den Zeigefingern den Rand des Lendenschurzes – zwischen seinen Zehen hervorquoll. Er ließ die Seife fallen, schaute auf die größer werdende Ausbeulung in der Leistengegend und sprang, gleichzeitig sein rotes Betel in weitem Bogen ausspuckend, in den Fluß. Als mir einer der badenden und seine Kleider waschenden Knaben Lehmbrocken an die Brust warf, wovon ein Teil auf meinem Hemd kleben blieb und ein anderer aufs Notizbuch bröckelte, liefen sofort ein paar ihre Kleider säubernde, nur mit einem Lendenschurz bekleidete Jungen zu mir heran, entschuldigten sich mehrere Male auf Hindi, nahmen mir das Notizbuch aus der Hand und putzten die Lehmspritzer vom Papier. Nachdem der fünfzehnjährige, einen grünen Lendenschurz tragende Knabe wieder aus dem Fluß gestiegen war, seine eingeseifte Hose und Unterwäsche ausgeschwemmt und sich abgetrocknet hatte – wirr standen seine schwarzen Haare in die Höhe –, tauchte er seine Fingerspitze in ein auf der Treppe stehendes kleines Gefäß, drückte sich einen orangefarbenen Punkt auf seine Stirn und fragte mich, ob der schöne, auf meinem Notizbuch abgebildete Jüngling – ein Gemälde von Bernardino Pinturicchio aus dem 15. Jahrhundert – mein Freund sei. Der Junge packte seine nassen Kleider zusammen, lief bloßfüßig über die warmen Steinstufen die Stiege hinauf, blieb einen Moment lang bei der weißen Ziege stehen, tauchte seinen Finger noch einmal ins Gefäß und tupfte der mit ihrem Kopf zurückweichenden, an einer aus ihrem Maul heraushängenden orangefarbenen Blumengirlande kauenden Ziege einen orangefarbenen Punkt – halb verwischt – auf die Stirn und lief dann, sein feuchtes Bündel an den nackten schwarzen Oberkörper drückend, in die Stadt hinein.

ALS WIR uns nach einer langen Wanderung am anderen, unbewohnten Ufer des Ganges, zwischen Viehherden und Hirtenkindern und durch grüne Bambuswälder, von einem Bootsmann flußabwärts Richtung Assi Ghat zum Hotel zurückrudern ließen, krallten sich in der Nähe des Flußufers zankende und einander mit ihren spitzen, gekrümmten Schnäbeln immer wieder angreifende Geier auf einem schwimmenden, stark nach Verwesung riechenden grauen Gerippe eines Rindskadavers fest. In das Gekreische der streitenden Geier mischten sich immer wieder die Schreie eines am trockenen Flußufer an einen Bambuspfahl gebundenen Esels. Ein an einer langen Schnur festgebundenes Kräuterbündel um sich herumwirbelnd, tanzte ein Vieh hütendes Bauernmädchen singend im Kreis und rutschte, nachdem es sich wohl zehnmal um die eigene Achse gedreht hatte, auf den Knien im Schlamm hinter der weiterziehenden Rinderherde her.

IN DER HARISHCHANDRA ROAD, wenige Meter vom elektrischen Krematorium und vom ewig brennenden heiligen Feuer entfernt, von dem alle Scheiterhaufen angezündet werden und das von einem dicken, schnauzbärtigen Domra bewacht wird, hockt in einem Holzverschlag ein einäugiger, pockennarbiger, auf seinem Hinterkopf einen schwarzen Haarknödel tragender Transvestit, der farbige Leichentücher, Sandelholzstücke, Hanfschnüre, Räucherstäbchen und nahtlose dünne weiße Baumwolltücher verkauft, auf denen ein violetter Stempel mit der Aufschrift »Superior Quality, Cotton 100%, Medium – B, Made in India, Power Loom« abgedruckt ist und die der älteste Sohn des Toten, der die Einäscherungszeremonie eröffnet, sich um den nackten Körper schlägt. Neben dem Verkaufsstand des einäugigen, Totenartikel verkaufenden Transvestiten befindet sich der Holzverschlag eines jungen, bärtigen Fotografen, der auf Wunsch der Angehörigen vor der Einäscherung Gruppenfotos mit dem Leichnam und mit den Verwandten macht. Die Verwandten und Bekannten des Toten hocken sich um den Leichnam, dem dafür das Gesicht entblößt wird, herum und schauen ins Objektiv. An der Innenwand seines Holzverschlages hängt neben einem Foto, das den Leichnam eines Jugendlichen zeigt, ein großes Farbfoto, auf dem eine alte, zahnlose, mit orange- und gelbfarbenen Blumengirlanden bekränzte tote Frau mit eingefallenen Wangen abgebildet ist. Wenige Meter vom Fotografen entfernt befindet sich ein Müllhaufen, auf dem ich immer wieder bloßfüßig im Abfall stehende Frauen sah, die mit Schürhaken nach Plastik- und Stoffetzen suchten, die sie in Jutesäkke stopften. Ein Kalb stieg auf den Müllhaufen, auf dem mehrere junge Männer mit Schürhaken den staubigen Dreck auseinanderrissen und in Bastkörbe füllten, die sie zwei wartenden Frauen auf den Kopf hoben. Die Frauen trugen die gefüllten Bastkörbe zum danebenstehenden Lastwagen und übergaben sie einem auf dem Wagen stehenden Mann. Nach der Arbeit säuberten die jungen Müllarbeiter ihre nackten Beine unter dem laufenden Wasser eines Brunnens. Noch bevor der gefüllte Müllwagen weggefahren war, kam ein blauer Jeep die Harishchandra Road heruntergefahren, auf dessen Stoffdach ein auf einer Bambusleiter aufgebundener, in farbige Tücher eingewickelter Toter lag, der von drei Männern und einer Frau vom Dach gehoben wurde. Als ein zehnjähriger Junge, der getrocknete Kuhfladen, eingepackt in einen Jutesack, auf den Gepäckträger seines Fahrrades gespannt hatte, den auf eine siebensprossige Bambusleiter aufgebundenen Leichnam sah, blieb er mit seinem Fahrrad stehen, faltete seine Hände, sprach ein Gebet und klingelte mehrere Male, bevor er weiterfuhr. »Pooja Ice Cream« stand auf einem blauen, vierrädrigen Eiswagen, mit dem ein Mann vorgefahren war, der den Leichenträgern und Müllarbeitern sein Eis in orangefarbenen Tüten anbot. Ein dicker, schwachsinniger junger Brahmane, der nur ein dünnes weißes Tuch um seinen fetten, nackten Körper geschlungen hatte, ließ sich von einem älteren Mann an der Hand zum Fluß hinunterführen. Ein Junge ging vorbei, der einen im Rhythmus seiner Schritte mitschwingenden Käfig in seiner Hand hielt, in dem auf einem Holzstab ein grüner, rotschnabliger Papagei hockte. Der Käfig war so klein, daß der Papagei nicht einmal seine Flügel ausstrecken konnte, ohne daß die Spitzen seiner grünen Federn zwischen den breiten, oben gebogenen und an der Käfigspitze zusammengeführten Metallschienen herausschauten. Zwischen den Augen und an den braunen Schädelhaaren einer jungen Kuh klebte getrocknete Maische. Die Kuh fraß die trockenen gelben, vom Magnolienbaum herabgefallenen Blätter und leckte die Reste von Dhal und Reis vom Asphalt auf. Als vom Magnolienbaum, unter dessen schattigen Ästen ich schreibend saß, eine Spinne auf meinen linken Zeigefinger herunterfiel, dachte ich an Eugenia, die Spinnweben und Spinnen mit dem Bartwisch von den Zimmerecken und Flurwinkeln auf den Boden hinunterputzt und unter ihren Schuhsohlen zerquetscht. Ich hatte mich aber vor dieser vom Magnolienbaum auf meinen Zeigefinger fallenden Spinne, die ich noch nie gesehen hatte, so sehr erschrocken, daß ich sie sofort von meiner Hand schüttelte und sie vor Schreck, wenn ich sie am Boden noch gefunden, zertreten hätte. Besonders dort, wo die Blätter bereits verdorrt waren, sah ich massenhaft und ineinander verstrickt staubige Spinnweben in den Ästen des Baumes. Ein Streifenhörnchen tauchte auf, das, sich immer wieder an der Rinde des Magnolienbaumes festkrallend, senkrecht den Baumstamm herunterlief und, nervös mit seinem langen, buschigen Schwanz zuckend und den Kopf immer wieder hebend, die Nase in alle erreichbaren Nischen und Löcher des Stammes steckte und schließlich mit seinen Pfoten etwas Freßbares zum Mund führte. Die schwarzen Hodenklumpen eines jungen, schwarzköpfigen, kurzhörnigen Ziegenbocks, der ein grünes Blatt im Maul hatte, schlugen beim Laufen immer wieder gegen die Innenseite seiner dürren Oberschenkel. Auf dem Dach eines neuerlich vorfahrenden Jeeps war eine Bambustragbahre angebracht, auf der ein in ein rotes Tuch eingeschlagener Leichnam so fest mit einer dicken Bastschnur befestigt war, daß man durch die streng angezogene Schnur deutlich den Kopf vom Hals, den Brustkorb vom Bauch und die Oberschenkel von den Unterschenkeln unterscheiden konnte. Danach folgte ein Traktor mit einem Anhänger, auf dem wohl zwanzig Männer um einen in farbige Tücher eingewickelten Leichnam saßen. Das grüne Bambusgerüst, auf dem der Leichnam lag, war mit einem vergoldeten Baldachin versehen, an dem kleine rote Fahnen angebracht waren. Vier Männer, gefolgt von anderen, immer wieder »Ram Nam Satya hai!« rufenden Angehörigen des Toten, trugen den Leichnam auf dem Bambusgerüst, vorbei am ewig brennenden heiligen Feuer, ans Ufer des Ganges hinunter. Ein alter, nach Kot riechender Mann mit nackten, dunkelbraunen, runzligen Beinen, auf die sich sofort ein paar Fliegen setzten, verjagte mich von der Steinbank und drängte mich zwei Meter weiter, wo ich mich mit meinem aufgeschlagenen Notizbuch auf die Steintreppe eines Hauseingangs setzte. Ein junger Mann brachte ihm eine kleine, mit warmer Linsensuppe gefüllte Tonschale, auf der, abgedeckt von ein paar trockenen Baumblättern, Chapatis lagen, die wiederum von ein paar trockenen braungrünen Blättern bedeckt waren. In die Lücke nebeneinanderstehender Häuser hinein- und auf den Fluß hinausschauend, sah ich, daß langsam und bedächtig, aber zielsicher über dem Ganges, unweit von der Stelle, wo die toten Kinder und die toten Heiligen versenkt werden, ein paar Geier kreisten. Die Schreie eines Vogels, der im Geäst des Magnolienbaumes versteckt war, den ich oft und lange schreien gehört, aber noch niemals gesehen hatte, erinnerten mich an die Schreie des Totenvogels in den Kärntner Wäldern und an meine dicke, im Bett liegende, laut schnarchende und mich immer wieder nach dem Totenvogel fragende Großmutter, während ich, vor dem Fenster stehend, den Vorhang in meinen feuchten Kinderhänden zerknüllend, in den Fichtenwald hineinschaute: »Hörst? Die Tschufitl! Die Tschufitl schreit wieder! Wer wohl sterben muß? Hörst, Seppl, die Tschufitl?!« Der alte, neben mir sitzende Mann hatte die größte Mühe, ein kleines braunes Kalb zu verjagen, das sich dem Geruch seiner Linsensuppe und dem Duft der fetten, noch warmen Chapatis genähert hatte, und es gelang ihm nicht, ohne aufzustehen, mit seinen halbsteifen Händen nach dem hinter seinem Rücken an der Mauer lehnenden Bambusstab zu langen, so daß er, um es vertreiben zu können, dem Kalb schließlich ein auseinandergerissenes halbes Chapati vor die Beine warf. Tatsächlich trottete das Kalb, nachdem es mit seiner Zunge und seinen wulstigen, behaarten Lippen das Chapati aufgeleckt hatte, weiter und steckte nebenan bei einem Verkaufsstand, an dem ein halbwüchsiger Junge mit seinen bloßen Fingern gekochte Erdäpfel schälte, seinen Kopf in einen Gemüseabfallhaufen. »Ram Nam Satya hai!« riefen laut und aggressiv vier im Laufschritt die Harishchandra Road herunterkommende Leichenträger, die von ein paar bloßfüßig hinterherlaufenden und ebenfalls »Ram Nam Satya hai!« rufenden Kindern der Domra verfolgt wurden. Der Kopf des Toten, der nur in ein fast durchsichtiges weißes Baumwolltuch eingewickelt war, wackelte so stark hin und her, daß ich, als die immer wieder laut und aggressiv »Ram Nam Satya hai!« rufenden Bahrträger die Straße hinunter aufs ewig brennende heilige Feuer zuliefen, die Vorstellung hatte, die Leichenträger könnten dem Toten noch das Genick brechen. Ein Mann fuhr mit seinem Fahrrad am Magnolienbaum vorbei, der am Gepäckträger links und rechts von seinem Hinterrad zwei in Jute eingehüllte und mit dicken Hanfstricken umwickelte Milchkannen befestigt hatte. Zwischen dem Rand und dem Deckel der Milchkannen steckten grüne Bambusblätter.

EIN MANN, der in einer Querstraße der Assi Road auf einer Sitzbank neben einem kleinen, immer wieder quietschenden, Papier kauenden kastrierten Affen, der an ein Bambusrohr angebunden war, Platz genommen hatte, drückte seinen Mund an die Lippen des Affen und wollte ihm das vorgekaute rote Betel ins Maul spucken, aber der widerspenstige, den Lippen des Mannes immer wieder ausweichende Affe warf quietschend und schreiend seinen Kopf hin und her, bis der Mann aufgab, seine flache Hand mehrere Male auf den Rücken des Affen schlug, das rote Betel auf den Boden spuckte und das Tier am Papierfetzen weiterzukauen begann. Als sich ein junger, einen roten Farbpunkt zwischen seinen Augenbrauen tragender Mann neben mich setzte, legte der Affe, der zwei Glöckchen um den Hals trug, seinen Kopf auf die Oberschenkel des Neuankömmlings und begann mit den Schlüsseln zu spielen, die am Hosenbund des jungen Mannes hingen. Eine weiße Ziege mit schwarzen Ohren und zwei weit hinunterhängenden, fast den Asphalt berührenden schwarzen Euterzitzen trat an den quietschenden Affen heran und wollte das Papier wegfressen, das der Affe zu Boden hatte fallen lassen, aber das Äffchen wandte sich vom Schoß des jungen Mannes sofort ab und riß der Ziege den Papierfetzen aus dem Maul. Man hörte das Gebell und das Gejaule mehrerer in den Straßen ringsum herumstreunender Hunde, das Geklingel der vorbeifahrenden Fahrradrikschas und eine knisternde, Heilkunst beschwörende Stimme aus einem Lautsprecher, der an einer von einem jungen, nur einen Lendenschurz tragenden Inder chauffierten Motorradrikscha befestigt war, in der ein Arzt vor seiner weißen, mit einem roten Kreuz bemalten Medikamentenkiste saß. Auf einer vorbeifahrenden, immer wieder klingelnden Fahrradrikscha saßen zwei orangefarben gekleidete alte Mönche mit ihren ebenfalls in orangefarbenen Stoff eingehüllten, ihre Köpfe weit überragenden dünnen Bambusstäben. Das Äffchen, das seinen Kopf auf die Oberschenkel des jungen Mannes gelegt und der Ziege das Zeitungspapier aus dem Maul gerissen hatte, kratzte dem jungen Mann den roten Farbfleck zwischen den Augenbrauen ab, nahm die getrockneten, spröden Farbsplitter in den Mund und begann daran zu kauen. Ein paar Tage später, in der Dämmerung, als ich auf dem Weg zu einem Fest mit klassischer indischer Musik war und an derselben Stelle wieder vorbeikam, trug das kleine, ans Bambusrohr gebundene kastrierte Äffchen einen roten Farbpunkt auf seiner Stirn.

ALS WIR beim Eierverkäufer auf der Assi Road, unweit vom Hotel Ganges View, ein Eieromelett mit Paprika und Zwiebel aßen, wobei sich der uns bedienende zwölfjährige schwarze Knabe von mir nicht fotografieren ließ – er machte eine abwehrende Handbewegung, als ich den Fotoapparat in Augenhöhe hob und das Objektiv auf ihn richtete –, verstand ich, warum ein indischer Gast, den ich beim Eierverkäufer schon öfter angetroffen hatte, in seiner Colaflasche einen Schluck übrigließ, denn vor dem Stand des Eierverkäufers, in einer Nische, zwischen zwei roten Ziegeln, auf denen ein Hakenkreuz eingebrannt war, hatte sich der zwölfjährige, einen roten Farbpunkt auf seiner Stirn tragende Knabe eine Flasche hergerichtet, in die er mit einem Plastiktrichter die Colareste der Gäste für sich in ein Gefäß hineinschüttete. Der linke Nasenflügel eines uns gegenübersitzenden, mich immer wieder anstarrenden, schwer atmenden, an Gelbsucht leidenden Mädchens war mit einem vergoldeten Stern geschmückt. Zwischen zwei Wasserbüffeln, deren Gesicht voller getrockneter Maische war, ging ein junger, langhaariger, bloßfüßiger Italiener am Verkaufsstand des Eierverkäufers vorbei, der nur mit einem rotweißkarierten, um seine Hüften gebundenen Tuch bekleidet war und in seiner linken Hand eine mit dem heiligen Gangeswasser gefüllte Messingkanne hielt, die er in seine Behausung trug. Ein Junge, dessen Haut und Kleider mit einem schwarzen Kohlestaubfilm bedeckt waren, fuhr mit einer Fahrradrikscha vorbei, auf die mehrere mit Holzkohlestücken gefüllte Jutesäcke übereinandergestapelt waren, gefolgt von einem anderen Jungen, der ein Bündel grüner, an den Spitzen rußgeschwärzter und angekohlter Bambusstangen auf sein Fahrrad gebunden hatte. Ein Kekshändler betrat den Stand, unterhielt sich kurz mit dem vor einer orange und gelb leuchtenden Glut hockenden Eierverkäufer, nahm die Kekse einzeln aus einem Plastiksäckchen, füllte die Glastöpfe auf, die an der Innenwand der Hütte auf einer Stellage standen und kassierte vom Eierhändler ein paar Rupies. Ein bloßfüßiger schwarzer, einen zerfledderten schwarzen Fahrradsattel in den Händen haltender Junge folgte den vorbeitrottenden, wiederkäuenden, ihre Unterkiefer immer wieder hin- und herschiebenden schwarzen Wasserbüffeln, denen schaumiger, dickflüssiger Speichel vom Maul rann und auf den Asphalt tropfte. »Man sieht sich!« sagte der junge, sich beim Eierverkäufer von uns verabschiedende Schweizer, der die letzten Jahre vor allem in Varanasi verbracht und an der Universität Hindi studiert hatte, aber jedes Jahr zweimal, manchmal dreimal, wie er uns beim Frühstück mitteilte, in die Schweiz zurückkehre, »damit ich mir meine Freunde erhalte«, und der seine Lebensphilosophie mit einem Satz umriß: »Man muß realistisch sein, man darf nicht optimistisch und nicht pessimistisch sein.« Während ich unweit vom Stand des Eierverkäufers beim Schuhputzer wartete, trat ein leprakranker, mit seiner verstümmelten, fingerlosen Hand lange an seinem weißen, rauhen Bart reibender und mich auffordernd anstarrender Mann an mich heran.

BEI DEN DOBIS neben dem Einäscherungsplatz wälzte sich ein kleiner Junge auf dem Rücken im warmen Sand hin und her, riß seine Beine auseinander, holte den Zipfel seines Gliedes aus dem offenen Hosenschlitz, zog an seiner Vorhaut und rief: »Hallo! Foto! Foto! Hallo! Foto!« Die Eltern des Jungen, die frischgewaschene Saris zum Trocknen auf dem Sandhügel ausbreiteten, lachten, als der Junge den Passanten seine Geschlechtsteile zeigte und »Bakschisch! Bakschisch!« rief. Auf ihren Schultern trugen zwei mit einem bloßen Lendentuch bekleidete, bloßfüßige Domra schwere Mangoholzstücke ans Flußufer hinunter und warfen sie einem noch auf eine siebensprossige Bambusleiter aufgebundenen, mit mehrfarbigen und vergoldeten Kunststofftüchern und mit orangefarbenen Blumengirlanden umschlungenen Leichnam vor die Beine. Während ich mit meinem aufgeschlagenen Notizbuch am Rande des runden Einäscherungsaltarsteines saß, wurde neben mir einem bärtigen älteren Mann, der eine Verbrennungszeremonie eröffnen sollte, eine Glatze geschnitten. Ein junger Mann steckte eine frische Klinge ins Rasiermesser, befeuchtete die Haare des Mannes mit Gangeswasser, setzte die Schneide des Rasiermessers in der Mitte seines Hauptes an und machte einen Rasierstrich bis zum Halsansatz hinunter. Schwarzgraue, feuchte Haarlocken rutschten über seinen nackten Rücken auf die herumliegenden Holzkohlestücke und auf die weißen, feinlöchrigen, verkohlten Knochenstücke eines an diesem Vormittag auf dem runden Verbrennungsaltarstein eingeäscherten Toten. Kaum hatte der bärtige ältere Mann, dem eine Glatze geschnitten wurde, bemerkt, daß ich auf seine beringten Hände blickte, streckte er die Finger seiner beiden Hände aus und betrachtete lange die zehn, zwölf auf seinen Gliedern steckenden vergoldeten und versilberten Schmuckstücke. Bevor ein bloßfüßiger, ein schwarzes Oberlippenbärtchen tragender und mit einem bloßen Lendenschurz bekleideter junger Domra mit einer brennenden Zeitung einen Scheiterhaufen anzündete, auf dem ein von Kopf bis Fuß in ein nahtloses, dünnes weißes Baumwolltuch eingewickelter Leichnam lag, las er zuerst ein paar Zeilen im Hindu-Blatt, ehe er ein Zündholz anfachte, die Flamme am brennenden Schwefelköpfchen des Holzstäbchens unter eine Ecke der Zeitung hielt und auf den Scheiterhaufen zuging, in dessen Nähe kleine, splitternackte schwarze Knaben auf den Köpfen und auf den Rücken im Flußwasser stehender schwarzer Wasserbüffel turnten. Die dicken, schütter behaarten schwarzen Beine der Wasserbüffel hatten sich in weinroten, im Ganges schwimmenden Blumengirlanden verfangen. Der kahlgeschorene Mann, der nur ein nahtloses weißes Baumwolltuch um seinen nackten Körper geschlungen hatte, eröffnete beim zweiten Scheiterhaufen die Einäscherungszeremonie, indem er, gefolgt von drei anderen bloßfüßigen Männern, mit einem dürren, brennenden, knisternden Bündel zusammengeknickten Schilfes siebenmal, dabei jedesmal mit dem Feuer die Stirn des Toten berührend, um den Scheiterhaufen herumging, bevor er das brennende Bündel zwischen die aufgestapelten Hölzer steckte. Die Spitze des Bambusstabes, mit dem ein Domra bei einem dritten, schon seit mehr als einer Stunde brennenden Scheiterhaufen den schmorenden Leichnam immer wieder ins Feuer und in die Glut hineinschob, war rußig und rauchte. Die angebrannten, kurzen, vom Scheiterhaufen herunterrutschenden Hölzer klemmte er zwischen zwei kurze Sprießel der zerfledderten Bambusleiter und hob sie auf das braunrote, schmorende, mit schwarzem Ruß und grauer Asche überzogene Menschenfleisch. Die gebogene, schwarze, rußige Wirbelsäule, die mit einem grauen Aschefilm überzogen war und an der noch der Kopf des Toten hing, erinnerte mich einen Moment lang an den schwarzen, knorpeligen, nach Schweiß und Urin riechenden, speckigen Rosenkranz meiner Großmutter, den ich bis heute noch nicht wegzuwerfen wagte, da an seinem Ende ein kleines silbernes Kruzifix hängt, dessen Gesichtszüge ich mir seit meiner Kindheit eingeprägt habe. Damit das prasselnde Feuer näher an den Kopf des brennenden und verkohlenden menschlichen Überrests herankommen konnte, stützte der Domra mit dem Bambusstab den schwarz angekohlten Kopf auf und drückte das Gesicht des Toten gegen die Flammen. In derselben Nacht träumte ich, daß ich in einen silbrigen Aluminiumkoffer Holzscheite eingepackt hätte, die ich zum Pfarrhof hinauftragen wollte, und daß mir der Zuckerbäcker, da ich nie und nimmer aufhören werde, über die erhängten Jugendlichen zu schreiben, obwohl man mir nicht nur einmal verkündet hat, daß man mich aufheizen, offenbar bei lebendigem Leib einäschern sollte, daß mir also der Zuckerbäcker beim Tragen der Holzscheite helfen wollte und bereits mit einer Scheibtruhe zur Stelle war, so daß wir gemeinsam, ich mit einem silbrigen Aluminiumkoffer voller Holzscheite und der Zuckerbäcker mit einer Scheibtruhe voller Holzscheite, zum Pfarrhof hinaufgingen. An der Rückseite des Pfarrhofs, wo man an der Hauswand ein mit einem durchsichtigen Plastikfetzen vor Regen und Schnee geschütztes Fresko des Pfarrers sehen kann, öffnete ich den Koffer, warf die spießigen, sich ineinander verkeilenden Holzscheite auf den Boden und sagte zum eifrig Holz zu einem Scheiterhaufen aufschichtenden Zuckerbäcker: »Buchenholz! Das ist Buchenholz! Buchenholz brennt am besten!« Meine Einäscherung sollte unmittelbar neben dem Pfarrhofstadel stattfinden, in dem sich vor nun bald zwei Jahrzehnten die beiden siebzehnjährigen Lehrlinge Jakob und Robert mit einem drei Meter langen Kalbstrick gemeinsam am Trambaum erhängt hatten.

IN DER VERGANGENEN NACHT sei sie bei monsunartigen Niederschlägen aufgestanden und aus dem Zimmer getreten und habe gesehen, wie unter der Veranda des Hotels, neben dem rosarot angestrichenen Gebäude der öffentlichen Toilettenanlage, die Frau im Holzverschlag als Schutz vor dem niederprasselnden Regen ein Tuch vor dem Eingang der Hütte aufgehängt und hinter diesem Tuch, im kleinen Holzkasten ihrer Behausung, eine Öllampe anzündete. Von der Veranda durch den strichartig niederprasselnden Regen schauend, konnte man auf dem vor ihrer Behausung aufgespannten Tuch, das vom Feuerschein erhellt wurde, den unruhigen Schatten der Frau sehen, die in der Nacht für ihren hinter ihrem Rücken schlafenden Mann, den zwölfjährigen Sohn und das bronchienkranke zehnjährige Mädchen das Essen zubereitete. Meine Begleiterin erzählte, sie habe in dieser Nacht geträumt, daß ihre verstorbene Großmutter von ihrem Großvater nicht nur heimlich begraben wurde, sondern daß der Großvater auch nach dem Begräbnis zu seinen Verwandten kein Wort vom Tod seiner Frau erwähnte, und seit ihrer Kindheit in Indien habe sie das erstemal wieder in einem Traum laut geweint. In der Zeit, als sie mit ihren Eltern und Geschwistern vier Jahre lang im indischen Bundesstaat Orissa in der Industriestadt Rourkela verbrachte, blieben ihre Großeltern in Deutschland allein. Sie erzählte von einer deutschen, ebenfalls für ein Walzwerk in Rourkela arbeitenden und in einer Deutschensiedlung lebenden Familie, die eines Nachmittags ihre einjährigen Zwillinge ins Gitterbett brachte und eine Zeitlang im offenen Schlafzimmer allein ließ, als eine Kobra vom Garten über die Türschwelle ins Zimmer zwischen die Zwillinge kroch. Die Eltern konnten nur mehr die Leichen der Kinder aus dem Gitterbett heben. Vor allem in der Pubertät schaute ich vor dem Schlafengehen oft in der Kammer, in der mein Vater ein halbes Jahrhundert zuvor mit seinen Geschwistern das Bambusfahrrad hin und her geschoben hatte, unters Bett, da ich Angst hatte, daß eine Schlange zwischen den Staubflocken liegen und sich nachts in meinen im Schlaf ein wenig geöffneten Mund hineinschlängeln könnte. Manchmal ging ich auch tagsüber in meine Kammer, kniete auf dem nägelbeschlagenen Holzboden vor meinem Bett nieder und stellte mir zwischen den Staubballen, die sich von meinem Atem bewegten, abgehackte, noch blutende Schlangenköpfe unter meinem Bett vor.

DER ALTE VATER eines vierzehnjährigen, nur einen engen, seine Hüften und Hinterbacken einschnürenden Lendenschurz tragenden Bauernjungen, der mit seinen älteren Brüdern die Wasserbüffel in den Fluß hineingetrieben und ihnen mit einer Bürste Rücken und Kopf abgerieben hatte, stellte sich für ein Fotoporträt neben seinen vierzehnjährigen Sohn und hob zu meiner Überraschung seinen Lendenschurz, so daß man seine schwarzen, großen, weit hinunterhängenden Geschlechtsteile sehen konnte, aber noch ehe ich das Objektiv der alten mechanischen Kamera eingestellt hatte, schämte er sich, ließ den Lendenschurz fallen und verschwand aus dem Bild. Es war ihm und den anderen ringsum stehenden, hockenden und ihre Kleider waschenden Indern aufgefallen, daß ich die Schönheit seines Sohnes bewunderte, und er hatte zu meiner Verwunderung im ersten Moment den Mut gefunden, offenbar auch das Bedürfnis gespürt, die Geschlechtsteile zu zeigen, mit denen der vierzehnjährige Nachzügler gezeugt worden war, ließ aber im letzten Moment, bevor ich abdrücken konnte, seinen Lendenschurz fallen und verschwand von der Bildfläche. Enttäuscht stand ich mit krebsrotem Kopf vor seinem zwischen den Wasserbüffeln stehenden, einen Bambusstecken haltenden und mich mit seinen runden schwarzen Augen lange anstarrenden Sohn.

ALS WIR uns in der Dämmerung von einem Bootsmann auf dem Ganges vom Assi Ghat zum Harishchandra Ghat rudern ließen, in der Flußmitte an einem unbeleuchteten, leicht schwankenden Hausboot vorbeiglitten und ich ins Innere des Hausbootes schaute, reflektierte in einem an der Innenwand des Hausbootes hängenden großen Spiegel in diesem Moment und einen Augenblick lang das noch glosende Feuer von einer Einäscherung am gegenüberliegenden Harishchandra Ghat, und als Wilma, die Frau des Schweizer Schriftstellers, die Gangaci nachäffend – Gangaci ist blond, Gangaci stammt aus Amerika, Gangaci wohnt in Varanasi im Luxushotel, Gangaci trägt blaue Kontaktlinsen, Gangaci ist mit Schmuck und Edelmetallen behängt, und Gangaci predigt für viel Geld vor Touristen auf einem großen, den heiligen Ganges auf- und abfahrenden und mit orangefarbenen Blumengirlanden behängten Boot –, mit ihrer Handschale Wasser aus dem Fluß schöpfte, mir ein paar Tropfen auf den Kopf und ins Gesicht träufelte und ein Gangacilied zu singen begann, hätte ich mich am liebsten in den Fluß gestürzt und wäre am liebsten untergegangen zu den toten Kindern und den toten Heiligen, die an dieser Stelle, dem Einäscherungsplatz gegenüber, aufgebunden auf schwere, flache Steine, am Grunde des Flusses liegen und von unzähligen fleischfressenden Fischen und Gangesschildkröten umgeben sind. Ich wäre auf die übereinanderliegenden, zusammenbrechenden und zusammenkrachenden Kinderskelette gefallen und hätte mich einigeln können unter den kreuz und quer, waagrecht und senkrecht voneinander wegstehenden und ineinander verkeilten Spießen der Kinderknochen, aber bald wäre es schwarz um mich geworden, denn Tausende davongestobener Fische und die Gangesschildkröten hätten sich dem Berg der Kinderskelette langsam wieder genähert.

AN EINEM MORGEN, bevor ich vom Vanillegeruch der Räucherstäbchen aufgeweckt wurde, die der halbwüchsige nepalesische Priesterjunge bei seiner morgendlichen zeremoniellen Heiligenverehrung am Hausaltar des Hotels angezündet hatte, tauchte in meinen Träumen ein Grabhügel auf. Auf dem eingemauerten Bild des Grabsteins erkannte ich mein Kindergesicht. Ein zweites Kindergrab stellte sich, als sich mein Erdhügel zu bewegen begann, meinem Kindergrab in den Weg, stieß mit meinem Grab zusammen, kroch über meinen Erdhügel hinweg und begrub mein Kindergrab unter sich. Danach nahm ich den Vanillegeruch der von dem nepalesischen Priesterjungen angezündeten Räucherstäbchen wahr, den der Wind vom Altar über die Veranda durchs offene Fenster unseres Hotelzimmers getrieben hatte. Einerseits war ich vom Traum erlöst, schnappte mehrere Male unter dem Eindruck der Erstikkungsangst nach Luft, andererseits war ich enttäuscht, so früh aufgewacht zu sein, denn die Fortsetzung der Bilder dieser zwei übereinanderkriechenden Kindergräber hätte mich interessiert. Während ich aufrecht im harten Bett saß, mein Notizbuch und meine Füllfeder zur Hand nahm, das Schreien der Raben auf den Ästen des Neembaumes und die Geräusche vorbeizockelnder, mit Messinggeschirr ans Gangesufer pilgernder, orangefarben gekleideter Mönche hörte, fiel mir ein, daß ich den Traum der Vornacht noch nicht aufgezeichnet hatte. Laut lachend saß Eugenia im Badezimmer auf einem Bambusfahrrad, das mit zwei Ledersätteln ausgestattet war.

AM UFER DES GANGES trank ein kleines dunkelhäutiges Kind unter einem halbzerfetzten, schiefstehenden, großen Bastsonnenschirm aus einer in ein weißrotkariertes Tuch eingewickelten Plastikbabyflasche. Ein sechzehnjähriger betelkauender Junge, der ein braunes Tuch aus grobem Leinen um seine Hüften trug und abgebissene Fingernägel und einen roten Farbpunkt auf der Stirn zwischen seinen dichten schwarzen Augenbrauen hatte, drehte den in einem Holzloch steckenden, knarrenden Schirm mehrere Male im Kreis und fragte mich, ob ich nicht näherrücken, mich in den Schatten setzen möchte. Der Junge patschte mit seiner flachen Innenhand mehrere Male auf die linke Fußsohle, grätschte, unter dem schiefstehenden, zerfledderten Bastsonnenschirm sitzend, seine Beine so weit auseinander, daß sein Lendentuch auseinanderfiel und man seine verwaschene, an mehreren Stellen löchrige blaue Unterhose sah. Als der Junge bemerkte, daß ich lange auf sein an den Hüften auseinandergefallenes Lendentuch und die Wölbung seiner in der löchrigen blauen Unterhose sich abzeichnenden Geschlechtsteile schaute, tauchte er mit seinem Zeigefinger in die halbierte Kokosnußschale und drückte mir mit seiner Zeigefingerspitze einen roten Farbpunkt auf die Stirn. Wenige Meter von uns entfernt trieb langsam eine tote weiße Ziege vorbei. Im Lendenschurz am Flußufer hockend, putzte ein Mann mit Gangesschlamm seine in der Sonne glitzernden Kupfertöpfe. Mit den geschmeidigen Kunststoffborsten seiner Zahnbürste bürstete und rieb ein kleiner Junge den Schmutz vom Fußbett seiner blauen Plastikschlapfen. Einen mit Gangeswasser gefüllten Plastikkanister tragend, ging ein Mann an uns vorbei, der eine orangefarbene Marigoldblumengirlande um sein Handgelenk gewickelt hatte. Neben einer Banane, in der mehrere brennende Räucherstäbchen steckten, lagen auch eine

Mandarine, ein Apfel, eine Bohne, ein Stück Zuckerrohr und ein weißer Rettich in einem Opferkorb. Bauchtief mit gefalteten Händen im Ganges stehend, drehte sich eine mit einem gelben Sari bekleidete Frau mehrere Male im Kreis. Ein zweijähriges Kind hielt einen Säugling, dessen Augenlider mit einer schwarzen, vor Infektionen schützenden, aus Kohle und Pflanzenölen geschmischten Paste beschmiert waren und der winzige, schmutzige Fingernägel hatte, in seinen Armen, und ein kleiner, nackter, neben uns sitzender, mich unablässig anstarrender Junge zog an der Vorhaut seines schwarzen Gliedes. Eine nasse braune Hündin schüttelte sich vor uns, so daß wir vor den meterweit ringsum fliegenden Wassertropfen mit dem Oberkörper zurückweichen mußten. Ein Mann, der mehrere Reiskörner auf seiner Stirn kleben hatte, drückte ein eingeseiftes Lendentuch auf seinen Oberschenkeln aus. Weiße Lauge rann langsam in Blasen über seine Unterschenkel in den Fluß. Nachdem sie im Ganges gebadet und sich am Ufer abgetrocknet hatten, tippten vier kleine Kinder in die feuchten gelben und roten, in halbierten braunen Kokosnußschalen liegenden Farben und drückten sich gegenseitig einen gelbroten Punkt zwischen den Augenbrauen auf die Stirn. Ein zehnjähriger Knabe hob mit seinem gekrümmten Zeigefinger das Kinn seines einjährigen, auf seinem Schoß sitzenden, in die Kamera schauenden Bruders, dessen Augenlider ebenfalls mit Kajal geschwärzt worden waren. Am Bug des Bootes, in dem ein auf eine Hochzeitsgesellschaft wartender Ruderer saß, lag eine zusammengerollte, lange braune Hanfschnur, auf der im Abstand von wenigen Zentimetern gelbe und weiße Marigoldblüten befestigt waren. Unter dem schiefstehenden, zerfledderten, großen Bastsonnenschirm auf einem mit Jutesäcken belegten Holzgestell sitzend, abwechselnd auf die glatte schwarze Haut am Knie des auf den Ganges hinausschauenden sechzehnjährigen Jungen und auf die Jute blickend, erinnerte ich mich an die

Zeit, als wir vor der sommerlichen Getreideernte in der Mühle die löchrigen Jutesäcke flicken mußten. Oftmals roch ich am betäubenden und mich berauschenden weißen Kleister, bis ich, in der alten, mit weißbestäubten Spinnweben behängten Getreidemühle zwischen den aufgestapelten Jutesäcken schwindlig geworden, hin und her taumelte, über den Hof in den Stall hineinlief und, mich mit beiden Händen an der kalten und tropfenden Wasserleitung der Melkanlage festhaltend, an die kotbespritzte Stallwand lehnte. Mit einem Holzspan schmierten wir den weißen Kleister rund um das ausgefranste Loch des Jutesacks, legten einen Jutefleck auf die löchrige Stelle und klopften mit einem Hammer den Jutefleck fest. Weißer Klebstoff quoll zwischen dem Getreidesack und dem Jutefleck hervor. Weiter am Ufer des Ganges entlang zum Harishchandra Ghat gehend und mich mit meinem aufgeschlagenen Notizbuch an den Rand des Einäscherungsaltarsteines setzend, sah ich zuerst die dürre braunschwarzgefleckte Hündin mit ihren tief nach unten hängenden rosaroten und schwarz besprenkelten Zitzen, die mit gesenktem Kopf vor einem brennenden Scheiterhaufen stand. Starker Wind pfiff durch die stechenden gelbroten Flammen der Feuerstelle. Schwere, gebogene und bereits angekohlte Holzprügel lagen auf dem Körper einer toten Frau. Deutlich konnte man im offenen Mund die berußten Zähne und das aufgebrochene, schmorende Lippenfleisch sehen. Ihre Augenhöhlen waren leer und schwarz. Immer wieder schlug der bloßfüßige Domra mit einer dicken, langen Bambusstange auf den federnden Brustkorb der Toten und stach die rußig gewordene Spitze der Bambusstange in ihren angekohlten, wulstig hervorstehenden schwarzgrauen Darm. Ascheregen fiel auf die rosaroten und schwarz besprenkelten Zitzen der vor dem Scheiterhaufen in der warmen Asche liegenden, gähnend ihr Maul weit aufreißenden und an ihrem Geschlecht lekkenden Hündin. Man hörte die Schreie der Krähen, das

Knistern des brennenden Scheiterhaufens und das Niederklatschen nasser Wäsche auf eine flache, breite, von zwei Steinen aufgestützte Steinplatte am Ufer des Ganges. Mit der Bambusstange zertrümmerte der Domra einen brennenden, fingerlosen, an der Spitze rauchenden Unterarm, der sich in die Höhe gebogen hatte. Als sich von den Flammen und der Hitze die Beine der brennenden Toten auseinandergrätschten, begannen die vor dem Scheiterhaufen hockenden, Zigaretten rauchenden Inder zu lachen und zu scherzen. Ein Kalb kaute neben der Feuerstelle an einer Hanfschnur, die es sich teilweise einverleibt hatte und die, immer kürzer werdend, aus seinem Maul hing. Mit der schwarz angerußten Bambusstange schlug der Domra so lange und wuchtig auf den angekohlten Kopf der Toten, bis er auseinanderbrach und orangefarbene Glut in den aufgespalteten, berußten Schädel rutschte. Die brennenden, verstümmelten und halbverkohlten Körperreste schob er mit der Spitze der Bambusstange tiefer in die Flammen und glosenden Holzprügel hinein. Zurück Richtung Hotel Banaras River gehend, sah ich am Hanuman Ghat ein kleines, neugeborenes, erst wenige Tage altes weißes Schaf hocken. Der halbwüchsige, orangefarbenes Betel kauende Knabe, neben dem ich am Ufer des Ganges eine Zeitlang unter einem schiefstehenden Bastschirm auf einem mit Jutesäkken ausgelegten Holzgestell gesessen, den ich aber später, als ich mit meinem Notizbuch weiter das Gangesufer Richtung Harishchandra Ghat entlanggegangen war, aus den Augen verloren hatte, hockte neben dem neugeborenen Schaf und rieb, mich dabei anlachend, mit dem Zeigefinger und Daumen seiner rechten Hand das leichtbehaarte, lange Ohr des Schafes, in dem sich mehrere dunkelblaue Adern abzeichneten. Solange der Junge am Knorpel des Schafs herumfummelte, schüttelte es seinen Kopf. Als ich mich auf der langen Steintreppe des Hanuman Ghat noch einmal nach dem Jungen umdrehte und stehenblieb, erhob sich der

Knabe und folgte mir. Kaum hatte ich die Zimmertür des Hotels Banaras River leise verriegelt, streifte er mit seinen Zehen seine blauen Gummischlapfen von den Füßen, setzte sich aufs Bett, streckte seine Hüften vor und grätschte ein wenig seine Beine. Ich streifte seine kurze Überhose und seine verwaschene, löchrige blaue Unterhose hinunter und legte meinen Kopf auf sein weiches schwarzes Glied und auf seine unbehaarten, zerknitterten schwarzen Hoden. Mit meiner Nasenspitze wühlte ich in seinen glänzenden, nach dem Bad im Ganges mit Sesamöl beschmierten Schamhaaren. Die schwarze, an der Spitze knittrige, über die Eichel hängende Vorhaut seines Gliedes roch nach Knabenurin. Mit meinen Fingern entblößte ich die dicke, rosarote, glänzende Eichel seines steifgewordenen Geschlechts. Als ich seine Eichel in den Mund nahm, begann er zu stöhnen, wölbte seine Hüften so weit vor, daß sein Glied tief in meinen Mund eindrang und ich an meinen Lippen seine schwarzen, glänzenden Schamhaare spürte. Mit geschlossenen Augen, leise stöhnend, öffnete und schloß der Knabe immer wieder seinen Mund. Ich schaute auf seinen von Betel orangefarbenen Gaumen, seine orangefarbenen Zahnränder und auf seine leicht verklebten, ebenfalls orangefarbenen Mundwinkel, lutschte an seinem Glied, das er immer wieder, seine Hüften anhebend, tief in meinen Mund hineinstieß, bis ich an seiner Stirn, rund um den roten, trockenen, rissig gewordenen Farbpunkt zwischen seinen Augenbrauen Schweiß glänzen sah und es aus meinem Mund gleiten ließ. Ich nahm sein hartes, vom Speichel glänzendes Geschlecht in die Hand, schob die schwarze Vorhaut solange über die dicke, hellrot glänzende Eichel, bis ich in meinen Handinnenflächen das Anschwellen der Harnröhre spürte und sein milchiger, klebriger, stark duftender Samen in mehreren Stößen auf seinen Bauch spritzte und über meine Finger rann. Mit einem Handtuch, das neben dem Kopfpolster lag, wischte der Knabe seinen Samen vom Bauch, zog meinen Arm an sich und wickelte lachend das Handtuch um meine klebrigen Finger. Ich öffnete die Tür des Hotelzimmers, ging über die Stiege hinunter in die Hotelbar und bestellte mit hochrotem Gesicht und heftig schlagendem Herzen eine Cola, die mir der Kellner ins Zimmer bringen wollte, aber ich wartete am Eingang des Restaurants, bis er mit einer naßkalten, geöffneten und leicht rauchenden Colaflasche kam. Nachdem der Knabe die Cola getrunken hatte, legte er sich nackt auf den Bauch und schlief zwei, drei Stunden lang. Lange blickte ich auf seine glänzenden, von einem Schweißfilm überzogenen, schönen schwarzen Hinterbacken. In der Finsternis begleitete ich ihn noch eine Zeitlang durch die Stadt und kehrte mit einer Fahrradrikscha zum Hotel Banaras River zurück. Schon beim Eintreten ins Hotelzimmer bemerkte ich, daß er auf meinem hellblauen Polster den roten Farbpunkt zwischen seinen Augenbrauen abgestreift hatte.

UM SECHS MORGENS das Ufer des Ganges entlanggehend, kamen wir am Einäscherungsplatz vorbei, wo bei einem niedergebrannten Scheiterhaufen noch ein paar Holzkohlestücke und Knochenreste rauchten. Mehrere Hunde suchten schnüffelnd nach halbverkohlten menschlichen Resten, und zwei schwarzgefleckte Hündinnen kauten und nagten an rußigen Brustkorbrippen. Auf der Steintreppe, neben den aufgestapelten Holzstößen, die von den Domra zum Einäscherungsplatz ans Ufer des Ganges hinuntergetragen und zu Scheiterhaufen aufgeschichtet werden, stand ein halbwüchsiger Junge, der sich zwischen den Holzstößen seiner Fäkalien entledigt und sein grünweißkariertes, um die nackten Hüften geschlungenes Tuch aufgeknöpft und auseinandergebreitet hatte, so daß man sein großes, steifes, bis zum Bauchnabel hochstehendes schwarzes Glied sehen konnte. Mehrere Männer schlugen am Flußufer mit dicken, kurzen Bambusknüppeln auf die nassen, schweren, auf flachen Steinen zusammengeknüllten Wäschestücke. Hand in Hand gingen zwei Jungen mit Zahnbürsten und Handtüchern, die über ihre Schultern hingen, zum Baden ans Ufer des Ganges hinunter. Drei Männer hockten um eine mit getrocknetem Kuhdung angefachte Feuerstelle und wälzten mit einem dünnen Bambusstab Erdäpfel in der heißen Asche. Die Haut der heißen, rauchenden Erdäpfel war an manchen Stellen bereits aufgeplatzt. Weiter am Ufer des Ganges entlanggehend, kamen wir an einem Klostergarten vorbei, in dem uns ein junger Mönch, der von einem Strauch gelbe, weiße und rosa Oleanderblüten abzupfte, die er behutsam in einen Bastkorb legte, seine mit unzähligen Heiligenfiguren ausgestattete Behausung zeigte. Klebrige Milchtropfen hingen an den Bruchstellen und berührten übereinanderliegende gelbe Blüten, die leicht und luftig im überfüllten Korb lagen und mit denen er zur Opferung auf einen in der Mitte des Gartens stehenden Tempel zuging.

IN DER LANKA, einem Stadtteil von Varanasi, wurden weiße und braune Hühner und Hähne, indische Perlhühner und Gänse in mehreren übereinandergestapelten Käfigen zum Verkauf angeboten, denen von den Händlern an Ort und Stelle der Schädel abgeschlagen, die gerupft und denen auch die Haut abgezogen wird. Als einer der drei beim Verkaufsstand hockenden Jungen ein Huhn aus dem Käfig holte und es köpfen wollte, wir aber neugierig stehenblieben, begannen die drei halbwüchsigen Knaben zu lachen und zu scherzen und wagten es nicht, in unserer Anwesenheit das Huhn zu töten, sondern steckten es wieder zu den anderen, ihre Flügel spreizenden, aufgackernden Hühnern in den Käfig. An den hühner- und gänseblutverschmierten nackten Zehen eines fünfzehnjährigen, mit einem gelben getigerten Lendenschurz bekleideten Jungen klebten mehrere kleine weiße und braune Hühnerfedern. Massenweise hockten Fliegen auf dem blutigen, großen, stark nach verfaulendem Blut riechenden Schlachtbrett, das vor den nackten Beinen des Knaben auf einem breiten Holzblock lag. Einen aufgespannten schwarzen, halbzerfetzten Schirm als Sonnenschutz in der Hand haltend, verkaufte eine alte, einen gelben Sari tragende Frau Zitronen und Rettiche. Ein Tamarinde und Knoblauch verkaufender Mann stocherte mit dem Schwefelkopf eines Zündholzes in seinem behaarten, rechten Ohr. In rostigen grüngelben Olivenölkanistern wurde frische Wasserbüffelmilch angeboten. Wir blieben bei einem Laden stehen, in dem am Straßenrand lehnende, siebensprossige Bambusleitern verkauft werden, auf denen die Toten, mit Hanfstricken, die ebenfalls, bündelweise übereinanderliegend, ausgestellt waren, aufgebunden, zum Einäscherungsplatz getragen werden. Die bunten, mit dünnen und breiten goldenen Streifen durchwirkten Kunststoffleichentücher hingen auf einer Querstange oder lagen stapelweise übereinander. Jedesmal wenn ich, auf diesen Verkaufsstand zugehend, meine Schritte verlangsamte, hielten mich die erwartungsvollen Blicke der vor dem Geschäftslokal sitzenden und Tee trinkenden Männer davon ab, diese Sterbeutensilien zu kaufen, denn ich hatte Angst, daß sie mich beim Aussuchen der farbigen Kunststofftücher fragen würden, ob ich am Harishchandra Ghat jemanden einzuäschern hätte, und mir auch eine Bambusleiter anbieten würden. Ein kleines, nacktes Mädchen schüttete sich einen Eimer voll Wasser über den Kopf, während seine Mutter einem anderen, größeren Mädchen die glänzenden schwarzen Haare zöpfte, ein zehnjähriger, einen Lendenschurz tragender Junge seine Haare einshamponierte, so daß ihm der weiße, flockige Seifenschaum übers Gesicht rann, und ein zweiter, vollkommen nackter zwölfjähriger Junge, der sich bereits gewaschen hatte, gelbes Sesamöl auf seine nassen dunkelbraunen Beine schmierte und die Muskeln seiner Ober- und Unterschenkel massierte. Omnibusse, Lastwagen, Personenautos und die klingelnden, nach Fahrgästen Ausschau haltenden und langsam in die Pedale tretenden Rikschafahrer fuhren an der sich am Straßenrand bei einem Brunnen säubernden Familie vorbei. Wieder Richtung Assi Ghat zum Hotel zurückgehend, sah ich bei einer Tischlerei ein paar Hunde schlafend auf den sonnenbeschienenen, warmen Locken der Hobelspäne liegen. Zwanzig, dreißig Geier hockten in den Ästen mehrerer in einem Sumpfgelände auf einem Hügel stehender Bäume. Die abgezogenen rosafarbenen Beine eines gerupften und geköpften Huhns, dem die Eingeweide aus dem Körper genommen wurden, bevor es bratfertig in eine blecherne Schüssel gelegt wurde, zuckten noch, als ein kleines Mädchen, über dessen Kopf in einem Baumast zwei orangefarbene Blumengirlanden hingen, das Hühnerfleisch in einen schwarzen Plastiksack steckte und einer Käuferin übergab. Der abgeschlagen auf dem Holzblock liegende Hühnerkopf öffnete langsam seinen gelben Schnabel. An den nackten, mit Hühner- und Gänseblut verschmierten Beinen des dikken, schnauzbärtigen, vor einem Holzblock sitzenden Hühnerverkäufers klebten weiße und braune Hühnerfedern. Ein Büschel brauner Hühnerfedern in seinen blutverschmierten, von Fliegen übersäten Händen haltend, wischte der Hühnerverkäufer dickflüssiges, schon stockendes Blut vom Holzblock. Mit einem löchrigen grauen Tuch versuchte ein dunkelhäutiger Junge, den ich erst vor wenigen Tagen bei einem Waschritual am Ufer des Ganges beobachtet hatte, Hunderte Fliegen zu vertreiben, die sich auf die Hühnerblutlachen, an die abgeschlagenen Hühnerköpfe und die haufen- und fetzenweise herumliegenden gelben Hühnerhäute gesetzt hatten.

ZWEI KLEINE, nackte schwarze Jungen versuchten mit einem farbigen Kunststoffleichentuch, das am Harishchandra Ghat vor der Einäscherung von einem Leichnam genommen, zerknüllt und weggeworfen worden war, am seichten Ufer des Flusses kleine Fische zu fangen. Mit ihren nackten Füßen ruhig im Wasser stehend, hielten sie das in der Mitte ins Wasser gesenkte Tuch an vier Zipfeln fest und rissen es in die Höhe, wenn ein paar das seichte, warme Flußwasser suchende Fische in die Falle gegangen waren. Die nackten schwarzen Knaben liefen mit ihren im orangefarbenen, mit Goldstreifen durchwirkten Leichentuch zappelnden und in der Sonne silbern leuchtenden, kleinen Fischen zur Sandbank hinaus und zerdrückten sie zwischen ihren Fingern, bis ihnen die Eingeweide der glitschigen, immer wieder aus den Händen gleitenden Fische über ihre Handrücken rannen.

EIN BOOTSMANN hatte als Sonnenschutz ein farbiges, mit breiten Goldstreifen durchwirktes Kunststofftuch an vier senkrecht in die Erde gesteckten, angekohlten Bambusstangen angebracht. Jedesmal wenn ich an ihm vorbei zum Harishchandra Ghat ging, hob er unter dem aufgespannten, in der Sonne glitzernden Leichentuch seinen Kopf und rief: »Hallo! Boot?!« Ein an einem Eis lutschender Junge wäre beinahe über einen auf dem Boden liegenden, auf eine siebensprossige Bambusleiter gebundenen Leichnam gefallen, als er sich mit seinen bloßen Füßen in einem der herumliegenden verstaubten, goldglitzernden Leichentücher verfangen hatte, und konnte sich, mit dem Eis in der Hand auf den Verstorbenen zustolpernd, im letzten Moment, die Leichentücher von seinen nackten Füßen streifend, noch fangen, sonst hätte er zuerst die am Fußende des Toten in die Erde gesteckten brennenden und qualmenden, nach Jasmin duftenden Räucherstäbchen umgeworfen und wäre schließlich mit seinem orangefarbenen Eis in der Hand auf den mit orangefarbenen Blumengirlanden geschmückten Toten gefallen. Neben zwei in der Hitze auf dem Sandhügel schlafenden Hündinnen, vor denen ein angebrannter und angenagter Menschenknochen lag, zogen zwei Kinder lachend eine sich widersetzende, ihre Vorderbeine in den Boden stemmende Ziege an den Ohren auf einen brennenden Scheiterhaufen zu. Immer wieder schlug ein frischgeschorener, glatzköpfiger, nur mit einem nahtlosen, dünnen weißen Tuch bekleideter Mann mit einem dicken grünen Bambusstab auf den brennenden Toten und versuchte seine Arme zu brechen, die sich einen halben Meter in die Höhe gebogen hatten. Einer der beiden in einem Boot sitzenden Travellerboys hatte lange rote Haare, der andere einen schwarzen, bis auf die Schultern reichenden Haarzopf und ein schwarzes Schnauzbärtchen. Während das Boot näher ans Ufer gerudert wurde, damit die beiden Boys den auf dem Scheiterhaufen verbrennenden Leichnam besser sehen konnten, ließen sie sich von zwei anderen, ebenfalls im Boot sitzenden Indern an Schlüsselbein, Hals und Rücken massieren. Als der nackte schwarze Fuß des Toten, der sich von seinem Unterschenkel gelöst hatte, vom brennenden Holzstoß rutschte, hob der glatzköpfige, nur mit einem nahtlosen weißen Baumwolltuch bekleidete Mann zwei Bambussprießel vom Boden auf, klemmte den halbverkohlten Fuß zwischen die beiden Bambusteile und warf ihn auf den Scheiterhaufen, in die Glut hinein. Während der Ruderer das Boot mit den beiden Travellerboys dicht am Ufer des Ganges, wenige Meter von dem brennenden Scheiterhaufen entfernt, langsam im Kreis tanzen ließ und die beiden auf den verkohlenden Leichnam blickenden Boys im Rhythmus der Massage ihren Kopf, ihren Hals und ihren Oberkörper bewegten, begannen die beiden Augen des Toten zu brennen. Zuerst konnte man in den Augenhöhlen des schwarz angekohlten Totenkopfes zwei unruhig glühende rote Punkte sehen, bis die Flammen in den Augenhöhlen zusammensanken, sich die Augen weiß färbten, zu kochen begannen und schließlich verkohlten, so daß man nur mehr die schwarzen Augenhöhlen sehen konnte. Sechs schreiende kleine Kinder fochten mit den kurzen, der Länge nach halbierten, grünen Bambussprießeln einer zerstörten Tragbahre, nahmen ein herumliegendes farbiges, in der Sonne goldglitzerndes Leichentuch und einen ebenfalls herumliegenden, zerfledderten orangefarbenen Blumenkranz, liefen ans Ufer auf die beiden im schwankenden Boot sitzenden und sich immer noch im Rhythmus der Massage räkelnden, ihren Kopf kreisförmig bewegenden Travellerboys zu und riefen, mit den Bambussprießeln, dem Blumenkranz und mit dem Leichentuch winkend und die Sterbeutensilien anbietend, mehrere Male »Bakschisch! Bakschisch!« Als der glatzköpfige, nur mit einem nahtlosen weißen Baumwolltuch bekleidete Mann mit der dicken grünen Bambusstange zu heftig auf den brennenden und halbverkohlten Leichnam schlug, sprang ihm ein Knochen des Toten entgegen, der sich vom verkohlenden Organismus gelöst hatte, und rutschte auf den Sandboden. Erschrocken wich der glatzköpfige Mann mit dem angekohlten Bambusstab ein paar Meter zurück und näherte sich erst nach ein paar Minuten – als hätte ihm der brennende Tote einen Knochen entgegengeworfen – langsam und vorsichtig wieder dem Scheiterhaufen, um den vom Holzstoß herabgerutschten Knochen zwischen zwei Bambusleitersprießel zu klemmen und auffallend vorsichtig auf den Scheiterhaufen, in die Glut zu legen. Ein paar kleine, bloßfüßige Jungen näherten sich mir, die zuerst eine Zeitlang mein Notizbuch und meine Füllfeder betrachteten und mich baten, mit der Füllfeder auf die Rückseite kleiner farbiger Fotos aus den Hindu-Filmen ihre Namen zu schreiben, die sie mir nacheinander diktierten. Danach baten mich die Jungen, auch die Namen meiner Eltern und meiner Geschwister auf die Rückseite ihrer Bildchen zu schreiben, und nachdem ich in mein Notizbuch auch ein paar Filmtitel von ihren Bildern abgeschrieben hatte, hüpften sie vor mir, streckten ihre Hände aus und riefen: »Bakschisch! Bakschisch!« Nach einer Einäscherung ist es üblich, daß der glatzköpfige, in ein nahtloses weißes Baumwolltuch eingehüllte Mann, die Einäscherungszeremonie, die er eröffnet hat, abschließt, indem er einen mit Gangeswasser gefüllten braunen Tontopf, dem niedergebrannten Scheiterhaufen den Rücken zukehrend, über seine Schultern nach hinten auf die warme grauschwarze Asche der Verbrennungsstelle fallen läßt, so daß der Tontopf zerbricht und das heilige Wasser des Ganges mit den Ascheresten des Holzes und den Ascheresten des Toten noch einmal in Berührung kommt. Auch diesmal ließ der Zeremonienmeister den braunen Tontopf hinter sich auf die warmen und noch rauchenden

Aschereste fallen, aber der Tontopf zerbrach nicht, sondern blieb unversehrt auf den schwarzen Holzkohlestücken im seichten Flußwasser liegen. Nachdem der glatzköpfige, in ein weißes Baumwolltuch eingehüllte Mann, ohne sich noch einmal umzusehen – so schreibt es die Zeremonie vor –, den niedergebrannten Scheiterhaufen verlassen hatte, zog ein glatzköpfiger kleiner Junge seine lange Hose aus, ging in den Fluß hinein und holte sich den unbeschädigten Topf. Das Gefäß in der linken Hand haltend, zog er mit seiner rechten Hand seine Hose wieder an und ging mit dem Tontopf über den Sandhügel, neben dem Betongerüst der elektrischen Verbrennungsanlage die Steintreppe hinauf, vorbei an den auf siebensprossige Bambusleitern aufgebundenen, in farbige Kunststoff- oder weiße dünne Baumwolltücher eingewickelten, auf den Treppenstufen liegenden, auf ihre Einäscherung wartenden Toten, in die Harishchandra Road, ins Wohnquartier der Domra.

ALS DIE SONNE hinter den Häusern von Varanasi verschwunden war, der Halbmond in der Dämmerung deutlich sichtbar am blaurosa Himmel stand und sich im bleifarbenen, mit einem rosa Schimmer überzogenen Wasser des Ganges spiegelte, setzte ich mich neben einer schlafenden dürren weißbraungefleckten Hündin auf den großen, runden, in der Mitte des Harishchandra Ghat stehenden Einäscherungsaltarstein, auf dem noch weißgraue Asche, kleine Holzkohlestücke und die feinlöchrigen, mürben, weißen ausgebrannten Knochenreste einer jung verstorbenen Frau lagen, die an diesem Vormittag mit entblößtem Gesicht eingeäschert worden war. Die rosaroten Zitzen der schlafenden und heftig schnaufenden Hündin berührten die weißgraue Asche, die schwarzen Holzkohlestücke und die feinlöchrigen, weißen, verkohlten Knochenteilchen der Toten. Unter mir schlug ein glatzköpfiger, nur mit einem nahtlosen weißen Baumwolltuch bekleideter Mann mit einem grünen Bambusstab immer wieder auf den Unterkörper und auf die Beine eines brennenden Leichnams. Nachdem sich ein Unterschenkel vom Kniegelenk gelöst hatte, bog er mit dem grünen Bambusstab den halbverkohlten schwarzen Unterschenkel auf den Oberkörper des Toten zurück. Der angesengte Fuß mit den angeschwollenen schwarzen Zehen lag auf der Brust des Toten. Man hörte die Schreie der Frösche, das Zirpen der Grillen, das Aufklatschen nasser Wäsche auf die flachen Waschsteine vom Ufer des Ganges und das Knistern dreier am Harishchandra Ghat brennender Scheiterhaufen. Es roch nach Sandelholzpulver und nach schmorendem und verkohlendem Menschenfleisch. Fledermäuse flogen durch den hochsteigenden weißgrauen Rauch. In der Mitte des Flusses ließ sich ein Messinggeschirrverkäufer mit seinem Ruderboot von einem großen, verzierten, mit orangefarbenen und gelben

Blumengirlanden geschmückten und mit indischen Touristen besetzten Ruderboot in Schlepptau nehmen, indem er die nackten Zehen seines linken Fußes an den Rand des großen Ruderbootes krallte, ein Messinggeschirr nach dem anderen zur Hand nahm und den Touristen anbot. Als einem neben mir stehenden, von Einäscherungszeremonien berichtenden Inder die Asche seiner Zigarette auf das schwarze Haar eines halbwüchsigen, neben mir am Rande des Einäscherungsaltarsteins sitzenden, mit den feinlöchrigen, weißen verkohlten Knochenresten der eingeäscherten jungen Frau spielenden und immer wieder auf einen der drei brennenden Scheiterhaufen hinunterblickenden Jungen fiel, putzte der Mann mit seiner rechten Hand die Asche vom Hinterkopf und streichelte das schwarze, glänzende Haar des Knaben. Der Junge verdrehte lächelnd seinen Kopf und zerdrückte zwischen dem Daumen und Zeigefinger seiner rechten Hand ein morsches, verkohltes weißes Knochenstück. Die Knochenbrösel fielen auf seine Oberschenkel und auf seine nackten schwarzen Zehen. Als man einen dumpfen Knall hörte, der Schädel eines brennenden Toten geplatzt war, gingen die drei glatzköpfigen, nur mit einem nahtlosen weißen Baumwolltuch bekleideten Männer, die mit ihren dicken grünen Bambusstangen in der Glut der drei Scheiterhaufen stocherten, erschrocken ein paar Schritte zurück, ehe sie nach einer Besinnungspause wieder zu den Feuerstellen zurückkehrten und die an den Spitzen angebrannten und angekohlten grünen, langen Bambusstangen auf Schädel, Brustkorb und auf die Beine der Toten schlugen. Die bei allen drei brennenden Scheiterhaufen gleichzeitig in die Höhe spritzenden Feuerfunken wurden vom Wind durcheinandergewirbelt und vermischt. Ein kleines, nacktes Mädchen mit verfilzten Haaren, dessen Augenlider mit Kajal geschwärzt waren, hielt ihre nasse, löchrige Unterhose über die Glut eines Scheiterhaufens, auf dem die Reste des Leichnams verkohlten. Nachdem einer der drei glatzköpfigen, nur mit einem nahtlosen weißen Baumwolltuch bekleideten Männer mit seinen Handschalen mehrere Male Wasser aus dem Fluß geschöpft und auf den niedergebrannten Scheiterhaufen geschüttet hatte, hob er mit dem grünen Bambusstab ein zurückgebliebenes, halbverbranntes und schwarzangekohltes Beckenknochenstück aus der heißen Asche und warf es in weitem Bogen in den Ganges. Sechs Reiher zogen neben- und hintereinander über den Harishchandra Ghat auf die Flußmitte zu. Man hörte das Geläute mehrerer Tempelglocken, die Paddelschläge der Ruderer, die ein Boot mit Touristen nach dem anderen nahe am Harishchandra Ghat vorbeiruderten oder vor dem Einäscherungsplatz anhielten. Stehend deutete der indische Touristenführer im langsam kreisenden Boot auf einen der brennenden Scheiterhaufen. Ein schnauzbärtiger junger, nur mit einem Lendentuch bekleideter Domra wollte angekohlte, dicke Holzprügel bei einem der drei Scheiterhaufen, auf dem ein Leichnam eingeäschert werden sollte, als Grundlage verwenden, aber nachdem die vor dem Leichnam hockenden Verwandten lauthals und mit ihren Armen fuchtelnd protestiert hatten, mußte der Domra die angebrannten Hölzer des Scheiterhaufens, auf dem bereits ein Mensch eingeäschert worden war, wieder vom neuen Scheiterhaufen, auf dem ein Verstorbener eingeäschert werden sollte, herunternehmen und zur Seite werfen. Als es bereits dunkel geworden war und ich nur mehr im Feuerschein eines Scheiterhaufens meine Aufzeichnungen in meinem Notizbuch fortsetzen konnte, trat eine mit einem grüngelbgestreiften Sari bekleidete Frau an die niedergebrannte und mit Gangeswasser abgelöschte Feuerstelle und füllte eine Faustvoll feuchter Asche in ein Plastiksäckchen. Drei nackte Kinder, zwei Knaben und ein Mädchen, stampften bloßfüßig in der nassen schwarzen Asche und suchten, mit ihren nackten Fußsohlen tastend, zwischen den kleinen, harten, warmen Holzkohlestücken und der feuchten Asche nach Schmuck und Wertgegenständen, die der Tote vielleicht getragen hatte. Als es schon finster war, hielt in der Harishchandra Road, wenige Meter vom ewig brennenden heiligen Feuer und von der Auffahrt zum elektrischen Krematorium entfernt, ein Autobus, dem junge und ältere Männer nacheinander entstiegen, die sich auf der Straße ihre Füße vertraten. Schemenhaft wurden von einer kleinen, elektrischen roten Lampe die leeren Autobussitze beleuchtet. Leise raschelten im Wind dic goldenen und silbernen, das Fahrzeug verzierenden Bänder hin und her. Knaben und Männer streckten vor dem Autobus ihre Gliedmaßen, massierten ihre Oberschenkel, schüttelten die Beine aus, machten eine Kniebeuge nach der anderen. Ein bei uns herumstehender, ein paar Brocken Englisch sprechender Mann teilte uns mit, daß dieser Omnibus mit seinen Insassen aus Kalkutta gekommen sei und der auf den Gepäckträger aufgebundene Tote in der heiligen Stadt Varanasi eingeäschert werde. Ein paar Männer hoben den Leichnam mit der siebensprossigen Bambusleiter vom Gepäckträger des Autobusses. Der sich in Bewegung setzende Leichenzug wurde von einem halbwüchsigen, ein Bündel brennender, nach Sandelholz riechender Räucherstäbchen haltenden Knaben angeführt. Die vier immer wieder »Ram Nam Satya hai!« rufenden Leichenträger folgten in der Finsternis den gebündelten, rot leuchtenden Punkten der Räucherstäbchen. Wir nahmen diesmal keine Fahrradrikscha, da ich Angst hatte, daß der Rikschafahrer wieder zu schnell durch die halbdunkle, fast allabendlich von Stromausfall geplagte Stadt die Assi Road hinunterfahren könnte, vorbei an den auf dem Asphalt herumliegenden, halbverhungerten, sich krümmenden und in die verkrusteten und eitrigen Wunden an ihren Flanken oder auf ihrem Rücken beißenden Hunden, den hupenden, schwarzen, Abgasqualm ausstoßenden Autos, trottenden Kälbern, Kühen und Ziegen, und zu schnell vorbeifahren könnte an den Hunderten klingelnder Fahrradrikschas, und gingen deshalb zu Fuß die Assi Road hinunter. Dort und da leuchtete bei den Bügelständen die rote Glut aus den schweren, großen, löchrigen Holzkohlebügeleisen. Einer der beiden kleinen Jungen, die mit Bauschutt beladene Esel durch die Straßen führten, hielt den mit einem Zeitungspapier umwickelten Schwanz des Esels am oberen Ende, unter dem After fest. Auf flachen Blechschüsseln, die Frauen auf ihren Köpfen trugen, lagen mehrere mit feuchten Jutetüchern abgedeckte Karpfen. Dort und da konnte man die Schwanzflosse oder den Kopf eines Fisches sehen. Die Pfote eines toten Hundes lag auf dem Kadaver eines auf dem Rücken liegenden Frosches. Die gekrümmten Zehen des Frosches, der die Beine von sich gestreckt hatte, standen senkrecht in die Höhe. Sein weißer, schwarzbepunkteter Bauch war aufgebläht.

ZWEI NACH JASMIN duftende, zwischen zwei Steinblöcken einer Stiege eingeklemmte Räucherstäbchen brannten vor einer alten Frau, die mit gefalteten Händen bis zum Hals in den Fluß eingetaucht war und darauf achtete, daß während ihres Gebetes ihre Fingerspitzen unter der Wasseroberfläche blieben. An den Achseln festgehalten, wurde eine gebrechliche achtzigjährige Frau von einem alten Mann in den Ganges eingetaucht. Er drückte ihren Kopf nach unten, bis das heilige Wasser über ihrem Haupt zusammenschlug, und zerrte die dürre, runzlige und zahnlose Frau, sie an beiden Achseln hochhebend, wieder an die Oberfläche. Gangeswasser rann aus ihren strähnigen, langen weißgrauen Haaren über ihr Gesicht und über ihre bis auf den Bauch hinunterhängenden, aus der klitschnassen Bekleidung herausschauenden Brüste. Eine andere alte Frau, die nicht mehr aufrecht gehen konnte und sich gebückt, mit den Händen Stufe für Stufe ertastend, über die steile Stiege aufwärtsschleppte, schob ihren mit Gangeswasser gefüllten Silberbecher vor sich her. Haut und Haare zweier junger, mit einem Lendenschurz bekleideter Bauarbeiter, die auf der untersten Stufe des Kedara Ghat hockten und ihre Kleider einseiften, waren mit einer grauen Staubschicht bedeckt. Hinter dem Rücken der Bauarbeiter tauchte mit gefalteten Händen und Gebete murmelnd eine Frau mit langen schwarzen Haaren, die ihr vors Gesicht gefallen waren und ihr Gesicht zur Gänze verdeckt hatten, aus dem Fluß auf. Nachdem ein halbwüchsiger Junge auch den Kopf seines kleinen Bruders einshamponiert und den Seifenschaum aus den Haaren gewaschen hatte, sprang er mit einem anderen Jungen, der auf einem Auge blind war, kopfüber zwischen die vom Einäscherungsplatz angeschwemmten orangefarbenen Blumengirlanden in den Fluß, tauchte unter und tauchte auf und kraulte, den nassen

Kopf immer wieder nach links und rechts werfend, so daß einmal die eine, einmal die andere Gesichtshälfte die Wasseroberfläche berührte, ans Ufer zurück. Eine braune Ziege wich den herumliegenden Seifen und der frischgewaschenen, auf den Stufen ausgebreiteten Leibwäsche so vorsichtig aus, als wüßte sie genau, daß sie auf den glitschigen verschiedenfarbigen Seifen ausrutschen und zwischen den badenden, spritzenden und Kleider waschenden Jungen in den Ganges stürzen würde. Das Tuch am Henkel verknotend, band der halbwüchsige Junge, der ein nasses Tuch um seine nackten Hüften geschlungen hatte, seinem kleinen Bruder eine leere, verschlossene Plastikkanne auf den Rükken. Während der sich ängstlich umblickende Junge mit der Plastikkanne auf seinem Rücken langsam in den Fluß hineinging, bis er plötzlich den Boden unter den Füßen verloren hatte und wild um sich zu schlagen und zu schreien begann, wurde von einem Inder langsam ein Boot vorbeigerudert, auf dem drei schwarz verschleierte Frauen saßen. Über das Boot hinausblickend, bemerkte ich, daß sich am menschenleeren anderen Ufer unweit der Stelle, wo in der Mitte des Flusses die toten Kinder im Ganges versenkt werden, Hunderte Geier angesammelt hatten. Unter dem Geläute einer Glocke flogen zwei aufgeschreckte Spatzen aus dem Inneren eines kleinen Tempels, in dem Pilger Reis und orangefarbene Blumenblüten aus Marigold ausgestreut hatten. Auf der untersten Stufe, halb im Fluß stehend, füllte ein indischer Pilger, der in die heilige Stadt Varanasi gekommen war, um im Ganges ein rituelles Bad zu nehmen, seine aneinandergepreßten Handschalen mit Gangeswasser, hob seinen Kopf und blickte, während das Wasser zwischen seinen Fingern auf seine Oberschenkel hinuntertropfte, ins Objektiv eines Fotoapparats, den sein halbwüchsiger Sohn in Augenhöhe gehoben hatte. Ein schwachsinniger, seine Lippen weit auseinanderspreizender junger Mann ließ sich von seinem Vater mit einer vom Gangeswasser befeuchteten Zahnbürste ohne Zahnpasta sein Gebiß putzen. Deutlich hörte man das Krachen der Brustkorbrippen, als ein Mann einem widerspenstigen, nackten kleinen Jungen seine Faust auf den Rücken schlug. Langsam und vorsichtig gehend, trug eine alte Frau die Opfergabe eines braunen, mit Joghurt gefüllten Tonbechers ans Ufer des Ganges, und ein kleines, nacktes Mädchen mit verfilzten Haaren, dessen Augenlider mit Kajal schwarz gefärbt waren, putzte mit einer Zahnbürste das rosarote Gesicht eines Puppenkopfes. Ein nackter dreijähriger Junge begann zu weinen und zu schreien, strampelte mit seinen Beinen und stemmte seine Füße gegen eine warme Steinstufe, als ihn seine einen grünen Sari tragende Mutter wenige Meter vor einem vorbeischwimmenden schwarzen Ziegenkadaver in den heiligen Fluß eintauchen wollte. Die Hörnerspitzen der toten Ziege überragten die unruhige Wasseroberfläche ein paar Zentimeter.

IN DER GODAULIA, wo ich am Straßenrand an einem Kalb vorbeiging, dem ein aus Stricken geflochtener, feuchter Maulkorb vor seiner Schnauze hing, und wo ein junger Mann mit seinem Fahrrad vorbeifuhr, der einen Jutesack voller gelber und orangefarbener Blumengirlanden auf seinen Gepäckträger gespannt hatte, bemerkte ich einen bloßfüßigen kleinen Jungen, der von einem Verkaufsstand, auf dem haufenweise Weintrauben lagen, ein paar lose, grüngelbe, von den Trauben gefallene Beeren stehlen wollte, aber vom aufmerksamen Verkäufer ertappt wurde, der mehrere Male laut fluchend seine flache Hand wuchtig und dabei heftig schnaufend auf den schwarzen Hinterkopf des Jungen schlug. Mit hochrotem Kopf, seine Finger vor Schmerz an den Hinterkopf pressend, verschwand der Junge winselnd im Gewirr von Leuten, Kühen und Fahrradrikschas. Unmittelbar danach wurde beim Weintraubenhändler von vier immer wieder »Ram Nam Satya hai« rufenden Männern im Laufschritt eine Bambusleiter vorbeigetragen, auf die ein mit gelben Blumengirlanden umwickelter Leichnam einer jungen Frau aufgebunden war. Auf Zehenspitzen stehend und den Kopf verdrehend, konnte ich nur flüchtig auf das entblößte, mit rotem Blütenstaub bestreute Gesicht der Toten sehen. Wir begegneten einem Blinden, der an seinem Blindenstock – einem Bambusstab – eine Fahrradklingel angebracht hatte und, durch die enge Gasse sich mit dem Stock vorwärtstastend, immer wieder klingelnd auf sich aufmerksam machte. Am Straßenrand nahm ein Fischhändler mehrere große, fette, glitschige, tote Karpfen aus einem feuchten Jutesack und ließ sie in einen wassergefüllten Holzbottich rutschen. In einem Haufen weißer Eierschalen, auf dem sich massenhaft Fliegen tummelten, wühlte ein nackter schwarzer Kinderfuß. Ein Mann warf einer Schar gackernder und zurückweichender Hühner kiloweise blutige Hühnerherzen vor die Beine. Eine Kuh kaute an den regenverwaschenen grauen Stoffetzen, die sie mit ihrer Zunge vom Sonnenschutz einer Fahrradrikscha heruntergerissen hatte. Als mich meine Begleiterin auf einen leprakranken zehnjährigen Jungen aufmerksam machte, den ich zuerst im Gewirr von Leuten übersehen hatte, und ich neugierig stehenblieb, mich umdrehte und auf die zehenlosen dunkelbraunen Fußstumpen des vorsichtig und langsam Schritt für Schritt vorwärtstastenden Jungen blickte, blieb auch der auf uns aufmerksam gewordene leprakranke Junge stehen, drehte sich zu mir und lächelte zu meiner Überraschung stolz, ehe er sich wieder langsam mit seinen an Elefantenfüße erinnernden Fußstumpen vorwärtstastete. Im Türstock, unter einem am Hauseingang hängenden kleinen Käfig, in dem ein grüner Papagei mit einem roten Schnabel hockte, stützte sich ein alter Mann auf einen grünen, an einem Ende angekohlten Bambusstock. Aus seiner linken Augenhöhle stand weit sein weißer Augapfel hervor. Ein Mann hockte, die vorbeigehenden Leute anrufend, vor einer kleinen rosaroten Personenwaage, auf der man für ein paar Paisa sein Gewicht kontrollieren konnte. Unter dem Gelächter der anderen Soldaten faßte ein Militärmensch, der sein Gewehr zur Seite gestellt hatte, einen sich widerstrebenden und mit seinen Hufen auf dem Asphalt kratzenden Ziegenbock an den Hörnern und zog ihn von der Straßenmitte an den Straßenrand. Als ich mit einer großen, reifen Papaya durch den Markt ging, schlug eine auf mich zukommende Kuh mit ihrem schwarzgehörnten Schädel die gelbe Frucht aus meinen Händen. Ich hatte mich so sehr erschrocken, daß ich wie gelähmt stehenblieb und die gelbe, von den Hörnern zusammengestampfte Frucht zu Boden fallen ließ. Mit ihrer Schnauze stieß die Kuh die Papaya sofort ein paar Meter weiter die Straße entlang, um sie in Ruhe auffressen zu können. Mit gesenktem Kopf hockte neben einem Abfluß eine Frau auf einem flachen Stein, die ein löchriges, modriges Wolltuch um ihre Schultern geschlagen hatte, auf dem Hunderte Fliegen saßen. Zuerst glaubte ich, es sei ein Stoffpaket, das vor einem Textilwarengeschäft am Straßenrand lag, aber als ich näher kam und angestrengt aufs Bündel schaute, bemerkte ich, daß es sich um ein von Kopf bis Fuß in Stoff eingewickeltes Kind handeln mußte, denn ich sah am einen Ende, wo ich die Rundung eines kleinen Kopfes ausmachen konnte, daß sich der Stoff vom Atem rhythmisch auf und ab bewegte. Auf die ledernen Scheuklappen eines eine Kalesche ziehenden Pferdes waren rote Herzen aufgemalt. Ein kleines weißes, mit einer orangefarbenen Blumengirlande bekränztes Zicklein hockte im geflochtenen Korb, der auf den Gepäckträger eines Fahrrades gespannt war. In Tausende auf einem vorbeifahrenden Lastwagen aufgestapelte rote Ziegel war das alte indische Zeichen, ein Hakenkreuz, eingebrannt. Ein mit dünnen Eisenplatten Müll zusammenschiebender Mann klaubte schwarze Holzkohlestücke aus dem Abfallhaufen und warf sie in einen an den Haltegriffen des Müllkarrens hängenden Plastiksack. Die nackten Fersen vorbeigehender Frauen, die mit getrockneten Kuhfladen gefüllte Körbe auf ihren Köpfen trugen, waren von Henna rot gefärbt. Unter dem großen Werbeplakat eines Schreib- und Papierwarengeschäfts, auf dem ein überdimensionaler farbiger Bleistiftspitzer aus Plastik mit einer glitzernden Metallklinge abgebildet war, säuberte ein auf dem Boden hockender halbwüchsiger, nur einen Lendenschurz tragender schwarzer Junge mit seinen bloßen Händen, die er immer wieder in einen mit Wasser gefüllten Kübel eintauchte, die Gummireifen einer Fahrradrikscha, die voll vom Kot durch die Straßen ziehender, Zeitungspapier und Pappe, Gemüse- und Obstabfälle fressender Kühe und Kälber waren. Eine alte Frau saß mit angebrannten und angekohlten, ihren Kopf weit überragenden Bambusstäben, die sie zwischen ihre Kniescheiben geklemmt hatte, auf einer von einem jungen Inder chauffierten Fahrradrikscha. Im dichten Verkehr saß ein Travellerboy auf einer langsam weiterfahrenden Fahrradrikscha und blätterte in einem Stoß Ansichtskarten von Varanasi, während ein bloßfüßiger Junge, neben der Fahrradrikscha herlaufend, darauf wartete, bis der Travellerboy ein paar Ansichtskarten ausgesucht hatte. In einer engen Gasse am Goldenen Tempel, nahe der Moschee, die mit hohen Stacheldrahtrollen umzäunt, mit Tausenden Sandsäcken verbarrikadiert und von Soldaten mit Maschinengewehren umstellt war, versuchte ich bei einem Blumenverkäufer an einem Haufen übereinanderliegender Blumengirlanden zu riechen, aber noch ehe ich mit meiner Nasenspitze die feuchten weißen Jasminblüten berühren und ihren Duft inhalieren konnte, begann der Blumenverkäufer zu schreien und schlug seine Hand auf mein rechtes Schulterblatt. Später erfuhr ich, daß man an den Blumen, die den Göttern geopfert werden sollen, vor der Opferung nicht riechen, ihnen nicht den Duft entziehen darf. Im Fruchtwasser der halbierten Kokosnuß, die eine auf den Goldenen Tempel zugehende Frau als Opfergabe in ihrer Hand hielt, schwammen ein paar kleine rote und gelbe Blüten. Am Ufer des Ganges zum Hotel Richtung Assi Ghat gehend und beim Einäscherungsplatz des Harishchandra Ghat vorbeikommend, sah ich, daß der halbwüchsige Junge mit dem Nasenring, der an seinem Hinterkopf ein geringeltes, bis zu seinem Halswirbel hinunterhängendes Haarzöpfchen trug, mit zwei anderen jungen Domra mit bloßen Füßen im knöcheltiefen Wasser des Gangesufers stampfend und wetzend, nach Edelmetallen suchte, nach Halsketten und Ringen, mit denen ein Toter verbrannt worden war, und sich, als er mich bemerkte, ein wenig verstohlen und verlegen an den Schultern der beiden links und rechts von ihm stehenden und ebenfalls Edelmetalle ertastenden Domra festhaltend, mit seinen nackten Fußsohlen – orangefarbene Blumengirlanden und kleine schwarze

Holzkohlestücke schwammen um seine dunkelbraunen Knöchel – weitersuchte und dabei auf seine Unterschenkel und manchmal auf seine aus dem schmutzigen Wasser auftauchenden schwarzen Zehenspitzen schaute. Neben einem mehrere Meter hohen offenen Schrein, der mit senkrechten gelben und schwarzen Streifen bemalt ist, spielten nackte Kinder mit einem farbigen, von mehreren breiten Goldstreifen durchwirkten, in der Sonne glitzernden Kunststofftuch, das vor der Einäscherung vom Körper eines Toten genommen und neben den orangefarbenen und gelben Blumengirlanden und der zerstörten Bambustragbahre in den Ganges geworfen worden war. Das Leichentuch an den vier Zipfeln über ihren Köpfen haltend und im Chor »Ram Nam Satya hai!« rufend, liefen die Knaben zum Ufer des Ganges hinunter, wo die beiden Boote zwischen den Bambusstangen leicht hin und her schwankten, mit denen die toten, mit Hanfschnüren auf flache, schwere Steine gebundenen Kinder von einem Domra in die Flußmitte hinausgerudert und im Fluß versenkt werden. Am Assi Ghat, unweit vom Stiegenaufgang des Hotels Ganges View, hockten sechs kleine Jungen, die einen großen, dicken Gummischlauch zu flicken versuchten, ein brennendes Zündholz an ein Gummifleckchen hielten und den flüssig werdenden Gummi kreisend um den Rand der defekten Stelle tropfen ließen, bis sie das immer kleiner werdende Loch des Schlauches mit dem heißen, flüssigen, schnell erstarrenden Gummi ausgefüllt hatten. Neben einem an der Gartenmauer des Hotels lehnenden Fahrrad, auf dessen Gummikotlasche am Vorderrad ein Hakenkreuz aufgemalt war, zerbiß laut krachend eine humpelnde Kuh, die ein schlecht zusammengewachsenes Bein hatte, kleine rostrote Ziegelstücke. Als ich von der Veranda des Hotels auf einen Müllhaufen blickte, auf dem ich wieder bloßfüßige, mit Schürhaken im Abfall nach Plastikfetzen suchende Kinder sah, die einen halbgefüllten Jutesack auf ihren Schultern trugen und zwei vor der

Müllhalde sich begattenden Eseln zuschauten, fiel mir ein, daß dieser Tage auf der Assi Road ein Wasserbüffelstier mit erhobenem, langem rotem Glied und Samen auf den Asphalt verspritzend auf eine am anderen Straßenrand Papier und Bananenschalen fressende Wasserbüffelkuh zulief, seine Vorderbeine auf die Flanken der überraschten Kuh drückte, der Bananenschalen aus dem Maul hingen, und sein Glied in ihre kotverschmierte Scheide zwängen wollte. Ich wich schnell ein paar Schritte zurück und drängte mich zwischen die anhaltenden Fahrradrikschas, da ich Angst hatte, daß mich der Wasserbüffel mit seinem Samen bespritzen oder mich, während er die Kuh begattete, zu Tode trampeln würde.

EIN VIERZEHNJÄHRIGER Knabe schwamm mit einem Tuch, in das vertrocknete Blumenblüten und Blumengirlanden eingewickelt waren, in die Flußmitte hinaus, öffnete den Stoff und übergab die Blumen an der Stelle dem Ganges, wo, tief unter den strampelnden Beinen des Knaben, am Grunde des Flusses die verwesenden Leichen Hunderter, mit Hanfschnüren auf schwere, flache Steine aufgebundener Kinder lagen. Als der Junge wieder ans Ufer zurückschwamm und plitschnaß aus dem Wasser stieg, sah ich, daß der Vierzehnjährige mehr als fünfmal sein blaues Lendentuch an seinen Hüften auseinanderbreitete, den umherstehenden, badenden und ihre Kleider waschenden kleinen und größeren Jungen seine großen schwarzen Geschlechtsteile zeigte und erst danach die beiden Zipfel am Bauchnabel verknotete. Ein anderer Knabe warf eine halbgeöffnete Banane so geschickt in den Fluß hinein, daß sich die Banane während des Fluges schälte und die Frucht vor der Schale in den Ganges hineinplatschte. Die erstaunten Knaben sprangen lachend ins Wasser hinein, tauchten nach der langsam untergehenden Banane und aßen sie, jeder ein Stück abbeißend, im Fluß auf. Wütend, weinend und jammernd warf ein kleiner Junge ein Stück Seife weit in den Ganges hinaus, nachdem ihn sein unachtsamer größerer Bruder am Bein verletzt und dabei eine bereits verkrustete blutige und eitrige, mehrere Zentimeter lange Wunde wieder aufgerissen hatte. Ein Geier flog ruhig mit weit auseinandergebreiteten Flügeln über die badenden Knaben hinweg ans andere, menschenleere Ufer des Ganges. Immer wieder zog der vierzehnjährige Knabe an seinem blauen, um die Hüften gebundenen Tuch, trocknete seine Haare und entblößte wieder mehrere Male seine nackten Hüften vor den anderen, ihre Köpfe verdrehenden Jungen. Mit einer Whiskyflasche, die er mit dem heiligen Wasser des Ganges gefüllt hatte, ging einer der

Jungen, die sich im Fluß die Banane geteilt hatten, die warme Steintreppe hinauf, in die Stadt hinein. Immer mehr Geier flogen über die badenden und ihre Kleider waschenden Knaben hinweg, der eine Geier schwebte ruhig und lautlos, der andere schlug, ein paar kleine weiße Federn verlierend, mit seinen Flügeln. Am anderen Ufer des Flusses landeten die Geier und sammelten sich an der Stelle, wo manchmal Leichen im Ganges versenkter Kinder an die Oberfläche getrieben und ans Flußufer gespült werden. Ein Junge, der ein opalfarbenes Tuch um seine Hüften geschlungen hatte und neben mir auf der Steintreppe saß, sabberte immer wieder Spucke aus seinem Mund und versuchte, mit dem Speichel an seinen Lippen große Blasen zu fabrizieren. Wenn er eine Speichelblase zustande gebracht hatte, die nach ein paar Sekunden an seinen Lippen wieder zerplatzte, zog er schlürfend den Speichel in seinen Mund zurück, schluckte ihn hinunter und versuchte es von neuem. Immer wieder, wohl eine Viertelstunde lang, bemühte er sich, mit frischer Spucke eine luftgefüllte Speichelblase an seinen Lippen zu formen. Danach ging er zur untersten, halb im Wasser versunkenen Steinstufe, tauchte seine Hose in den Ganges, breitete sie auf einer Stufe aus und seifte sie mit einem braunen, dünnen Waschstück ein. Sein kleinerer Bruder, der eine Füllfeder um den Hals hängen hatte, spielte mit zwei farbigen Glaskugeln in seinem Mund, die er mit seiner Zunge hin und her schob. Manchmal ließ er die glitschigen, speichelnassen Glaskugeln aus seinem Mund in seine Handschalen gleiten, steckte sie aber wieder in seinen Mund und transportierte sie mit seiner Zunge von der einen zur anderen Seite. Der vierzehnjährige, ein blaues Tuch um seine Hüften tragende Knabe, der in der Flußmitte über den am Grunde des Flusses kreuz und quer übereinanderliegenden, mit Hanfstricken auf Steine aufgebundenen, in weiße Baumwolltücher eingewickelten Kinderleichen Blumenblüten und Blumengirlanden ausgestreut und danach am Flußufer den badenden, ihre Zähne putzenden und ihre Kleider waschenden Jungen immer wieder bei seinen An- und Auskleideritualen kokett und stolz sein großes schwarzes Glied und seine prallen Hoden gezeigt hatte, knöpfte an seinem Nabel noch einmal die beiden Zipfel seines blauen Lendentuches auseinander, ließ es auf die Steintreppe fallen, ging splitternackt in den Ganges hinein, schwamm wieder bis zur Flußmitte hinaus, wo, inzwischen verstreut, seine geopferten orangefarbenen und gelben Blumenblüten und Blumengirlanden schwammen, tauchte über den kreuz und quer übereinanderliegenden und ineinander verkeilten, am Grunde des Flusses liegenden Kinderskeletten und Kinderleichen unter die Wasseroberfläche, tauchte wieder auf und schwamm langsam ans Flußufer zurück. Als er aus dem Fluß trat und Wasser von seinen Haaren rann, von seinem Körper und von der Spitze seines schwarzen Gliedes tropfte, streichelte der Knabe mehrere Male unauffällig seine nassen schwarzen Hinterbacken und berührte, mit seinen beiden Zeigefingern die Leisten entlangstreifend, seine schwarzen, faltigen, vom kalten Flußwasser zusammengeschrumpften Hoden. In der Zwischenzeit war ein anderer, siebzehn- oder achtzehnjähriger Rikschafahrer gekommen, den ich bereits mehrere Male am Ufer des Flusses bei seinen Waschzeremonien beobachtet hatte und der zur Begrüßung, wenige Meter von mir entfernt, sein Lendentuch aufknöpfte und seine großen schwarzen Geschlechtsteile zeigte. Während er seinen Körper einseifte und seine Kopfhaare einshamponierte, sagte er, daß ich ihn nackt fotografieren könne, wenn ich mit ihm danach in die Harishchandra Road ginge und ihm eine Cola bezahlte. Auf der Steintreppe sitzend, öffnete er, sich gleichzeitig einseifend, immer wieder sein Lendentuch, entblößte seine Hüften und lachte in die Kamera. Als wir gemeinsam am Einäscherungsplatz vorbei, neben dem Gerüst der elektrischen Verbrennungsanlage über die steile Steinstiege hinauf aufs ewig brennende, von einem dicken, schnauzbärtigen Domra bewachte heilige Feuer zugingen, fuhr in der Harishchandra Road langsam ein Jeep auf uns zu, auf dessen Dach ein ungeschmückter, von Kopf bis Fuß in ein dünnes weißes Baumwolltuch eingewickelter Leichnam aufgebunden war. Der Kopf des Toten lag auf einem Polster, das links und rechts von zwei getrockneten Kuhfladen aufgestützt wurde. Vor dem eingewickelten Leichnam, der von vier Männern vom Dach des Jeeps gehoben wurde, blieb ein Mann mit seinem Fahrrad stehen, der eine eingepackte Sitar auf seinen Rükken geschnallt hatte. Der Mann machte mehrere Kreuzzeichen, sprach ein Gebet, klingelte mehrmals mit seiner Fahrradglocke und fuhr die Harishchandra Road hinauf in die Stadt hinein. Kaum hatte ein junges schwarzes Kalb seinen Dung auf den Asphalt fallen lassen, raffte sich auch schon ein herumlungernder, schwarzer, struppiger und ausgehungerter Hund auf, der am Rücken verkrustete und eitrige Wunden hatte, und begann am warmen, noch leicht rauchenden, fladenartig auf den Asphalt gefallenen Kot zu lecken. Eine junge, silberne Zierketten an ihren beiden Fußknöcheln tragende Frau, die mit einem Tuch Mund und Nase verdeckt hatte, karrte gebückt einen niedrigen Müllwagen mit eisernen, auf dem Asphalt rumpelnden Rädern vorbei, den sie auf einer Müllhalde ausleerte. Kaum hatte ich in meinem Notizbuch die Aufzeichnung gemacht, daß auf der Harishchandra Road, unweit von der elektrischen Einäscherungsanlage und vom ewig brennenden heiligen Feuer, von dem alle Scheiterhaufen angezündet werden, ein Leichnam, eingewickelt in farbige Tücher, auf dem Dach einer Motorradrikscha auf einer siebensprossigen Bambusleiter mit groben Hanfschnüren festgebunden war und der halbentblößte Kopf des Toten beim Fahren hin und her wackelte, wurde wieder ein Verstorbener von vier betelkauenden Männern vorbeigetragen, die im Chor immer wieder »Ram Nam Satya hai!« riefen. Die Bambusstangen der

Tragbahre federten vom rhythmischen Gang der Träger und vom Gewicht des Toten.

EIN TOTER zwölfjähriger, in ein weißes Baumwolltuch eingewickelter und mit Hanfschnüren auf einen schweren, flachen Stein aufgebundener Junge wurde mit einem Boot, in dem mehrere Männer saßen, gegenüber dem Harishchandra Ghat in die Flußmitte hinausgerudert. Als einer der Männer am Bug des Bootes den schweren Stein, auf den der Leichnam aufgebunden war, noch einmal zurechtrückte, bewegten sich die über den Bootsrand hängenden und knapp über der Wasseroberfläche pendelnden Füße des Knaben, so daß ich im ersten Augenblick glaubte, der Junge werde sich noch einmal erheben und über das Wasser zum Einäscherungsplatz zurückspazieren. Bis der Ruderer mit dem Boot in der Mitte des Flusses ankam und der Knabe mit dem schweren Stein ins Wasser gestürzt wurde über all den anderen zu Hunderten am Grunde des Flußes ruhenden Kindern, lag schwer die Hand eines im Boot sitzenden Mannes auf dem Kopf des toten Jungen.

AN EINEM SPÄTEN NACHMITTAG, als wir wieder das Gangesufer entlang zum Harishchandra Ghat gingen, wurde ein toter, von Kopf bis Fuß in ein weißes Baumwolltuch eingewickelter und mit groben Hanfstricken auf einen schweren, flachen Stein aufgebundener Junge mit einem Boot in die Mitte des Flusses hinausgerudert und ins Wasser gestürzt. Schnell ging der tote Junge unter und fiel auf die anderen, meterhoch am Grunde aufgetürmten, kreuz und quer übereinanderliegenden Kinderskelette und verwesenden Kinderleichen. Bald nachdem die Verwandten den toten Knaben in der Flußmitte versenkt hatten, sprangen sie in den Ganges hinein und schwammen zum Harishchandra Ghat zurück. Ein Mann, der zwischen vier senkrecht an seinem Ruderboot befestigten Stangen ein goldglitzerndes, zerschlissenes Leichentuch als Sonnenschutz gespannt hatte, stieß mit seinem Ruder einen stark nach Verwesung riechenden Kadaver eines Kalbes, das von der Strömung an sein Boot herangeschwemmt wurde, weiter in den Fluß hinaus. Am Flußufer, wo der Leichnam des Knaben von einer siebensprossigen Bambusleiter gehoben und auf den flachen, schweren Stein gebunden worden war, ließen sich zehn violett glänzende Raben nieder und pickten Getreidekörner auf, die aus den Falten des weißen Leichentuches gefallen waren, aber sie wurden von einem nach halbverkohlten menschlichen Knochenresten suchenden Hund verjagt, flogen in die Höhe, setzten sich auf die Spitzen der Bambusstangen, mit denen die Totenboote am Ufer des Ganges befestigt waren, und kehrten wieder zu den herumliegenden Getreidekörnern zurück, um noch einmal vom angreifenden, bellenden Hund vertrieben zu werden. Mit einem kleinen, jungen Geier auf der Schulter, dem sie immer wieder den gelben Kopf küßte, stellte sich ein Mädchen mit verfilzten schwarzen Haaren neben mich und schaute auf mein aufgeschlagenes Notizbuch, auf dem ein kleiner indischer Junge bei der Froschschenkelernte abgebildet war, der zwei fette Frösche unter dem Kopf zusammendrückend in seinen Händen hielt. Ein kleiner, ebenfalls neben uns stehender, nackter Knabe fragte mich, ob ich nicht einmal für ein paar Rupies den Geier auf die Hand nehmen möchte, während das danebenstehende Mädchen, dessen Augenlider mit Kajal geschwärzt waren, immer wieder laut schmatzend den Schnabel des Geiers küßte. Die weit hinunterhängenden, rosaroten und schwarz besprenkelten Brüste einer nach halbverkohlten Knochenteilen suchenden Hündin berührten das schwarze Gangeswasser, und die Hinterbeine einer anderen, immer wieder hustenden und kotzenden, ebenfalls am Flußufer herumstreunenden Hündin verfingen sich in den schwimmenden, orangefarbenen und gelben Marigoldblumengirlanden. Die beiden bloßfüßig im Wasser stehenden und mit dicken grünen Bambusknüppeln immer wieder auf den brennenden Leichnam schlagenden Domra hoben gemeinsam ein größeres, angekohltes Stück Holz, das vom Scheiterhaufen gerutscht war, mit den beiden Bambusstangen auf den brennenden Körper des Toten. Am seichten Flußufer, vor dem brennenden Leichnam, auf dessen Kopf eine noch stark blutende Wunde sichtbar wurde, zwischen den kleinen, schwimmenden Holzkohlestücken und weinroten und orangefarbenen Blumengirlanden, hockte ein zwölfjähriger Knabe und wusch mit seinen Fingern die Kotreste von seinem Hintern. Der Kopf des Toten hing über den Rand des Scheiterhaufens hinunter. Deutlich konnte man seinen weit hervorstehenden, angekohlten Adamsapfel sehen. Hand in Hand gingen zwei halbwüchsige, nur mit einem Lendenschurz bekleidete Knaben am brennenden Scheiterhaufen vorbei, zum Baden ans Ufer des Ganges hinunter. Als ein Domra ein halbverkohltes Holzstück in den Ganges hineinwarf, lief auch schon eine nach Menschenknochen das Flußufer

absuchende Hündin hinterher, am erschrocken zur Seite tretenden Travellerboy vorbei, der den Finger an einer bestimmten Stelle in seinen Indienführer geklemmt hatte und auf den blutverschmierten, brennenden Kopf des Toten schaute. Nachdem ein dreizehnjähriger Knabe eine Zeitlang seinen nassen Lendenschurz über den Hitze ausstrahlenden Scheiterhaufen gehalten hatte, ging er bloßfüßig zwischen den kleinen, im seichten Wasser dicht nebeneinander schwimmenden Holzkohlestücken weiter am Ufer des Ganges entlang und band seinen noch feuchten Lendenschurz auf seinen Kopf. Ein Mann zog mit einem Strick seine Kuh ins Wasser hinein, beträufelte ihren Rücken und Kopf mit Gangeswasser und ging mit ihr, gefolgt von einem nackten schwarzen Jungen, der die Kuh am Schwanz hielt, über den Sandhügel hinauf, an der elektrischen Einäscherungsanlage vorbei, ins Quartier der Domra hinein. Über meinen Kopf und über die kleiner werdende Feuerstelle des Scheiterhaufens hinweg warfen die beiden abwechselnd den neugeborenen Geier haltenden Kinder Steine in den Fluß, auf die herumstreunenden, nach halbverkohlten Knochenstücken suchenden Hündinnen. Wieder wurde ein Leichnam auf einer Bambustragbahre von vier immer wieder »Ram Nam Satya hai!« rufenden Männern ans Ufer des Ganges hinuntergetragen und in den Fluß eingetaucht. Die Träger träufelten Gangeswasser auf den Kopf und auf die Brust des Toten, trugen den Leichnam zurück ans trockene Ufer und lockerten die Hanfschnüre. Eine in einen lilafarbenen Sari gekleidete Frau, die ihren Kopf mit einem Schleier verhüllt hatte und ein kleines Kind auf ihren Armen trug, hockte sich vor dem Kopf des Toten nieder. Der schnauzbärtige, nur mit einem rotweißkarierten Lendentuch bekleidete Domra schlug einer braunweißgefleckten Kuh, die dem noch aufs Bambusgerüst gebundenen Leichnam zu nahe gekommen war, dem sie die orangefarbenen Blumengirlanden von seinem Körper fressen wollte, das warme, angerußte und angekohlte Ende der Bambusstange auf den Schädel. Die angekohlte, schwarze Spitze des Bambussteckens bröselte an den Hörnern der Kuh ab. Kleine Kohlestücke rutschten über ihren braunweißgefleckten Rücken auf den Boden. Ein bloßfüßiger Junge stieg mit einem alten Mann über die steile Treppe des wohl vier Meter hohen, mit senkrechten gelben und schwarzen Streifen bestrichenen, am Harishchandra Ghat stehenden offenen Schreins, auf dessen Spitze ein Shiva-Lingam angebracht ist, und zündete ein paar Räucherstäbchen an. Ein Gebet sprechend, träufelte der alte Mann Gangeswasser auf die Heiligenstatue. Zischend stieg grausilberner Rauch auf, als einer der beiden Domra eine an der Spitze brennende Bambusstange im bleifarbenen Gangeswasser löschte. Fledermäuse flogen über den niedergebrannten Scheiterhaufen, auf dem man von den menschlichen Überresten nur noch einen kleinen, ein wenig rauchenden Kohleklumpen sehen konnte, den schließlich ein Domra zwischen zwei Bambusleitersprießel klemmte und in den Ganges hineinwarf. Die Angehörigen des Toten schöpften mit ihren Handschalen Wasser aus dem Fluß und löschten die noch glosenden Holzkohlereste. Mit den Bambusstangen, den Händen und mit ihren nackten Füßen schoben die beiden Domra die restlichen, noch warmen Holzkohlestücke und die verkohlten grauweißen, feinlöchrigen Knochenreste des eingeäscherten Toten in den Fluß hinein, bespritzten den gereinigten und ausgewaschenen Brandfleck mit dem heiligen Wasser des Ganges, bevor sie ein Bündel Räucherstäbchen anzündeten und in die Mitte der gesäuberten Brandstelle steckten. Der Sandelholzgeruch der Räucherstäbchen drang bis zu mir herauf, der ich am Rande des großen, runden Einäscherungsaltarsteins saß und in der Dunkelheit nur mehr mit Mühe meine immer größer werdenden Schriftzüge in meinem Notizbuch sehen konnte. Man hörte die Schreie der Frösche vom Ufer des Ganges, das Geläute

mehrerer Tempelglocken, Stimmen aus vier nebeneinander am Einäscherungsplatz vorbeifahrenden, mit ihren Paddeln leise auf die Wasseroberfläche schlagenden Ruderbooten und das polternde Geräusch vor den Beinen eines noch auf eine siebensprossige Bambusleiter aufgebundenen Toten übereinanderfallender Mangoholzprügel. In der Harishchandra Road lagen auf einem fahrbaren Gestell sechs große, schwere, in Plastik und Jute eingewickelte Eisblökke, die ein alter Mann den Zuckerrohrsaftverkäufern anbot. Während der alte Mann einen schweren, mit einem nassen Jutefleck umwickelten Eisblock zu den Männern brachte, die am Straßenrand grüne Zuckerrohrstangen in zusammenpressende, laut ratternde und die Zuckerrohrstangen zerquetschende Eisenräder der Maschine steckten, nahm ein kleiner Junge ein zwischen den Eisblöcken abgesplittertes Bröckchen Eis in den Mund, begann daran zu lutschen und bot auch mir ein Stück an. Nachdem ich offenbar nicht verständlich genug das Eis abgelehnt hatte, streckte der Knabe seine Zunge weit heraus und machte, das Eis vor seinen offenen Mund haltend, mit seiner Zunge Leckbewegungen, ohne das Eis zu berühren.

AM GRÜNDONNERSTAG, um halb fünf Uhr morgens, als wir von den in Holzzockeln zu den morgendlichen Ritualen an den Ganges pilgernden, orangefarben gekleideten Mönchen aufgeweckt wurden, erzählte meine Begleiterin, daß sie in der Nacht mehrere Stunden lang vom anderen, unbewohnten Ufer des Ganges Orgelmusik gehört und geträumt habe, daß jetzt in der Karwoche eine Christusstatue in einem indischen Tempel gewaschen wurde. Draußen war es noch stockdunkel. Vereinzelt hörte man bereits die Schreie der auf den Ästen des Neembaumes hockenden Raben. Im Zimmer roch es nach frischem Weizenbrot, das sie in der Küche einer nur zwei Häuser vom Hotel entfernt wohnenden, seit fünfundzwanzig Jahren in Varanasi lebenden österreichischen Indologin gebacken hatte, die uns einmal erzählte, daß ihre Katze manchmal einen Gecko fressen möchte, ihn zwar halb hinunterwürgt, aber den Leichnam wieder erbricht. Wir hörten, als wir im Bett saßen und die grauen, unter der Lampe an der Wand hockenden, Motten fressenden Geckos betrachteten, immer wieder das Aufklatschen der Holzzockel an den nackten Füßen der orangefarben gekleideten, in orangefarbenen Stoff eingepackte astige, dünne Bambusstäbe tragenden Mönche und das Raunzen ihrer Kannen, mit denen sie zum Fluß gingen, um das heilige Gangeswasser zu schöpfen und ins Kloster zu tragen. Der asthmakranke, zahnlose Mann, der in seiner Elendshütte aufgewacht war, begann wieder zu husten und zu spucken und warf, sich laut räuspernd, mehrere Male eitrigen Schleim aus seinem zahnlosen Mund auf den Boden. Die Hundewelpen unter seinem Holzverschlag begannen wieder zu quietschen. Das kleine, seit längerer Zeit unter einem Bronchialkatarrh leidende Mädchen mit den verfilzten Haaren, das von seiner Mutter im Holzverschlag immer wieder entlaust und geschlagen wird und das man oft weinen hört, war ebenfalls hustend aufgewacht. Aufgewacht war auch der Mann, der, eingewickelt in ein paar Jutefetzen, unter dem Neembaum schläft und, abgesehen von ein paar Stunden in der Nacht, solange sein Radio mit indischer Schlagermusik laut laufen läßt, bis die Batterie leer ist. Manchmal, wenn ich nach Mitternacht wieder Schlagermusik aus seinem Radio im Schlafzimmer hören mußte, hatte ich die Vorstellung, daß ich über die Hoteltreppe laufe, ihm sein Radio aus der Hand reiße und es nebenan in den Sumpf werfe, hatte aber auch dann und wann die Vorstellung, das Radio an seinem Schädel zu zertrümmern. Während wir, aufrecht im Bett sitzend, auf die Motten fressenden Geckos schauten, die Schreie der Raben und das Aufklatschen der Holzzockel auf den nackten Fußsohlen unter der Veranda des Hotels vorbeigehender, orangefarben gekleideter Mönche hörten, erzählte meine Begleiterin, wie sie am Vortag einem Leichenzug durch die Straßen zum Einäscherungsplatz gefolgt war, der von Musikern und Tänzern und einem ringsum bei den Straßenpassanten Geld einsammelnden Mann angeführt wurde. »Ram Nam Satya hai!« riefen die vier im Laufschritt mit dem aufgeschulterten, auf einer Bambustragbahre liegenden Leichnam durch die Straßen von Varanasi eilenden Männer. Bevor der Tote am Harishchandra Ghat am Ufer des Ganges eingeäschert wurde, entblößte ein Mann das Gesicht des Toten. Mehrere Männer hockten sich vor dem Leichnam nieder – ein Mann legte seine Hand auf die Stirn des Augengläser tragenden Toten – und ließen sich mit dem Verstorbenen fotografieren. Danach wurde das dünne weiße Baumwolltuch, mit dem sein nackter Körper umhüllt war, wieder über sein Gesicht gezogen. Der Tote wurde auf den Scheiterhaufen gehoben und mit seinen Augengläsern eingeäschert.

AM HARISHCHANDRA GHAT, wo am Ufer des Ganges ein Toter eingeäschert wurde und der frischgeschorene, glatzköpfige, nur ein nahtloses weißes Baumwolltuch um seinen nackten Körper tragende älteste Sohn des Toten in der Schlußzeremonie einen mit dem heiligen Wasser des Ganges gefüllten Tonkrug nach hinten über seine Schulter auf die warme, noch rauchende Asche werfen, der Krug zerbrechen und sich das heilige Wasser mit der Asche des Toten vermischen sollte, fing ein kleiner, bloßfüßiger, hinter dem Rücken des glatzköpfigen, mit einem weißen Baumwolltuch bekleideten Mannes lauernder Junge den Tonkrug auf und lief unter dem Geschrei der hinterhereilenden Männer über den Sandhügel hinauf, aufs ewig brennende heilige Feuer zu, ins Quartier der Domra hinein.

ALS WIR EINMAL im Hotel das Zimmer wechselten, ich mich aber schon daran gewöhnt hatte, allabendlich vor dem Einschlafen den grauen Geckos zuzuschauen, die in der Nähe der runden Leuchtkörper hockten und Motten jagten, aber im neuen Zimmer, das vorher von einem Schweizer Ehepaar bewohnt wurde, keine Geckos zu sehen waren, die mit Mottenkugeln vertrieben worden waren, und wir im neuen Zimmer, an die Geckos denkend, von Angstzuständen gequält wurden und beide – wir gestanden es uns am nächsten Morgen – stumm mit heftig schlagenden Herzen nebeneinander, auf die leere Wand starrend, im Bett lagen und lange nicht einschlafen konnten, ich mir überhaupt überlegte, ob wir nicht wieder ins andere Zimmer zu den Motten und Geckos übersiedeln sollten, entschlossen wir uns, am nächsten Tag in der Dämmerung die Schlafzimmertür sperrangelweit zu öffnen, damit die Motten ins hellerleuchtete Zimmer hineinströmen konnten. Bereits einen Tag später, als das Schweizer Ehepaar mit seinen Mottenkugeln im Rucksack unterwegs Richtung Himalayagebirge war, lauerten zwei graue, zehn Zentimeter lange Geckos unter dem runden Leuchtkörper.

HINTER DER FLIRRENDEN Hitze der hochschlagenden Flammen sah ich verschwommen ein Boot mit einem weißen Stoffdach, das von einem ein rotweißkariertes Kopftuch tragenden Inder langsam an dem Jungen mit dem Nasenring vorbeigerudert wurde, der splitternackt mit seinen halbwüchsigen Freunden an der Stelle in der Flußmitte badete, wo die toten, auf schwere flache Steine aufgebundenen Kinder im Ganges versenkt werden und wo sich die badenden, auf dem aufgeblasenen, quietschenden Autogummischlauch sitzenden Jungen mit ihren Füßen im Wasser trampelnd gegenseitig anspritzten. In dem Augenblick, als ich mich von den verschwommen hinter der flirrenden Hitze der Flammen des Scheiterhaufens in der Flußmitte badenden, schwarzen indischen Knaben abwandte und meinen Blick auf den wenige Meter unter mir brennenden Scheiterhaufen senkte, bogen sich die Beine des brennenden Toten in die Höhe, lösten sich vom Körper und rutschten vom Scheiterhaufen auf den Sandboden. Nachdem der schnauzbärtige, nur mit einem rotweißen Lendentuch bekleidete Domra mit einer langen, grünen Bambusstange die Füße auf den Scheiterhaufen zurückgehoben hatte, fingen die Zehen des Toten Feuer und begannen zu brennen, bis man nur mehr rußgeschwärzte, dünne, rauchende Knochenspitzen sehen konnte.

UNTER EINEM ZERRISSENEN, schwarzen, am Bug des Ruderbootes verankerten Regenschirm hockte ein Bootsmann und rief: »Hallo Boot!? Boot going? Boot?« den am Ufer des Ganges entlangspazierenden Touristen zu. Mit einem dikken grünen Bambusknüppel schlug ein Mann laut stöhnend auf ein nasses Wäschestück, aus dem rotgefärbte, schaumige Lauge quoll, während sein nackter kleiner Sohn versuchte, mit Gummischlapfen zwei sich paarende Frösche aus dem Wasser zu fischen. Mit seinen bloßen Händen teerte ein dicker, schnauzbärtiger Domra die Unterseite eines neugeflickten, von zwei Rudern schräg aufgestützten Bootes, mit dem die toten Kinder und die toten Heiligen in den Fluß hinausgerudert und von den Verwandten versenkt werden. Der Junge mit dem Nasenring, der Sohn eines Domra vom Harishchandra Ghat, der an seinem Hinterkopf ein geringeltes, bis zum Halswirbel hinunterhängendes, an den Spitzen mit Henna rostrot gefärbtes Haarschwänzchen trug, saß nackt im Loch eines am Gangesufer schwimmenden, aufgeblasenen, dicken schwarzen Gummischlauches. Er streute rotes Pulver auf seinen ausgestreckten Zeigefinger, befeuchtete es mit Gangeswasser, putzte mit dem Zeigefinger seine Zähne und ruderte mit der anderen, freien Hand vom Ufer weg, weiter in den Fluß hinaus. Als ihn ein anderer im Ganges badender Junge bedrängte, rutschte er vom nassen schwarzen Reifen und hielt sich bäuchlings am Schlauch fest, drückte seine Geschlechtsteile an den weichen, prall mit Luft gefüllten, an seiner Haut quietschenden Reifen, machte lachend Kopulationsbewegungen, bis es ihm gelang, den anderen Knaben wieder vom Gummischlauch zu stoßen. Wieder mit seinem bloßen Hintern im Loch des Gummireifens sitzend, betrachtete er seinen nackten Schoß, schob die Vorhaut seines Gliedes nach hinten und bespritzte seine Eichel mit Gangeswasser. Als er aufstand, sich auf den prallen schwarzen Reifen kniete und mit seinen ausgestreckten Händen Gleichgewicht suchte, wurde er von seinen um den Reifen herumschwimmenden Freunden ins Wasser gestoßen. Er schwamm unter den Gummireifen und tauchte, sich mit dem Oberkörper durch das enge Loch des Reifens windend, mit seinem nassen schwarzen Haarschopf wieder an der Wasseroberfläche auf. Wieder im Loch des Reifens sitzend und einen Hindu-Schlager singend, ließ er seine Spukke auf seine schwarzen Schamhaare und auf die entblößte Eichel seines Gliedes fallen. Keine dreißig Meter von den Badenden entfernt, schlug ein Domra mit einem Bambusstab auf die verbrennenden Reste eines Leichnams. Dicker grauweißer Qualm stieg vom brennenden Scheiterhaufen auf. Abertausende Feuerfunken spritzten in die Höhe. Splitternackt trat der Junge mit dem Nasenring, der an seinem Hinterkopf ein geringeltes, auf seinen Halswirbel hinunterhängendes Haarzöpfchen trug, neben einer sich betend an einem tätowierten Holzstock aufstützenden, bis zum Hals im Ganges hockenden alten Frau aus dem Fluß. Wasser rann von seinen schwarzen Schamhaaren und tropfte von der zerknitterten Vorhaut seines Gliedes. Er band sich ein rotweißkariertes Baumwolltuch um seine Hüften, ging wieder in den Fluß hinein und schwamm zu den anderen jungen Männern hinaus, die sich den großen schwarzen Gummischlauch eines Lastwagenrades geschnappt hatten, stieß die Männer von seinem Spielzeug und ruderte mit Händen und Füßen, laut einen Hindu-Schlager singend, weiter auf den Fluß hinaus. Am Ufer des Ganges mit meinem aufgeschlagenen Notizbuch auf der warmen untersten Steinstufe sitzend, rann mir unter der heißen Aprilsonne der Schweiß in kleinen Bächen von Brust und Rücken und fiel tropfenweise aus meinen Achselhöhlen. Zwei opalgrüne Libellen, die wir als Kinder, als wir im Hochsommer in den Tümpeln der Drau, bekleidet mit einer schwarzen Unterhose, zwischen den Wasserpflanzen und Blutegeln badeten und von Baumästen ins Wasser hechteten, »Hubschrauber« nannten, begatteten sich an meiner rechten Kniescheibe. Als dem schönen, im Loch des Gummischlauchs sitzenden Jungen mit dem Nasenring sein rotweißkariertes, nasses, am Unterkörper klebendes Tuch auseinanderrutschte und ein anderer, ebenfalls auf dem schwimmenden Reifen sitzender kleiner Junge seinen nackten Schoß sah, auf dem die Wassertropfen glitzerten, und zu dem Jungen mit dem Nasenring sagte, daß er doch mit dem Tuch seine Geschlechtsteile wieder bedecken solle, schaute der Halbwüchsige stolz auf seine nackten Hüften, grinste dem kleinen, auf dem Reifen sitzenden Knaben, der noch keine Schamhaare hatte, höhnisch ins Gesicht, schob die Vorhaut seines Gliedes zurück und zeigte dem kleinen Jungen die nasse Eichel, ehe er, zögernd und dem kleinen Jungen spöttisch ins Gesicht lachend, mit dem rotweißkarierten Fetzen seinen Unterkörper bedeckte. Danach ruderte er mit dem Gummischlauch ans Flußufer, setzte sich auf einen flachen Waschstein und shamponierte seine Haare ein. Nachdem er den Kopf mit Gangeswasser gespült hatte, knotete er wieder sein Lendentuch auf und ließ es vor mir zu Boden fallen. Er verschränkte seine Finger an seinem Hinterkopf und bog seinen Körper durch. Zusammengeschrumpft vom kalten Flußwasser waren sein Glied und seine zerknitterten schwarzen Hoden. Der Knabe kehrte mir den Rücken zu, bückte sich vor mir schamlos mit auseinandergespreizten Beinen und schwemmte im Fluß sein rotweißkariertes Lendentuch aus. An seiner linken Hinterbacke hatte er eine kleine, ein paar Zentimeter lange Narbe. Während er das nasse Lendentuch noch einmal auswrang, ließ er sich genußvoll von den anderen, sich waschenden oder ihre Kleider einseifenden und im Fluß ausschwemmenden Jungen auf seine nackten Hüften und auf seine prallen Hinterbakken schauen, bevor er das Tuch auseinanderfaltete, mehrere

Male ausschlug und um seine Hüften band. Einen Hindu-Schlager summend, hob er den schwarzen Gummischlauch auf seine Schulter und ging über den heißen Sandhügel und die Steintreppe hinauf, aufs ewig brennende heilige Feuer zu, an den in farbige Kunststofftücher eingewickelten, auf siebensprossige Bambusleitern gebundenen und auf der obersten Treppenstufe liegenden Verstorbenen vorbei, ins Quartier der Domra hinein. Ein auf ein Bambusgerüst aufgebundener, in vergoldete Kunststofftücher eingewickelter Toter wurde am ewig brennenden heiligen Feuer vorbei von vier jungen, immer wieder »Ram Nam Satya hai!« rufenden Männern über die Steinstufen hinunter ans Ufer des Ganges getragen. Ein Knabe mit einem Bündel brennender, nach Magnolien riechender Räucherstäbchen führte den Leichenzug an.

NEBEN EINEM INDER, dem mit einem Rasiermesser eine Glatze geschnitten wurde, weil er eine Einäscherungszeremonie zu eröffnen hatte, standen auf einem Steinsockel zwei Travellergirls, die auf einen brennenden Leichnam hinunterblickten und sich mit ihrem indischen Führer über den Film »Der mit dem Wolf tanzt« unterhielten. Schäumende Flüssigkeit rann aus den feuchten, knisternd anbrennenden Mangoholzprügeln, auf denen der Leichnam, eingehüllt in ein orangefarbenes, mit breiten goldenen Streifen durchzogenes Kunststofftuch, aufgebahrt war. Die weiße, klebrige Flüssigkeit tropfte auf den Boden und wurde von zwei am Harishchandra Ghat herumstreunenden, nach halbverkohlten Menschenknochen suchenden Hunden aufgeleckt.

EIN KLEINES, mit seinen bloßen Füßen zwischen den schwimmenden orangefarbenen Blumengirlanden und kleinen Holzkohlestückchen im Wasser stehendes Mädchen hob mit einer angekohlten Bambusstange die halbverkohlten, noch rauchenden Holzprügel aus einem niedergebrannten, noch glosenden Scheiterhaufen und schob sie in den Ganges hinein, wo sie sofort zischend und rauchend erloschen. Die nassen Holzprügel trug es mit bloßen Händen aus dem Wasser und warf sie am Flußufer übereinander. Neben einer anderen Feuerstelle – der Leichnam war fast schon zur Gänze verbrannt – lagen zerknüllte, ausgefranste, farbige Kunststoffleichentücher. Ein kleines Stück vom Brustkorb des Toten, das dem Feuer am längsten Widerstand geleistet hatte, war noch vorhanden, und man mußte nicht hinschauen, man hörte es, wenn die beiden jungen, mit einem Lendentuch bekleideten Domra mit langen grünen Bambusstangen auf die Reste des rauchenden und brennenden Scheiterhaufens schlugen und dabei die halbverkohlten Brustkorbteile und nicht das danebenliegende verkohlende Holz trafen. Ein um mich herumstehender und immer wieder mir ins Gesicht und auf mein Notizbuch schauender Mann erzählte, daß auf diesem Scheiterhaufen – er deutete mit dem rechten Zeigefinger auf die Brandstelle – seine zweiundsechzigjährige Großmutter verbrannt werde und diese neben uns stehenden Kinder seine beiden Söhne seien. Im Inneren der zeltförmig aneinandergestellten, verkohlenden Holzprügel, in dem die Brustkorbreste der toten Frau verkohlten, flackerte noch ein kleines Feuer, in dem die beiden Domra immer wieder mit ihren angekohlten Bambusstangen stocherten. Eine schwarze Ziege ging am ewig brennenden heiligen, von einem Domra bewachten Feuer vorbei, über den Sandhügel hinunter und fraß neben dem brennenden Scheiterhaufen die herumliegenden weinroten

Blumengirlanden. Eine ihrer beiden weit nach unten hängenden schwarzen Euterzitzen war länger und dicker als die andere. Nachdem der plötzlich am Ufer des Ganges vor dem Einäscherungsaltarstein auftauchende, an seinem Hinterkopf ein geringeltes, bis zu seinen Halswirbelknochen reichendes Haarzöpfchen tragende Junge mit dem Nasenring mir die Füllfeder wortlos aus der Hand genommen und mir seinen Kugelschreiber in die Hand gedrückt, mit meiner Füllfeder seinen Namen auf Hindi in mein Notizbuch und auf seine linke Handinnenfläche geschrieben und danach Füllfeder und Kugelschreiber wieder wortlos vertauscht hatte, verschwand er ebenso schnell, wie er gekommen war, vom Ufer des Ganges und lief – sein Haarzöpfchen wippte auf seinem schwarzen Hinterkopf – neben dem Gerüst des elektrischen Krematoriums, über die Steintreppe hinauf, aufs ewig brennende heilige Feuer zu, ins Quartier der Domra hinein. Augen und Mund eines sechzigjährigen toten Mannes blieben auch geschlossen, als er von der siebensprossigen Bambusleiter – der Kopf des Toten wakkelte beim Tragen hin und her und fiel in den Nacken – auf einen neuerrichteten Scheiterhaufen gehoben wurde. Ein Domra schob einen Holzprügel unters Genick, so daß der Kopf des Toten nicht mehr über den Rand des Holzstoßes hinunterhing. Noch an den weinroten, leicht verdorrten, zu einer Girlande zusammengebundenen Blumenblüten kauend, ging die schwarze Ziege wieder neben dem Gerüst des elektrischen Krematoriums über die Steinstiege hinauf und wollte, wenige Meter vom ewig brennenden heiligen Feuer entfernt, den Hanfstrick anfressen, mit dem ein auf der obersten Steinstufe liegender Toter auf einem grünen Bambusgerüst befestigt war, aber sie wurde von den jungen, vor dem Toten auf der Treppe hockenden Männern vertrieben, die unmittelbar danach das Gesicht eines verstorbenen bärtigen Alten vom weißen Baumwolltuch entblößten. Ein kahlgeschorener Mann, der seinen nackten Körper in ein nahtloses weißes Baumwolltuch eingehüllt hatte, schüttete aus einer Kupferkanne Gangeswasser in seine Handschale und träufelte es dem Toten ins Gesicht. Da das Kinn des Toten angehoben war und sein Kopf im Nacken lag, tropfte das Flußwasser vom Bart in die Nasenlöcher hinein. Die anderen, um den Verstorbenen hockenden jungen Männer folgten seinem Beispiel. An seinem Körper, der nicht mit einem farbigen Kunststofftuch, sondern nur mit einem dünnen weißen Baumwolltuch umwickelt worden war, und der auch nicht am Ufer des Ganges auf einem Scheiterhaufen verbrannt, sondern im billigeren elektrischen Krematorium eingeäschert werden sollte, waren auf der linken und rechten Seite seines von einem Hanfstrick umwickelten Brustkorbes mehrere Scheiben getrockneten Kuhdungs eingeklemmt worden. Getrocknete Kuhdungscheiben lagen auch lose auf seiner Brust, auf seinen Hüften und auf seinen Beinen. Als ich mit meinem aufgeschlagenen Notizbuch, auf dem ein indischer Junge bei der Froschschenkelernte vor einem Haufen noch zuckender Froschschenkel hockte, unter den schattigen Ästen des Magnolienbaumes in der Harishchandra Road saß, in der die Toten mit Jeeps, Lastwagen oder Traktoren herangebracht werden, nahm zwischen mir und einem alten, täglich zur selben Stunde sich einstellenden Mann ein halbwüchsiger Junge auf der Steinbank Platz, der eine Eiterbeule an seinem Unterschenkel auszudrücken versuchte. Immer wieder, während er in mehreren Etappen den gelben Eiter aus seinem Bein preßte, starrten wir uns gegenseitig an. Ein verwahrloster alter Mann ging bloßfüßig an uns vorbei, der nur einen halbzerfetzten Rock um seine Hüften gebunden hatte. Wenn er vorwärtsgehend mit dem Oberschenkel die Stoffetzen wegstieß, konnte man seine weit hinunterhängenden Geschlechtsteile sehen. Die Hände des vorbeigehenden, auf dem Kopf einen mit frischem Kuhdung gefüllten Kupferteller tragenden Mädchens waren kotbeschmiert. Eine zahnlose Frau mit einem großen Kropf und einer ständig herauslispelnden Zunge ging neben einer anderen alten, ein Melonenstück, ein Gemüsebüschel und ein Glas frischgeschöpftes Gangeswasser in ihren Händen haltenden Frau auf einen Tempel zu. Ein Junge mit stämmigen dunkelbraunen Unterschenkeln, der nur ein Tuch um seine nackten Hüften geschlungen hatte, war mit einer Schüssel voll Erdäpfel am Magnolienbaum vorbeigegangen. Er schälte die gekochten Erdäpfel bei einem Verkaufsstand mit seinen Fingerspitzen und Fingernägeln und briet Chapati unter Anweisungen einer silberne Ringe an ihren Zehen tragenden alten Frau. Ohne zu wissen oder zu ahnen, daß es auch gerade die mich störenden und aufreizenden Knaben sind, die mich beim Schreiben anregen, verjagte der alte, neben mir auf der Steinbank sitzende, seinen braunen, abgegriffenen Bambusstock haltende Mann den Jungen, der neben mir die Eiterbeule an seinem rechten Unterschenkel ausgedrückt hatte, näher an mich herangerückt war, auf mein Notizbuch schaute und mir die Füllfeder – es begann ein Gerangel zwischen uns – aus der Hand reißen wollte. Der Junge stand sofort auf und verließ die Steinbank, ohne sich noch einmal umzusehen. Auf dem Anhänger eines Traktors saßen auf Holzprügeln vor einem auf eine siebensprossige Bambusleiter gebundenen und in farbige Tücher eingewickelten Leichnam mehr als fünfzehn ältere Männer, die auch ein dickes Bündel trockenen weißgelben Schilfs aus ihrem Dorf mitgebracht hatten. Einzeln oder gemeinsam trugen sie auf ihren Schultern die schweren Holzprügel ans Ufer des Ganges hinunter und richteten unter Anweisungen von zwei Domra den Scheiterhaufen auf. Der Leichenzug – »Ram Nam Satya hai!« – wurde von einem Mann angeführt, der zwei dicke Bündel brennender und den Duft von Sandelholz verströmender Räucherstäbchen in seinen Händen hielt. Starker Rauch stieg aus den beiden Bündeln auf und qualmte den Kopf des gehenden Mannes ein.

VOM ALTEN, HAGEREN, nur mit einem grauen Lendenschurz bekleideten und tagsüber unter der Veranda des Hotels unter den Ästen des Neembaumes auf dem Boden sitzenden und auf die vom Ufer des Ganges kommenden Pilger wartenden Friseur ließ sich ein Mann nicht nur seine Haupthaare vollkommen abrasieren, die bereits büschelweise auf dem Boden lagen, sondern auch mit einer alten, schwarzen, großen Schere vorsichtig seine langen weißgrauen Haare von der Brust schneiden. Wenn sich der Friseur mit der Schere den Brustwarzen näherte, streckte der vor ihm auf einem in einen Jutesack eingewickelten Ziegel sitzende Kunde seinen Brustkorb weiter heraus und hielt für einen Moment lang seinen Atem an. Während ich den Ganges entlangging, flogen nach- und nebeneinander Hunderte Geier flußabwärts, Richtung Einäscherungsplatz, über die Köpfe der Badenden hinweg und ließen sich am anderen Ufer nieder. Einen Jutesack auf der rechten Schulter tragend, ging ein dreizehnjähriger schwarzer Junge an den Badenden vorbei, angelte mit einem Schürhaken schmutzige Plastikfetzen aus einem Abfallhaufen und steckte sie in den halbgefüllten Sack. Ein Knabe, der an einem Fuß sechs Zehen hatte, von denen zwei zusammengewachsen waren, besprengte mit dem heiligen Gangeswasser seine Kleider und trocknete mit seiner Unterhose sein Gesicht ab. Immer wieder tauchte er seinen rechten Zeige- und Mittelfinger in ein Töpfchen, betupfte mit gelbem, dickflüssigem Sesamöl Gesicht, Brust und Beine und verschmierte das Öl auf seiner Haut. Nachdem er auch seine Kopfhaare eingeölt hatte, griff er mit seinem Zeigefinger unter den Lendenschurz und schmierte auch seine Schamhaare mit gelbem Sesamöl ein. Als der Junge einen schwarzen Hundekadaver am Ufer des Ganges vorbeischwimmen sah, drückte er, ein Gebet murmelnd, seine olivgrüne Seife an die Stirn. Ein anderer am

Ufer stehender Knabe bestaunte zuerst eine Zeitlang den vorbeitreibenden Hundekadaver, bevor er ins Wasser sprang und wenige Meter neben der Tierleiche vorbei in den Fluß hinausschwamm. Die weit heraushängende Zunge einer toten schwarzen Wasserbüffelkuh, die von mehreren Männern über eine steile Stiege ans Ufer des Ganges gewälzt wurde, war voller Sand und Lehm. Am Flußufer wurde von einem Mann, der einen blauen Turban trug und mit einem Lendenschurz bekleidet war, ein Strick an den Hörnern der mit weit aufgerissenen Augen am Ufer liegenden toten Kuh festgebunden. Sie wurde ins Schlepptau genommen und mit einem Boot in die Flußmitte hinausgerudert. An den Strick wurde ein schwerer Sandsack gebunden, und die tote Kuh wurde im Ganges versenkt. Als der Junge mit dem Nasenring, der an seinem Hinterkopf ein geringeltes, bis zu seinem Halswirbel hinunterreichendes Haarzöpfchen trug, am ewig brennenden heiligen Feuer vorbeilief und über einen auf der Stiege liegenden, auf eine Bambustragbahre aufgebundenen Leichnam sprang, fiel an seinen Oberschenkeln sein Lendentuch auseinander und befreite einen Augenblick lang seine schwarzen Geschlechtsteile. Die um einen Scheiterhaufen herumhockenden Inder sprangen schreiend auf und fuchtelten mit ihren Armen, als das Schilfbündel in der Hand eines glatzköpfigen, in ein nahtloses weißes Baumwolltuch gehüllten Mannes, der die Einäscherungszeremonie eröffnen und um den Mangoholzstapel herumlaufen wollte, lichterloh brannte, noch ehe er ein zweites Mal mit dem Schilf den Scheiterhaufen umkreisen konnte, so daß er, damit sein dünnes weißes, um seinen nackten Körper gehülltes Baumwolltuch nicht Feuer fangen konnte, das brennende Bündel wegwerfen und mit einem neuen angebrannten Schilfbündel noch einmal um den auf dem Holzstoß liegenden Verstorbenen herumlaufen mußte. Die rosaroten Zitzen einer schwarzen, im seichten Flußufer nach verkohlten Menschenknochen suchenden Hündin berührten die Wasseroberfläche. Spatzen hüpften von einem Kuhfladen zum anderen und pickten die halbverdauten Körner aus dem Kot. Zwei Frauen, die Körbe auf ihren Köpfen trugen, in denen die restlichen Kohlestücke von einer Einäscherung aufgehäuft waren, wurden von zwei vor dem brennenden Leichnam sitzenden Männern beschimpft, da sie – Frauen werden bei einer Einäscherung von den wenigsten geduldet – zu nahe am brennenden Scheiterhaufen vorbeigegangen seien. Ein vielleicht zwölfjähriger, einen rotweißkarierten Turban tragender Junge ruderte mit seinem Boot, auf dem ein weißes Stoffdach angebracht war, durch die abertausend schwimmenden kleinen Holzkohlestücke und durch die verfaulenden orangefarbenen und gelben Blumengirlanden. Mit seinem schwarzen, aufgeblasenen Autogummischlauch auf der Schulter tauchte der halbwüchsige Junge mit dem Nasenring, der an seinem Hinterkopf ein geringeltes, bis zu seinem Halswirbel reichendes, an den Spitzen rostrot gefärbtes Haarzöpfchen trug, in Begleitung von zwei anderen Burschen am Ufer des Ganges auf. In seiner rechten Hand hielt er einen gelben Lendenschurz mit Tigerfellmuster, den er nach dem Baden um seine Hüften binden wollte, wurde aber von seinem Cousin, einem schnauzbärtigen jungen Domra, aufgehalten, der ihm den Lendenschurz aus den Händen riß. Der Junge mit dem Nasenring übergab den beiden anderen Knaben den schwarzen Gummischlauch und wollte dem davoneilenden Domra neben dem Betongerüst des elektrischen Krematoriums, zwischen den auf der Stiege hockenden Ziegen und den auf siebensprossige Bambusleitern aufgebundenen, auf den Steinstufen liegenden Toten den Lendenschurz aus den Händen reißen. Während sie auf der Treppe am Lendenschurz mit dem Tigerfellmuster zerrten, einmal der eine, einmal der andere das Bekleidungsstück in Händen hielt und sich die um ihre Toten hockenden und bündelweise brennende Räucherstäbchen in den Händen haltenden Inder bereits empörten, gelang es dem schnauzbärtigen jungen Domra, den Lendenschurz zusammenzuknüllen und in seiner Hosentasche verschwinden zu lassen. Der Junge mit dem Nasenring rief ein paar Schimpfwörter auf Hindi und lief zu seinen Freunden ans Ufer des Ganges hinunter, die mit dem Gummischlauch vor dem brennenden Scheiterhaufen gewartet hatten. Eine schwarzweißgefleckte Ziege stand auf der obersten Treppenstufe vor einem von Kopf bis Fuß in ein weißes Tuch eingehüllten und mit groben Hanfstricken umschnürten Leichnam, spreizte die Klauen ihres linken Vorderbeins auseinander und leckte mit ihrer Zunge in der Klauenspalte. Als ich an den Toten und am ewig brennenden heiligen Feuer vorbei in die Harishchandra Road hineinging, wo ich mich mit meinem aufgeschlagenen Notizbuch wieder in den Schatten unter den Ästen des alten, großen Magnolienbaumes setzte, kam ein Leichenzug vorbei, der von zwei betrunkenen jungen Männern angeführt wurde, die beidhändig mit Holzstäben auf eine an ihrem Oberkörper hängende Trommel schlugen. Bei jedem Trommelschlag vibrierte die streng gespannte, an den Rändern des Trommelgehäuses befestigte dünne Tierhaut. »Ram Nam Satya hai!« riefen immer wieder die vier Leichenträger, die einen auf eine siebensprossige Bambusleiter aufgebundenen Toten aufgeschultert hatten. Ein schwer betrunkener junger Inder, der ein orangefarbenes, mit goldenen Streifen durchwirktes Leichentuch um seine Stirn gebunden hatte, hielt mit seinen beiden Händen ein schwarzes Tuch in der Länge eines erigierten Gliedes waagrecht vor seinen Hosenschlitz. Während er dabei mit seinen Hüften Kopulationsbewegungen machte, berührte die linke, den einen Zipfel des schwarzen Tuches an seine Hüften haltende Hand immer wieder geil seine Oberschenkel und seine sich an den Hüften durch den Hosenstoff abzeichnenden Geschlechtsteile. Als ein mit seinem Motorrad die Harishchandra Road entlangfahrender, eine Sonnenbrille tragender Mann an der Rückseite eines parkenden grünen Jeeps die herausragenden grünen Bambusstangen sah, blieb er mit seinem Motorrad stehen, stellte den Motor ab, machte mehrere Kreuzzeichen, hupte ein paarmal und fuhr weiter. Vor dem grünen Jeep fraß eine Kuh die braungelben, ledernen, trokkenen Blätter, die vom Magnolienbaum heruntergefallen waren, und schlug mit ihrem kotbehangenen Schwanz immer wieder auf ihre knochigen Flanken. Mit einer Glocke machte ein Mann auf sich aufmerksam, der einen dicken braunen Bambusstab in seinen Händen hielt, um dessen Spitze eine farbige, ausziehbare Zuckermasse gewickelt war, die er in durchsichtiges Plastik eingehüllt hatte. Er blieb vor einem Mann und einem Kind stehen, stellte den Bambusstab senkrecht auf den Boden, steckte die Glocke verkehrt in eine Aushöhlung, die sich in der Mitte des Bambusstabes befand, zog einen längeren Streifen der farbigen Zuckermasse vom Bambus, wickelte ihn um einen kurzen dünnen Stab und überreichte dem Kind die Süßigkeit. Sein Wechselgeld holte er aus einem tiefen Loch, das ebenfalls in den dicken Bambusstab eingestanzt war. Er kippte den Bambusstab um und ließ das Wechselgeld in seine Handschale fallen, drehte den Bambusstab, auf dessen Spitze der farbige, in durchsichtiges Plastik eingehüllte Zuckerklumpen aufgesteckt war, wieder um und ging läutend, den Bambusstab mit der Zuckermasse auf seiner Schulter, die Harishchandra Road hinunter aufs ewig brennende heilige Feuer zu, von dem alle Scheiterhaufen angezündet werden. Am Ufer des Ganges zurück, Richtung Hotel gehend, trat ich am Assi Ghat ganz nahe an das Kamel heran, das während einer Arbeitspause – es schleppte stundenlang Mangoholzprügel, die von einem Schiff abgeladen wurden, zu einem Lagerplatz – in der Nachmittagshitze gegenüber dem Hotel Ganges View unter der von Betonpfeilern getragenen, rosarot bestrichenen Toilettenanlage wiederkäuend im

Schatten hockte, und schaute ihm, dicht vor seinem Kopf stehend und sein Gesicht betrachtend, in die Augen. Als sich unsere Blicke trafen, hörte das Kamel zu kauen auf, schluckte das Gras hinunter und schaute mich an. Erschrocken ging ich nach hinten und trat aus dem Schatten des Gebäudes auf den sonnebeschienenen Platz.

EIN HALBWÜCHSIGER, mit einem Lendenschurz bekleideter Junge schmierte mit gelbem, dickflüssigem Sesamöl das Gesicht, die gebogenen langen Hörner und den Rücken eines im heißen Sand am Ufer des Ganges stehenden Wasserbüffels ein. Raben saßen auf den glänzenden Rücken und den Köpfen der Wasserbüffel und fraßen Insekten und Mitesser aus ihrer Haut. Ein Rabe krallte sich am Ohr eines Wasserbüffels fest und pickte mit seinem langen, an der Spitze leicht gebogenen schwarzen Schnabel immer wieder in die Ohrmuschel hinein. Über den eingeölten schwarzen Rükken eines Wasserbüffels hinwegschauend, sah ich einen kleinen, auf einem schwimmenden weißen Porozell hokkenden Jungen, der sich von der Strömung flußabwärts Richtung Harishchandra Ghat treiben ließ. Während ein gehbehinderter alter Mann, dem am Ufer des Ganges mit einem Rasiermesser eine Glatze geschnitten wurde, unter den Schreien mehrerer über dem Einäscherungsplatz schwebender Bussarde den Kopf seiner toten Frau vom weißen Tuch entblößte und mit seiner Handschale Gangeswasser ins Gesicht der Toten träufelte, hörten wir im Hintergrund die Rufe der Leichenträger – »Ram Nam Satya hai!« –, die auf ihren Schultern einen mit groben Hanfstrikken auf eine siebensprossige Bambusleiter aufgeschnürten Leichnam über den Sandhügel hinunter zum Einäscherungsplatz trugen. Hinter den Leichenträgern ging ein Mann, der mehrere Male in eine weithin tönende große Muschel blies. Als der gehbehinderte alte Mann die vierte Handschale voll Gangeswasser auf das Gesicht seiner toten Frau schütten wollte, bemerkte er, daß er ein kleines Holzkohlestückchen mitaufgefaßt hatte, das von einer anderen Einäscherung zurückgeblieben war. Der alte Mann schüttete das Wasser mit dem Holzkohlestück in den Ganges zurück, faßte neuerlich Flußwasser auf und träufelte es auf das entblößte Gesicht seiner toten Frau. Der humpelnde Mann schaffte es nicht mehr, mit dem brennenden Schilfbündel um den auf einem hohen Scheiterhaufen liegenden Leichnam mehrere Male herumzugehen und dabei jedesmal mit dem Feuer die Stirn der Toten zu berühren, sondern schob, nachdem er einmal humpelnd den Scheiterhaufen umkreist hatte, das bereits lichterloh brennende Schilfbündel zwischen die aufgestapelten Mangoholzprügel. Ein anderer Mann schüttete einen braunen Tonkrug mit flüssigem Butterschmalz auf den in farbige Tücher eingeschlagenen Frauenleichnam. Der kahlgeschorene, nur mit einem nahtlosen weißen Baumwolltuch bekleidete Witwer humpelte bloßfüßig über den Sandhügel hinauf und setzte sich, umgeben von seinen Verwandten, unweit vom elektrischen Krematorium vor die meterhoch aufgestapelten Mangoholzprügel, neben eine große, alte Holzwaage. Vor dem anbrennenden Scheiterhaufen stand ein schnauzbärtiger junger Domra, der mit einem rotweißkarierten Tuch fächelte und die Flammen anzufachen versuchte. Grauschwarzer Rauch stieg vom laut knisternden und immer stärker brennenden Scheiterhaufen auf. Der dürre Brustkorb einer vor meinen Beinen im Schlaf immer wieder zuckenden Hündin hob und senkte sich im Rhythmus ihrer Atemzüge. Zwischen den kleinen Holzkohlestücken und den feinlöchrigen grauweißen Knochenresten eines eingeäscherten Toten lagen auf dem runden, ausgekühlten Einäscherungsaltarstein die grauweißen Haare des gehbehinderten alten Mannes, der neben der großen alten Holzwaage, umringt von seinen Verwandten und Bekannten, auf einer Steinstufe saß und zum Ufer des Ganges hinunterschaute, wo der Leichnam seiner Frau auf dem brennenden, noch stark qualmenden und laut knisternden Scheiterhaufen lag. Als neuerlich von einem glühenden Holzkohlestück, das dem ewig brennenden heiligen Feuer entnommen wurde, ein zusammengeknicktes Bündel Schilf entzündet wurde und ein frischgeschorener, ein nahtloses weißes Baumwolltuch um seinen nackten Körper tragender Mann auf einen neuerrichteten Scheiterhaufen zuging, ringsum die Glocken zu läuten begannen, das Quaken der Frösche immer lauter wurde und die Fledermäuse über unsere Köpfen, über den neuerrichteten Scheiterhaufen und über die immer kleiner werdende Feuerstelle flogen, in der die tote Frau verkohlte, verließen wir den Einäscherungsplatz und gingen in der Finsternis am Ufer des Ganges mehr als einen Kilometer weit mit einer Taschenlampe zum Assi Ghat zurück. Ab und zu zuckte ich zusammen und hob mein Bein, wenn ich bemerkte, daß ich unter meinen Fußsohlen ein Lebewesen, einen der kleinen, zu Abertausenden am Flußufer umherhüpfenden Frösche, zerquetscht haben mußte.

AUCH EINEN TAG SPÄTER lagen die weißgrauen Haare des gehbehinderten alten Witwers zwischen den kleinen Holzkohlestücken und den verkohlten weißen Knochenstücken auf dem runden Einäscherungsaltarstein. Wieder mit meinem aufgeschlagenen Notizbuch am Rande des Einäscherungsaltarsteines sitzend, die Vorbereitungen für eine Verbrennung beobachtend, drehte ich den Kolben meiner Füllfeder nach unten, und es fielen ein paar blaue Tintentropfen auf den dürren, sich heftig auf und ab bewegenden Brustkorb einer unter meinen Kniekehlen schlafenden, mit ihrem Schwanz immer wieder zuckenden grauschwarzen Hündin, die sich an einem halbverkohlten Menschenknochen gesättigt hatte. Abwechselnd auf die blauen Tintentropfen auf dem dürren Hundebrustkorb und auf den brennenden Scheiterhaufen hinunterblickend, zog ich, mich schämend, rechtzeitig meine Hand zurück, als ein herantretender Junge, der mir die Hand gegeben hatte, auch meine Finger küssen wollte. Ein kahlgeschorener zwölf-, dreizehnjähriger Knabe stand hinter mir auf dem erhöhten Einäscherungsaltar in der Asche und wetzte mit seiner Kniescheibe immer wieder an meinen ein wenig hervorstehenden Wirbelsäulenknochen. Ein vom Feuer fast unversehrt gebliebener, teilweise kohlegeschwärzter Unterschenkel lag am Rande eines rauchenden, da und dort noch glühenden, von den Verwandten längst verlassenen Aschehaufens. Der rußgeschwärzte Fuß mit den auseinandergespreizten, geschwollenen Zehen war sichelförmig nach innen gebogen. Der Junge mit dem Nasenring, der an seinem Hinterkopf ein geringeltes, bis zu seinem Halswirbel hinunterreichendes Haarzöpfchen trug, nahm sein feuchtes, auf dem Bug eines Ruderbootes liegendes rotweißkariertes Lendentuch und fächelte über dem rauchenden, aber noch nicht brennenden Kopf eines Toten, bis die im leise knisternden

Gehölz aufstechenden Flammen auf den Oberkörper übergriffen. Als der Körper des Toten in Flammen stand, warf der Halbwüchsige das trockengewordene Lendentuch um seine nackten Schultern, verließ den Scheiterhaufen und ging über den Sandhügel hinauf, aufs ewig brennende heilige Feuer zu, ins Wohnquartier der Domra hinein. Auf der Harishchandra Road – ich nahm mit meinem aufgeschlagenen Notizbuch wieder unter den schattigen Ästen des Magnolienbaumes Platz – saß mir gegenüber auf einer Bank ein nackter, glatzköpfiger zehnjähriger Junge auf einer Bank, der mit einem Messingbecher Wasser aus einem Eimer schöpfte und über seinen Körper goß. Ein blaues Waschstück tauchte er immer wieder in den wassergefüllten Silberbecher und seifte seinen Brustkorb, seinen Bauch, Geschlechtsteile und Beine ein. Um den Hals trug der Nackte eine lange silberne, bis zur Brustmitte hinunterreichende Kette. Um den Seifenschaum vom Körper zu schwemmen, schüttete er sich mit geschlossenen Augen, geöffnetem Mund und kreisendem Kopf mehrere Male Wasser ins Gesicht und in die Achselhöhlen. Das restliche Wasser schüttete er auf seine noch unbehaarten Geschlechtsteile, als gerade ein Mann sein protziges Motorrad, auf dem »Eufield India« stand, vor meine Beine stellte und ich, um den sich waschenden Knaben weiter beobachten zu können, ein Stück zur Seite rutschen mußte. Mit seinem Finger im Mund ging ein anderer Junge mehrere Male neugierig um die glitzernde Maschine herum. Mit einer Kalesche, an der ein kleines, weißes, krummbeiniges Pferd angespannt war, wurde ein kahlköpfiger, nur mit einem nahtlosen weißen Baumwolltuch bekleideter Mann herangebracht. Vor der nassen Sitzbank stehend, die Hände in seine Hüften gestützt, ließ der nackte, glatzköpfige Junge, der sich am Straßenrand gesäubert hatte, seinen Urin auf den Asphalt hinunterlaufen. Die letzten, lauwarmen Tropfen fielen auf seine Kniescheibe und auf seinen linken Unterschenkel. Der

Junge zog seine grüne, kurze Hose an und lief mit dem Wassereimer, dem Messingbecher und der noch feuchten Seife, an der Schaumblasen zersprangen, in sein Elternhaus, ins Haus eines Domra hinein. Nebeneinander gehend kamen ein weißes, seinen Kopf zum Boden streckendes, um seinen Hals eine Sandelholzkette tragendes Kalb und ein Gemüsehändler auf mich zu. Sein Verkaufswagen war voller kleiner grüner und roter Pfefferoni. Einen Augenblick, nachdem ein Blinder, der seine Hand auf der Schulter eines jungen Mannes liegen hatte, am Brunnen stehengeblieben war, um Wasser zu trinken, hörte man das Gedröhne eines Lautsprechers, der an ein Fahrrad angebunden war und dem wohl fünfzig singende und in ihre Hände klatschende Frauen folgten. Unmittelbar hinter der Prozession kam ein Leichenzug. Der Gesang der Frauen und das Gedröhne und Knistern aus dem großen Trichter des Lautsprechers vermischten sich mit dem »Ram Nam Satya hai!« von vier Männern, die eine tote, mit entblößtem und rotpulverisiertem Gesicht auf einer siebensprossigen Bambusleiter liegende Frau auf ihren Schultern trugen. Der Junge mit dem Nasenring, der nur ein rotweißkariertes Tuch um seine Hüften gebunden hatte, tauchte an der Türschwelle seines Elternhauses auf und lief, immer wieder mit hoher Stimme spöttisch »Ram Nam Satya hai!« rufend, hinter dem Leichenzug her. Sein schwarzes, sich an seinem Hinterkopf kräuselndes und im Laufen auf und ab wippendes Haarschwänzchen war an den Spitzen mit Henna rostrot gefärbt.

WÄHREND EIN PILGER, sich einen kleinen Spiegel vors Gesicht haltend, unter der Hotelveranda im Schatten des Neembaumes von einem jungen Mann rasiert wurde und der auf dem Stein hockende alte Friseur einem langbärtigen Guru mit einem scharfen Rasiermesser die schmutzigen krummen Zehennägel stutzte, gingen die beiden eine hell bimmelnde kleine Glocke um ihren Hals tragenden, vom Ufer des Ganges kommenden und mit Mangoholz beladenen Kamele vorbei. Als nach einer halben Stunde die beiden von ihrer Last befreiten Kamele wieder auf dem Weg ans Ufer des Ganges waren und man das Gebimmel ihrer um den Hals hängenden kleinen Glocken hörte, saß ein nackter Junge auf dem Rücken eines der beiden Kamele. Das kleinere der beiden orangefarbene Punjabikleidung tragenden Mädchen, die im Ganges gebadet hatten und mit den nassen Kleidern am Körper auf einer Steinstufe saßen, suchte am feuchten Kopf des größeren Mädchens nach Läusen und zerdrückte sie mit ihren Fingernägeln auf der Steinstufe. Kurze Zeit später, als ich noch ein Stück am Ufer des Ganges entlang, über eine lange Stiege hinauf, in eine Gasse zu einem kleinen Obst- und Gemüsemarkt gegangen war, sah ich ein größeres, einen kleineren Jungen entlausendes Mädchen, das Papayas und kleine, runzlige Erdäpfel verkaufte und auf einem ausgebreiteten, löchrigen Jutesack am Boden hockte. Jedesmal wenn das Mädchen auf dem Kopf des Jungen eine Laus gefunden hatte, legte sie dem Knaben das kleine Tierchen auf die Handschale. Der Knabe betrachtete zuerst lange die Laus und warf sie dann, ohne sie zu töten, vor seinen nackten Zehen auf den Boden. Als am Harishchandra Ghat ein Mann farbige, mit goldenen Streifen durchwirkte Tücher von einem noch auf einer siebensprossigen Bambusleiter liegenden Leichnam nahm, dem Gangeswasser ins Gesicht geträufelt wurde, kamen mehrere blutige Plastikplanen zum Vorschein. Ein zweiter Mann, der geschwollene Augenlider und an seiner rechten Gesichtshälfte eine große blau- und rotgefärbte Prellung hatte, faltete am Leib des Toten die Plastiktücher auseinander, in denen Blutlachen standen, zog sie unter dem Leichnam hervor und warf sie in den Fluß. Danach wurde der vor allem am Oberkörper blutbefleckte Leichnam, der noch in ein blutdurchtränktes Baumwolltuch gehüllt war, auf den vorbereiteten Scheiterhaufen gehoben. Von einem Krankenhausarzt, der, mit anderen Leuten heftig diskutierend, vor dem Scheiterhaufen stand, erfuhren wir, daß der blutige, auf dem Holzstoß liegende und bereits brennende Tote ein fünfzehnjähriger, ermordeter Junge war. Auch der entsetzte, aber nicht weinende Vater des toten Jungen, der ständig von mehreren auf ihn einredenden Indern umringt war, trat manchmal an den Rand des Steinsockels und blickte auf seinen dicht am Ufer des Ganges auf dem Scheiterhaufen verkohlenden Sohn hinunter. Lange betrachtete ich die brennenden, langsam kürzer und schwarz werdenden Oberschenkelknochen des Jungen, die sich von den verkohlenden Unterschenkeln lösten. Bald konnte man die dünnen, rauchenden, in die Höhe stehenden Spitzen seiner Oberschenkelknochen sehen. Frösche schrien, und Fledermäuse flogen durch den aufsteigenden Rauch. Die blutigen Plastikplanen lagen zusammengeknüllt zwischen orangefarbenen Blumengirlanden und den schwimmenden kleinen Holzkohlestücken im seichten Flußwasser. Der Krankenhausarzt erzählte, daß der Leichnam des Bruders auf der Steintreppe liege und danach eingeäschert werde. Als wir über den Sandhügel und die Steintreppe hinaufgingen, lag der in farbige Tücher eingewickelte tote Bruder, wenige Meter vom ewig brennenden heiligen, von einem halbwüchsigen Jungen bewachten Feuer entfernt, auf einer siebensprossigen Bambusleiter. In der Finsternis auf der Harishchandra Road nach einer Fahrradrikscha Ausschau haltend, da wir noch in die Lanka fahren wollten, um beim Buchbinder die neuen Notizbücher abzuholen – wir hatten ein paar Tage zuvor Papierbögen und Stoff vorbeigebracht –, kamen wir an einem Jeep vorbei, dessen Stoffdach von einem Mann mit Wasser abgeschwemmt wurde. Der blutende Leichnam des ermordeten fünfzehnjährigen, in der Finsternis am Ufer des Ganges noch brennenden Jungen war auf dem Dach des Jeeps festgebunden worden. Während der Fahrt vom Krankenhaus zum Harishchandra Ghat sickerte das Blut des jugendlichen Leichnams aufs Stoffdach des Jeeps, tropfte über die Seitenwände und über die Windschutzscheibe des durch die Stadt zum Einäscherungsplatz fahrenden Autos. Am Gummi der Scheibenwischer konnte man noch Spuren vom schwarzen, gestockten Blut sehen. Mit einem Rikschafahrer, der es an diesem Abend besonders eilig hatte und nicht nur Fußgänger, Kühe und Wasserbüffel, sondern manchmal auch hupende und langsam vorwärtskommende Autos und andere Rikschas überholte, kamen wir in der Lanka an und gingen am Geschäft vorbei, wo die dünnen weißen Baumwolltücher und die mit dünnen und breiten Goldstreifen durchwirkten farbigen Kunststofftücher, Hanfstricke, kleine Sandelholzstücke und an einem Lichtmasten lehnende Bambusleitern verkauft werden. Zum ersten Mal fiel mir auf, als ich vor dem Geschäft stehenblieb und von den neugierigen, zwischen den Totenartikeln sitzenden, sich unterhaltenden und rauchenden Indern betrachtet wurde, daß die siebensprossige Bambusleiter am Kopfende – wie bei einem Sarg – breiter war als am anderen Ende, wo die Füße des Leichnams mit Hanfstricken befestigt werden. Als wir zu Fuß zum Assi Ghat zurückgingen, fiel unmittelbar, nachdem wir die neuen Notizbücher beim Buchbinder abgeholt hatten, der Strom aus. Im Halbdunkeln – wir hatten die Taschenlampe vergessen – tasteten wir uns am Straßenrand entlang, brüchigen Kanaldeckeln ausweichend, bis bei einigen Verkaufsständen mit Hilfe laut ratternder und nach Diesel stinkender Generatoren elektrische Funzeln angingen und da und dort Kerzen oder Petroleumlampen aufzuleuchten begannen. Als wir von dieser Einäscherung im Hotel berichteten, erzählte Shashank, daß er in der neuen Hindu-Zeitung gelesen habe, daß bei einem Raubmord zwei Jugendliche mit einer Axt erschlagen worden seien. Acht bis zehn Räuber, so übersetzte er aus der Hindu-Zeitung, sollen um ein Uhr nachts in einem Dorf einen vierzigjährigen, auf einer Bambusmatte vor seinem Haus schlafenden Mann angefallen, ihn geschlagen und mit Messern bedroht haben. Die Täter sollen das Haus ausgeraubt und die beiden Frauen, die sich ihnen in den Weg gestellt, ebenfalls schwer verletzt haben. Danach zogen sie ins nächste Dorf und drangen in ein Haus ein. Ein fünfzehnjähriger Junge, der die Räuber zuerst bemerkt hatte und sich ihnen entgegenstellte, begann zu schreien und wurde mit einer Axt schwer verletzt. Ein anderer, zu Hilfe eilender Junge wurde auf der Stelle getötet. Die Gewalttäter sammelten Schmuck und Kleider ein, zogen ins nächste Dorf und erbeuteten bei ihrem nächtlichen Raubzug 50.000 Rupies Bargeld. Der schwerverletzte, blutende und röchelnd am Boden liegende fünfzehnjährige Junge wurde ins Krankenhaus gebracht, ärztlich versorgt, starb aber an den Folgen seiner schweren Verletzungen. Die Bluttaten fanden zu einem Zeitpunkt statt, als der Vater der ermordeten Jugendlichen außer Haus war, und zwei Tage bevor die Familienangehörigen aus Kalkutta zur Hochzeit der Schwester der beiden ermordeten Brüder hätten kommen sollen. In der folgenden Nacht, als ich träumte, mit einem Zug nach Kalabrien zu fahren, saß der einen hellgrauen Filztrachtenhut mit dunkelgrauen Flecken tragende Vater eines jugendlichen Selbstmörders im selben Abteil. Während der langen Fahrt wechselten wir kein Wort miteinander. Da wir, meine Begleiterin und ich, in die kalabresischen Berge wollten, stiegen wir in Reggio Calabria in einen Regionalzug um, den zu meiner Überraschung auch der Vater des Selbstmörders benutzte, der einen Filzhut mit einem Blechedelweiß auf seinem Glatzkopf trug. Gemeinsam gingen wir im Schneetreiben, der Vater des Selbstmörders auf der einen, wir auf der anderen Seite, eine Straße entlang. Zusammengerollte Leintücher lagen zum Schutz der Fußgänger am tiefbeschneiten Straßenrand. Die beschneiten Leintücher betrachtend, verlor ich den Vater des Selbstmörders eine Zeitlang aus den Augen, aber als er aus einer Schneeverwehung mit seinen Koffern wieder am Straßenrand auftauchte, sah ich, daß er sich mit einem Blindenstock vorwärts tastete, auf dem ein Blechedelweiß aufgenagelt war. Jetzt kann er mich nicht mehr umbringen, weil er mich nicht sehen kann, weil er blind ist, sagte ich zu meiner Begleiterin und wachte mit heftig schlagendem Herzen auf. Summende, orangegekleidete, in orangefarbenen Stoff eingewickelte dünne Bambusstäbe tragende Mönche schlapften wieder mit ihren Holzpantoffeln, die bei jedem Schritt an ihre nackten Fußsohlen klatschten – als ob man mit der Zunge gegen den Gaumen schnalzen würde –, unter der Veranda des Hotels vorbei und gingen mit ihren Messinggefäßen zum Fluß hinunter. Der immer wieder hustende, sich räuspernde und spuckende zahnlose Mann war aus seinem Holzverschlag gekrochen und fütterte unter den Ästen des Neembaumes, auf dem schreiende Raben hockten, seine sechs leise quietschenden Hundewelpen. Als das schöne, bei Sonnenaufgang mit nackten Füßen in einem Korbstuhl auf der Hotelveranda sitzende und sich frisierende portugiesische Mädchen bemerkte, daß ich ihre schwarzbehaarten, von Schweiß glänzenden Achseln betrachtete, legte sie sofort ihre Oberschenkel übereinander und klemmte sie zusammen. Unter der Veranda des Hotels hockten bettelnde Frauen, die Jutesäcke vor ihren Beinen ausgebreitet hatten, auf denen ein paar Handvoll Reis und ein paar Paisa lagen. Nachdem uns die Dienerjungen in weißen Porzellankannen heißen Tee gebracht hatten, schaute ich, am rauchenden Tee schlürfend, wenn das portugiesische Mädchen, ein Lied summend, ihre nackten Beine auf dem Korbstuhl grätschte und zusammenschlug, auf ihre enggeschnittene, mit weißen Samtstreifen umnähte rosarote Unterhose. Der glatzköpfige, einen langen weißen Bart und orangefarbene Kleider tragende alte Mönch tauchte wieder vor dem Neembaum auf und rief, als er meinen Kopf sah, »Namaste ba-ba!« zur Hotelveranda herauf.

»RAM NAM SATYA HAI!« riefen zwei nackte kleine Mädchen mit verfilzten Haaren und schwarzgefärbten Augenlidern, die beim Holzverschlag des einäugigen Transvestiten eine siebensprossige, zum Verkauf ausgestellte Bambusleiter aufgeschultert hatten und zum ewig brennenden heiligen Feuer hinunterliefen. »Ram Nam Satya hai!« riefen die beiden Mädchen wieder, als sie vor dem ewig brennenden heiligen Feuer, von dem alle Scheiterhaufen angezündet werden und das von einem dicken, schnauzbärtigen Domra bewacht wurde, mit der aufgeschulterten Bambusleiter umkehrten, die Harishchandra Road hinaufliefen und die Bambusleiter wieder neben dem Verkaufsstand des einäugigen, pockennarbigen, an seinem Hinterkopf einen schwarzen Haarknödel tragenden Transvestiten an den Lichtmast lehnten.

AN EINEM FRÜHEN MORGEN, als ich vom Umbau meines bäuerlichen Elternhauses träumte und einzelne gewölbeartige, mit blutbeschmierten Heiligenbildern behängte Wohnräume vor mir sah, fand ich mich, noch ehe ich die Geißelung Christi auf einem der Bilder näher betrachten konnte, mit meiner inzwischen über neunzigjährigen, in meiner Heimatgemeinde lebenden Hebamme auf der Kalesche eines Pferdeschlittens. Über dem glänzenden Rücken eines nach Schweiß riechenden schwarzen Pferdes balancierte eine goldene, in der Sonne blinkende Hostienmonstranz. Während wir mit der Kalesche durch die tiefverschneite Winterlandschaft fuhren, versuchte ich, hinter der Hebamme sitzend, das Gesicht meiner Geburtshelferin genauer zu betrachten, aber noch ehe sie einmal ihren Kopf verdrehte, weckte mich der Geruch der Räucherstäbchen auf, die der fünfzehnjährige nepalesische Priesterjunge bei seiner morgendlichen Zeremonie am orangefarbenen Hanuman angezündet hatte. Als ich auf der Hotelveranda beim Frühstück zwei Schmetterlingsflügel in mein Notizbuch kleben wollte, blieben sie am Klebstift hängen und vermengten sich mit dem Klebstoff. Mit demselben Stift, auf dem die zerbröselten Schmetterlingsflügel pickten, klebte ich Zeitungsausschnitte mit Mord- und Unglücksgeschichten aus einer indischen Provinzzeitung in mein Notizbuch. Die zerbröselten, am Klebestift hängengebliebenen Reste der orange-, gelb- und schwarzfarbenen Schmetterlingsflügel wurden zwischen dem Blatt des Notizbuches und der Rückseite der Zeitungsausschnitte miteingeklebt und begraben:

Fünf Pilger ertranken, als sie versuchten, ein dreizehnjähriges Mädchen zu retten, das im Tamaraparani-Fluß in einen Strudel geraten war.

Wegen eines Landstreites wurde in Bhaksa der zwölfjäh-

rige Junge Chandgiram von drei Männern mit einer Gandasa zu Tode gehackt, als er über ein Feld lief, das sein Vater an seine Verwandten zu verkaufen sich geweigert hatte.

In Jaipur fiel der arbeitslose dreißigjährige Raoji mit einer Axt über seine schlafenden acht- und zehnjährigen Söhne und über seine sechsjährige Tochter her und tötete sie. Seine schwangere Frau trieb er auf die Felder und brachte sie ebenfalls um. Seinen aus dem Haus laufenden Schwiegervater, der die Schreie der Frau gehört hatte, zerstückelte er ebenfalls mit der Axt.

In Kanpur wurde die neunzehnjährige Raj Kumari von ihrem Mann und ihrem Schwager zu Tode stranguliert, da es ihr nach dreijähriger Ehe, in der sie oft gequält und genötigt wurde, nicht möglich war, mehr Mitgift von ihren Eltern zu bekommen.

Der Förster Man Ram Dubey, der eine Anzeige erstattet hatte, weil jemand aus dem Dorf unerlaubterweise Bambus und andere Hölzer gefällt hatte, wurde von mehreren Männern zu Tode gesteinigt, als er gerade Wasser aus seinem Brunnen zog.

Die fünfundzwanzigjährige Shanti Devi wurde von ihrem Mann und von ihrem Schwager bei lebendigem Leib verbrannt, da sie sich in der vier Jahre dauernden Ehe, in der sie oft gequält und bedroht wurde, geweigert hatte, von ihren in ärmlichen Verhältnissen lebenden Eltern tausend Rupies Mitgift zu verlangen.

Der zweiundzwanzigjährige Nepalese Khadak Bahadur Singh, der zu seiner Rekrutierung nach Gorakhpur gekommen war, hängte nach dem Baden seine nassen Kleider zum Trocknen im ersten Stock eines Hotels über die Brüstung. Als Wasser von seinen Kleidern auf einen im Erdgeschoß vor einem Kleidergeschäft ausgestellten Sari niedertropfte, wurde der Nepalese von den erzürnten Geschäftsleuten so mißhandelt, daß er auf dem Weg ins Krankenhaus verstarb.

Ende April 1993 wurde der stark verweste Leichnam des zwölfjährigen Deepak Kumar in der Umgebung von Tunna Sunara aus einem Brunnen gefischt. Der Vater, der nach dem Verschwinden seines Sohnes Mitte Feber Anzeige erstattete, nannte gleichzeitig ein paar verdächtige Personen, mit denen er im Streit lag und die vermutlich seinen Sohn entführt hatten. Zuerst konnte man den Tätern nichts nachweisen, aber eine Zeitlang später gaben zwei Männer nach einem längeren Verhör zu, den zwölfjährigen Jungen umgebracht zu haben. Die Mörder führten die Polizei zum Brunnen, aus dem der verwesende Leichnam des Knaben herausgezogen wurde.
Anfang Mai 1993 wurde in Varanasi der fünfundfünfzigjährige Bauer Hing Lai zu Tode gesteinigt, weil sein Vieh durch den Getreideacker eines anderen Bauern gelaufen war und einen Teil der Ernte niedergetrampelt hatte.
Ebenfalls Anfang Mai 1993 ertranken vier Kinder einer einzigen Familie, als sie aus Anlaß des Buddha Purnima-Festes in Bithoor ein Bad im Ganges nahmen.
Ein Tantriker hatte einem Großgrundbesitzer, dem zwei Söhne im Alter von nicht einmal einem Jahr starben, geraten, einen fremden Knaben in einem Ritualmord zu opfern, wenn er das Leben seines dritten, inzwischen zehn Monate alten Sohnes retten wolle. Der dreizehnjährige Paramjit Singh, der auf der Farm dieses Großgrundbesitzers schwer arbeiten mußte, wurde in einen Raum geschleppt, verkehrt aufgehängt, mit heißen Eisenstäben malträtiert und mit einem Stock geschlagen, den der Tantriker ausgesucht hatte. Damit der Knabe, der gezwungen wurde, rohe Blumenkohlblätter und Gras zu essen, noch lauter schrie, streute der Großgrundbesitzer Chilipulver in die Fleischwunden des Jungen. Der dreizehnjährige Junge erlag nach der einwöchigen Folter seinen schweren Verletzungen. In einem Krankenhaus im Bundesstaat Punjab wurde eine Krankheit als Todesursache angegeben, und der mißhandelte Körper

des toten Knaben wurde in sein mütterliches Dorf gebracht, wo die Verwandten gezwungen wurden, den Leichnam ohne Obduktion sofort einzuäschern.

AUF DER UNTERSTEN Steinstufe am Hanuman Ghat stehend, tauchten zwei junge Männer, ein Gebet sprechend, ihre nagelneuen Fahrräder in den heiligen Ganges. Als das Wasser über den Lenkgabeln zusammenschlug, zogen sie, das Gebet zu Ende murmelnd, die schwarzlackierten großen Fahrräder wieder aus dem Fluß.

IN DEN FRÜHEN MORGENSTUNDEN, als ich von den Schreien der auf den Ästen des Neembaumes hockenden Raben aufgeweckt wurde, meinen Kopf hob und auf den Ganges hinausschaute, hatte ich augenblicklich die Vorstellung, daß Eugenia gestorben und, eingewickelt in ein grünes, mit goldenen Streifen durchwirktes Tuch, auf ein Bambusfahrrad aufgeschnürt war, das ein schwarzer, nur mit einem Lendenschurz bekleideter, einen orangefarbenen Farbtupfer auf der Stirn tragender indischer Junge am Ufer des Ganges entlangführte. Ihr ins farbige Kunststoffleichentuch eingewickelter Kopf hing auf die Brust, und ihre ebenfalls ins farbige Tuch eingehüllten Beine pendelten über dem heißen, grellen Sand des Flußufers. Die Dienerjungen schliefen noch am Boden des Wohn- und Eßzimmers im Hotel, als ich bei Sonnenaufgang ans Ufer des Ganges hinunterging und den lauten Schreien der Frösche zuhörte, wobei mir einfiel, daß ich damals, als ich zwölf Jahre alt war, meinen zweijährigen Bruder über die Felder ans Ufer der Drau getragen hatte und zu ertränken drohte. Während ein schauriges Wohlgefühl durch meinen ganzen Körper lief und ich, mit dem Kind am Flußufer stehend, immer wieder Andeutungen machte, ihn in den reißenden grünen Fluß zu werfen, schrie und weinte der Junge und hielt sich an meinem Hals fest. Immer wieder rief ich: »Jetzt werf ich dich in die Drau! Jetzt werf ich dich in die Drau!« Wenn ich danach im Elternhaus den Namen des Flusses nannte, begann er sofort zu schreien. Am Ufer des Ganges trat ein kleiner, einen roten Farbpunkt auf seiner Stirn tragender Junge auf die umherhüpfenden, kleinen Frösche und zerquetschte sie nacheinander unter seinen Fußsohlen. Ein verkrüppelter alter Mann, der sich auf den in Jute eingewickelten Ziegelstein vor dem einen Lendenschurz tragenden alten Friseur gesetzt hatte, hielt abwechselnd seine Arme in die Höhe und ließ sich seine Achselhaare wegrasieren. Von einem rituellen Bad vom Ufer des Ganges kommend, gingen uniformierte Polizisten mit einem feuchten Tuch auf ihren Schultern am Friseur und unter der Veranda des Hotels vorbei.

UNTER DEN mehr als hundert in weinrote Mönchskutten gekleideten, in mehreren langen Reihen neben- und hintereinander vor der Steinstupa in Sarnath, einem Wallfahrtsort in der Nähe von Varanasi, wo, wie es heißt, Buddha seine Erleuchtung gefunden habe, auf dem Boden sitzenden, laut betenden tibetanischen Kindern – ihr weithin hörbares, rhythmisches, dumpfes Gemurmel zog uns an – saß zu ihrer Belustigung und zu ihrem Erstaunen ein mehrere Minuten lang pantomimisch höchst kunstfertig grimassenschneidender, stumme Schreie ausstoßender, Augen ausstechender, Zungen abschneidender, Finger abhackender, Zähne ausbrechender, Herz aus dem Brustkorb reißender, Lungenflügel zerfetzender, Ohren abbeißender, Brustwarzen durchstechender, Adern ausziehender, Finger- und Fußnägel abziehender, kaum zehnjähriger, weinrot gekleideter tibetanischer Mönch, der seine pantomimisch filmreife Vorführung – alte, runzlige tibetanische Frauen hockten hinter den Kindern und ließen ihre Gebetsmühlen kreisen – erst beendete, als er entdeckte, daß wir, vor einer Hecke stehend und auf die Kindermönche hinunterblickend, das Objektiv eines Fotoapparates auf ihn, den Vorführungskünstler, gerichtet hatten.

DIE SANDSTÜRME waren so stark, daß die Raben von den Ästen und aus den Nestern des Neembaumes vertrieben wurden. Zwitschernde Spatzen flogen auf die Hotelveranda und pickten die halbtoten, unter der Lampe klebenden und in Spinnweben hängenden Motten von der Mauer. Während die Donnerschläge immer lauter wurden und sich am Horizont die Blitze zu kreuzen begannen, die Äste des Neembaumes mit den Krähennestern immer stärker schwankten und zu knarren begannen, spielte die Hündin Pria auf der Veranda des Hotels mit einem nackten, federlosen toten Vogel, der beim Sturm aus dem Nest gefallen war. Unter monsunartigen Regenfällen, schweren Donner- und Blitzschlägen zogen schwarze Wasserbüffel langsam am Ufer des olivgrünen, unruhigen Ganges entlang. Zwei bloßfüßige, plitschnasse Hirtenjungen, die ein weißes Leibchen trugen und ein rotweißkariertes Tuch um ihre nackten Hüften gebunden hatten, sammelten die Wasserbüffel, denen das Regenwasser über ihre glänzende, schütter behaarte schwarze Haut rann, und trieben sie an den mit ihren Schnauzen auf einer Müllhalde im Abfall wühlenden langborstigen Schweinen vorbei, eine unasphaltierte Straße entlang, in die Stadt hinein. Heftig schwankte das Hausboot eines orangefarben gekleideten, langbärtigen Mönchs am Ufer des Ganges hin und her. Unbeirrbar wühlten die zwanzig Schweine, denen der niederprasselnde Regen Jauche und Schlamm von ihren langen schwarzgrauen Borsten und von der Haut geschwemmt hatte, mit ihren Schnauzen im Müll. Als es zu hageln begann, liefen halbnackte, schreiende Kinder aus den Elendshütten, sammelten die Hagelkörner und steckten sie in den Mund. Nach dem Gewitter zogen sich die dicken, langborstigen schwarzen Schweine auf einen breiten Hügel zurück, auf dem die Inder vor allem am frühen Morgen ihre Notdurft verrichten, und wühlten mit ihren rosaroten Schnauzen in den menschlichen Kothaufen. Die Raben, die sich erneut in den Ästen des Neembaumes gesammelt hatten, schüttelten ihre nassen Flügel und begannen vereinzelt, wieder zu schreien.

SCHÄUMENDER SPEICHEL tropfte vom behaarten Unterkiefer der wiederkäuenden, im seichten Flußwasser hockenden schwarzen Wasserbüffel und fiel, Fäden ziehend, langsam in den Fluß. Die Blasen des klebrigen Speichels schwammen, bis sie zerplatzten, unter den Schnauzen der Wasserbüffel auf der Wasseroberfläche des bleifarbenen Ganges. Aufgeschreckt vom Schrei des halbwüchsigen, ein rotweißkariertes Lendentuch tragenden Jungen mit dem Nasenring, der an seinem Hinterkopf ein geringeltes, bis zu seinem Halswirbel hinunterreichendes Haarzöpfchen trug, flogen mehr als fünfzig grüne Papageien mit roten Schnäbeln aus den Löchern und Nischen des Ziegel- und Betonbaus der elektrischen Einäscherungsanlage. Als der einen zweiten Schrei ausstoßende Junge, ein Bündel verpackte Räucherstäbchen in seiner Hand haltend, neben dem ewig brennenden heiligen Feuer über einen auf der Treppe liegenden, in farbige Tücher eingewickelten und auf eine siebensprossige Bambusleiter aufgebundenen Toten sprang, hoben die halbwüchsigen, einen Lendenschurz tragenden Bauernjungen, die am Ufer des Ganges mit verknoteten und zusammengelegten Stricken die Köpfe der Wasserbüffel abrieben, ihre Häupter und blickten hinauf zum ewig brennenden heiligen Feuer, das der Junge mit dem Nasenring hinter sich gelassen hatte. Vor einem schwarz-gelb-gestrichenen, hohen offenen Schrein und einer ihre beiden nackten Knaben waschenden, einen blauweißgestreiften Sari tragenden Frau übergab der Junge mit dem Nasenring die Räucherstäbchen einem Mann, der mit ein paar anderen jungen Männern um den Leichnam eines kleinen, von Kopf bis Fuß in ein dünnes weißes Baumwolltuch eingewickelten Kindes hockte. Ein Mann öffnete auf der Brust des Kindes den Knoten des Baumwolltuchs und entblößte sein Gesicht. Am rechten Nasenflügel trug das tote Mädchen, das weit aufgerissene Augen hatte, einen vergoldeten Ring. Der weinende und laut schluchzende Vater träufelte Gangeswasser in die Nasenlöcher seiner kleinen Tochter. Die Mutter, die ihre beiden nackten Knaben am Flußufer säuberte, begann zu schreien und klatschte einem der beiden laut weinenden Kinder die flache Hand auf den nackten schwarzen Hintern. Mit ihren Vorderbeinen auf der obersten Treppenstufe der steilen, mehrere Meter hohen Altartreppe stehend, streckte eine schwarze Ziege ihren Kopf zwischen die Gitterstäbe des Altars und begann an den geopferten orangefarbenen und gelben Blumengirlanden zu fressen. Während zwei junge Männer den Kinderleichnam mit einem Hanfstrick auf einen schweren, flachen Stein banden und den Strick auf der Brust des toten Mädchens verknoteten, hockte der laut weinende Vater, das Gesicht in den Händen verborgen, auf der Steinstiege nieder. Zwei andere Männer hoben den Leichnam aufs Boot und ließen sich von einem Domra, dem sie fünfzig Rupies gegeben hatten, in die Flußmitte hinausrudern. Einer der beiden neben dem Kinderleichnam sitzenden Männer schwenkte immer wieder über dem Kopf der Toten ein Bündel stark qualmender Räucherstäbchen. Noch bevor das Kind in der Mitte des Ganges, gegenüber dem Harishchandra Ghat, über den anderen am Grunde des Flusses liegenden Kinderleichen versenkt wurde, faßte ein Mann den weinenden und sich langsam am Flußufer von der Treppe erhebenden Vater an der Achsel und legte den Arm um seine Schultern. Ohne sich noch einmal umzudrehen – das tote, auf einen Stein aufgebundene Kind platschte in den Ganges hinein –, gingen sie gemeinsam über den warmen Sandhügel hinauf, auf ihre am Betongerüst der elektrischen Einäscherungsanlage angelehnten Fahrräder zu. Die einen Lendenschurz tragenden halbwüchsigen Bauernjungen säuberten mit Bürsten, die sie immer wieder ins Flußwasser eintauchten, die schütter behaarten Rücken der bis zum Bauch im Ganges stehenden und schäumenden Speichel absondernden schwarzen Wasserbüffel.

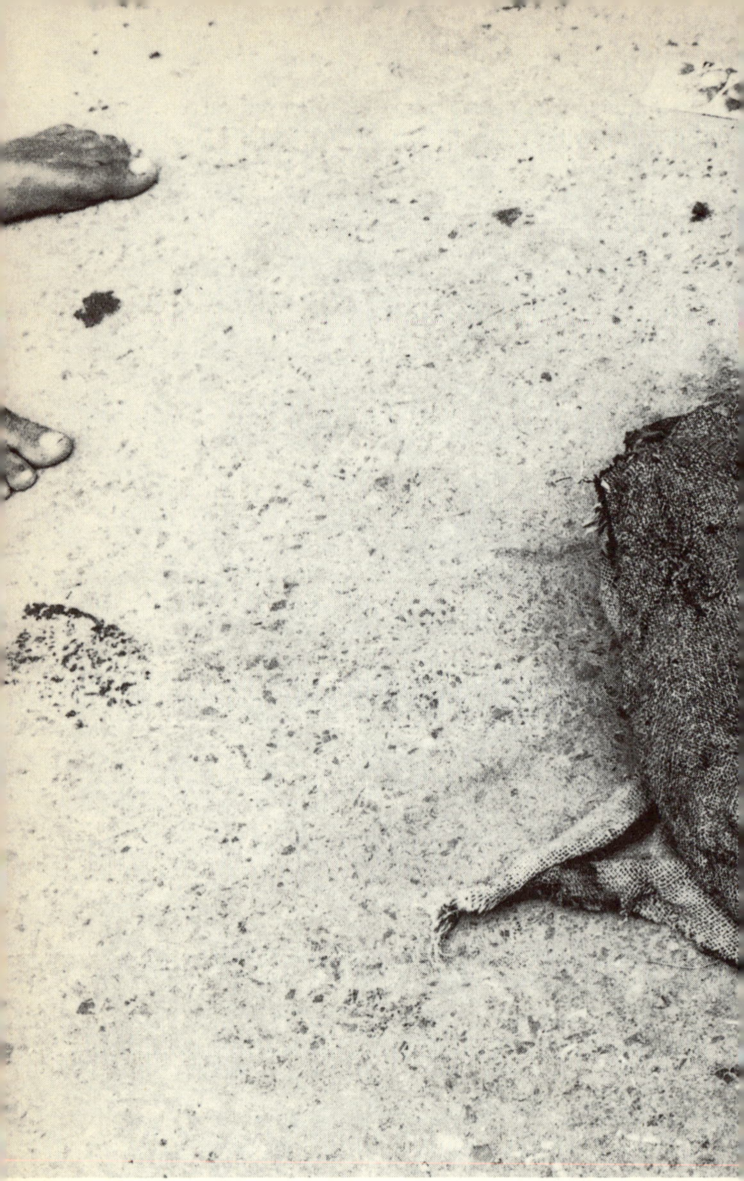

LTD.

OHNE IN DEN auf der untersten Treppenstufe liegenden Handspiegel hineinzuschauen, drückte sich ein zwölfjähriger Junge, nachdem er im Ganges ein rituelles Bad genommen hatte, seine Zeigefingerspitze in ein braunes Tonschälchen eintauchend, einen roten Farbpunkt auf die Stirn und lief, mit einer bloßen Unterhose bekleidet, über die lange, steile Treppe des Kedara Ghat hinauf. Auf der obersten Stufe angekommen, küßte er einem weißen Kalb, das am Gitter eines Tempels angebunden war, mehrere Male auf die feuchten schwarzen Nüstern und lief anschließend in die Stadt hinein.

ALS WIR uns an einem Abend wieder am Harishchandra Ghat aufhielten, der Leichnam eines Kleinkindes, eingewickelt in ein weißes Tuch und aufgebunden auf einen schweren, flachen Stein, auf ein Ruderboot gehoben und in die Flußmitte hinausgerudert wurde, hockte ein junger Mann neben mir am Rande des Einäscherungsaltarsteins, der mich immer wieder mit seinen lang hervorstehenden Zähnen angrinste. Zwischen dem struppigen Haar seines grausilbernen Hinterkopfes hatten sich bei einem Ritual ein paar rosarotgefärbte Reiskörner verfangen, und hinter seinem rechten Ohr hing noch eine zusammengequetschte orangefarbene Blumenblüte. Neben ihm saß eine Frau, offenbar seine Mutter, mit dicken, klumpigen Füßen, einem schwarzen Oberlippenbart und mehreren zentimeterlangen Haaren am Kinn, die mit der Spitze ihres rechten Zeigefingers immer wieder auf ihre geöffnete Mundhöhle deutete und »Bakschisch! Bakschisch!« flüsterte. Sie erlaubte mir erst, neben ihr auf dem großen, runden Einäscherungsaltarstein Platz zu nehmen, auf dem ein paar Stunden vorher ein Toter eingeäschert worden war, nachdem ich die noch warmen Holzkohlereste und die zurückgebliebenen warmen, verkohlten, feinlöchrigen weißen Knochen des eingeäscherten Toten mit meiner Hand nach hinten gewischt hatte. Ein kleiner rachitischer, nackter, an Gelbsucht leidender Junge, der ununterbrochen an der Vorhaut seines schwarzen Gliedes zog, trat an mich heran und bat mich darum, seinen Namen, den er mehrere Male vor sich hinsagte, in mein Notizbuch zu schreiben. Angezündet wurde der Holzstoß, auf dem der Leichnam einer dicken, kaum vierzigjährigen Frau mit entblößtem Gesicht lag, von einem geschorenen, ebenfalls dicken, eunuchenhaft aussehenden, vielleicht dreißigjährigen Mann, der sich, als er mit dem trockenen Schilf, auf dem ein heißes, glühendes Holzkohlestück lag, um den Scheiterhaufen herumging, verbrannt hatte und ein dickes Stück Eis auf die Brandwunde seiner Hand drückte. Da er zuvor mit drei Domra, knöcheltief im Wasser stehend, die auf der siebensprossigen Bambusleiter liegende vierzigjährige Frau in den Ganges eingetaucht und das nahtlose weiße Baumwolltuch, mit dem sein nackter Körper umhüllt war, dabei an den Hüften naß gemacht hatte, sah man, während er mit dem Eis auf der verbrannten Haut die Schmerzen zu lindern suchte, durch den dünnen, nassen Stoff des Baumwolltuches seine schwarzen Schamhaare und sein kleines Glied. Nachdem sich ein paar Männer vor einem anderen, am Ufer des Ganges auf eine Bambusleiter aufgebundenen Leichnam niedergehockt und ihm das Gesicht entblößt hatten, drückte der bärtige junge Fotograf vom Harishchandra Ghat, der neben dem Totenutensilien verkaufenden einäugigen, pockennarbigen, auf seinem Hinterkopf einen schwarzen Haarknödel tragenden Transvestiten in der Harishchandra Road seinen Holzverschlag hat, auf den Auslöseknopf seines Fotoapparates. Als der Leichnam auf den Holzstoß gehoben wurde, zogen die Männer ihre Schuhe aus, defilierten nacheinander, die Füße des Toten berührend, am Scheiterhaufen vorbei und gingen, nachdem die Einäscherungszeremonie eröffnet worden war, zu den Treppen hinauf, wo sie neben der alten, großen Holzwaage und den meterhoch aufgestapelten Mangoholzprügeln auf einer Steinstufe Platz nahmen und auf den anbrennenden Scheiterhaufen am Ufer des Ganges hinunterschauten. Nicht in zwei Bambussprießel der zerstörten siebensprossigen Bambusleiter zwängte der eunuchenhaft aussehende dicke Mann, der sich beim Anzünden des Scheiterhaufens verbrannt hatte, den kleinen, letzten, halbverkohlten Knochenrest der dicken toten Frau, sondern nahm ihn mit seinen bloßen Händen aus der Asche und warf ihn in weitem Bogen in den Fluß. Der Junge mit dem Nasenring, der am Hinterkopf ein geringeltes, bis zu seinem

Halswirbel hinunterreichendes und an den Spitzen von Henna rostrot gefärbtes Haarzöpfchen trug und der an diesem Abend mit einem eng um seine Hüften geschlungenen Lendenschurz mit Tigerfellmuster bekleidet war, so daß man links und rechts von den Leisten den Ansatz seiner eingeölten schwarzen Schamhaare sehen konnte, wühlte mit seinen Zehen in einem noch heißen grauen Aschehaufen und suchte nach Schmuck und Edelmetallen. Als er mich am Rande des Einäscherungsaltarsteins sitzen sah, verließ er den rauchenden Brandfleck, lief auf mich zu und nahm mir, seine Hüften auf meine Kniescheiben drückend, wortlos mein Notizbuch aus der Hand. Er blätterte ein paar Seiten zurück, um zu sehen, ob sein Name, den er auf Hindi in mein Notizbuch geschrieben hatte, auch noch in meinem Büchlein stand und nicht ausgelöscht worden war, drückte mir wortlos das Notizbuch wieder in die Hand und kehrte zum Aschehaufen zurück, um weiter mit seinen nackten Zehen nach Wertgegenständen zu suchen. Als es in meiner unmittelbaren Umgebung stark nach verbrannten Haaren zu riechen begann und ich mich einer kleinen Feuerstelle näherte, sah ich, daß ein Mann ein Bündel schwarzer Haarlocken in ein mehrfarbiges und mit goldenen Streifen durchwirktes Leichentuch eingewickelt und angezündet hatte. Wieder am Ufer des Ganges entlang Richtung Assi Ghat zum Hotel Ganges View gehend, sah ich zwei siebzehnjährige Burschen – der eine war von dunkelbrauner, der andere von schwarzer Hautfarbe –, die auf der obersten Treppenstufe vor einer Mauer ihre Hosen hinunterließen, sich nebeneinanderhockten, von gelbem Curry gefärbten, weichen Kot aus ihrem Darm drückten und den Schließmuskel ihres Afters wieder zusammenschrumpfen ließen. Der dunkelbraune Knabe verdrehte, mich anlachend, seinen Kopf, während die beiden mit auseinandergegabelten Beinen und hinunterhängenden schwarzen Geschlechtsteilen noch lange miteinander redend über ihren rauchenden

Kothaufen hockten, die sofort von Insekten umschwärmt wurden. Als es bereits dunkel wurde und ich, auf der Hotelveranda stehend und auf den blaugrauen Ganges hinausschauend, mehr als zehn badende und sich gegenseitig anspritzende Knaben sah, während Raben schreiend an der Hotelveranda vorbeiflogen und der Wind in den glänzenden grünen Blättern des Neembaumes rauschte, unter dem der gebrechliche, meistens nur einen Lendenschurz tragende alte Friseur von morgens bis abends auf Kundschaft wartet, kamen halbwüchsige Jungen vom Ufer des Ganges unter der Hotelveranda vorbei, die zusammengedrehte feuchte Unterhosen in ihren Händen hielten und verschiedenfarbige Tücher um ihre nackten Hüften gebunden hatten. Zwischen den Oberschenkeln ihrer vorwärtsschreitenden Beine sah man an den nassen Lendentüchern die Konturen ihrer Geschlechtsteile. Langsam ging der fünfzehnjährige nepalesische Priesterjunge, einen Zipfel seines dünnen blauen Dhotis zwischen Daumen und Zeigefinger in die Höhe haltend, über die Stiege des Hotels hinauf, auf den orangefarbenen Hanuman zu.

DER HALBWÜCHSIGE JUNGE mit dem Nasenring, der am Hinterkopf ein geringeltes, an den Spitzen von Henna rostrot gefärbtes, bis zu seinem Halswirbel hinunterreichendes Haarzöpfchen trug, kehrte mit einem Besen die restlichen, von einer Einäscherung zurückgebliebenen, lauwarmen Holzkohlestücke und die verkohlten feinlöchrigen weißen Knochenreste eines eingeäscherten Toten in den Ganges hinein und richtete auf dem ausgefegten Platz mit zwei anderen nur mit einem Lendentuch bekleideten jungen Domra einen Scheiterhaufen her, auf den der Leichnam eines fünfzigjährigen Mannes gehoben wurde. Herumschreiend, mit orangefarbenem Betel im Mund, warf der Junge mit dem Nasenring einen Holzkohleprügel nach einer Hündin, die um den neuerrichteten Scheiterhaufen herumzuschleichen begann. Mit nacktem Oberkörper stand er hinter der rauchenden Feuerstelle, schob mit einem angebrannten grünen Bambusstab die vom Holzstoß herunterrutschenden farbigen, mit dünnen goldenen Streifen durchwirkten Kunststofftücher, die auf dem Körper des Toten lagen, wieder auf den rauchenden Scheiterhaufen hinauf und warf, sich bückend, eine Faustvoll Sandelholzpulver nach der anderen ins langsam anbrennende, knisternde aufgeschichtete Holz, bis die Flammen am Kopf des Toten aufloderten. Auf den Kohleresten des runden Einäscherungsaltarsteines hockte ein glatzköpfiger, bärtiger alter Mann, der einen abgegriffenen gelben Bambusstab festhielt und laut ein Klagelied anstimmte, als die Flammen auf den Verstorbenen übergriffen und der Leichnam zu brennen begann.

RECHTS VON MIR saßen ein fünfzehnjähriger und ein sechzehnjähriger Junge am Rande des runden Einäscherungsaltarsteins, die gemeinsam, nachdem sie die orangefarbenen Blumengirlanden von ihm genommen und in den Fluß geworfen, einen toten alten Mann an Schulter und Beinen angehoben und auf einen am Ufer des Ganges vorbereiteten, hohen Mangoholzstoß gehoben hatten. Während ihr kahlgeschorener, bloßfüßiger Vater, der nur mit einem nahtlosen weißen Baumwolltuch bekleidet war, zur Eröffnung der Einäscherungszeremonie fünfmal mit dem brennenden Schilfbündel, jedesmal mit dem Feuer die Stirn des Toten berührend, um den Scheiterhaufen herumging und schließlich das lichterloh brennende Bündel zwischen die kreuz und quer aufgeschichteten Mangoholzprügel hineinsteckte, standen die beiden Knaben andächtig vor ihrem auf dem Holzstoß liegenden und in grüne, mit breiten, goldenen Streifen durchwirkte Leichentücher eingewickelten toten Verwandten, liefen danach wieder über den Sandhügel hinauf und setzten sich rechts von uns an den Rand des warmen runden Einäscherungsaltarsteins. Auf den anbrennenden Scheiterhaufen hinunterblickend, stand der Jüngere mehrere Male vom Einäscherungsaltarstein auf und klopfte, zärtlich seine Hinterbacken berührend, die Asche von seiner Hose, ehe er sich mir zuwandte, mich zuerst nach der Uhrzeit und schließlich auch fragte, aus welchem Land ich komme. Er sagte, daß der Tote auf dem Holzstoß ihr Großvater und sie Brüder seien. Er fragte, ob uns die indische Kultur gefalle und was wir über die Verbindung der beiden Teile Deutschlands dächten. Immer wieder zitterte die Schwanzspitze einer zu meinen Füßen schlafenden grauweißgefleckten Hündin. Die lauter werdenden Schreie der Frösche vermischten sich mit dem Knistern von vier brennenden, in der Dunkelheit mein aufgeschlagenes Notizbuch beleuchtenden Scheiterhaufen. Aus einem der beiden Schlote des elektrischen Krematoriums stieg schwarzer Rauch. Am Himmel sah man ein paar Sterne, halbverdeckt vom aufsteigenden, dichten Rauch der brennenden Scheiterhaufen. Bei einer Feuerstelle, als bereits die Eingeweide des Leichnams hervortraten und das Feuer die Hüften bloßgelegt hatte, konnte man das Geschlecht des männlichen Toten sehen, das sich, als es von den Flammen erfaßt wurde, noch einmal aufbäumte und schließlich zusammenfiel. Das dunkle Gesicht des fünfzehnjährigen Jungen, der einen leichten Bartflaum auf seiner Oberlippe hatte, glänzte ein wenig vom Schweiß. Die beiden vor uns stehenden und Fragen über Fragen stellenden Jungen vergaßen den hinter ihrem Rücken verbrennenden Großvater und blickten sich nur mehr selten nach dem Scheiterhaufen um. Um Mitternacht, wenn der Großvater eingeäschert sein wird, werden wir im Ganges ein rituelles Bad nehmen, sagte der Fünfzehnjährige, der seine Faust in einen leeren braunen Tonkrug hineingesteckt hatte und mit seiner anderen Hand den Krug mehrere Male im Kreis drehte, seine Faust wieder aus dem Hohlraum zog und die Öffnung des Kruges an seine Lippen drückte.

EIN JUNGER, KAHLKÖPFIGER MANN, der ein nahtloses weißes Baumwolltuch um seinen Körper geschlungen hatte, lief mit einem glühenden, auf einem zusammengeknickten Strohbündel liegenden Kohlestück, das er vom ewig brennenden heiligen Feuer genommen hatte, über den Sandhügel hinunter und warf es auf den bereits brennenden Leichnam einer alten Frau. Das weiße, mit rotem Blütenstaub bestreute Tuch, mit dem die Tote von Kopf bis Fuß eingewickelt war, begann sich in den Kopf einzubrennen und mit der Gesichtshaut zu verschmelzen. Der kahlgeschorene junge Mann schlug mehrere Male die Bambusstange auf den Oberkörper und auf das schwarz angekohlte Gesicht der Toten. Unter der Wucht der Schläge sackte der Leichnam tiefer in die Glut hinein. Nur auf dem verkohlenden schwarzen Leichnam der Frau konnte man die auf den Ganges hinausflitzenden dunklen Schatten der Vögel nicht sehen, wohl aber auf dem warmen grauen Sand und auf den gelben und orangefarbenen Flammen des Scheiterhaufens. Ein weißbrauner, sich mit der rechten Vorderpfote am Ohr kratzender Hund saß am feuchten Flußufer auf den herumliegenden kleinen Holzkohlestücken und ließ seinen Schädel, Kinn voran, auf eine zerfledderte orangefarbene Blumengirlande aus Marigold sinken. Bäuchlings auf einem aufgeblasenen schwarzen Gummischlauch liegend, ruderten zwei kleine Knaben ans Flußufer, auf die brennende Feuerstelle zu. Ein am Flußufer zwischen den schwimmenden Holzkohlestücken gehender und immer wieder an seinem Glied ziehender nackter Junge kam in Begleitung von zwei zwischen schwimmenden orange- und gelbfarbenen Blumengirlanden im Wasser schlendernden Mädchen mit verfilzten Haaren und schwarzgefärbten Augenlidern am brennenden Scheiterhaufen vorbei. An seinem Kinderbein blieb ein orangefarbener Blumenkranz hängen, den sich der Junge mit seinem anderen Fuß vom Bein streifte. Ein weinender und ausgehungerter, vollkommen nackter Mann mit tief eingefallenen Wangen wurde unter heftigem Geschrei und Gejohle von Kindern, Jugendlichen und jungen Männern, unter denen sich auch die beiden schnauzbärtigen Domra befanden, vom Einäscherungsplatz über den warmen Sandhügel hinauf, vorbei am ewig brennenden heiligen Feuer, in die Harishchandra Road hineingetrieben. Der Mann hatte ein kleines Glied, aber seine Hoden hatten die Größe ausgewachsener Stierhoden, die ihn beim Laufen behinderten und schwer gegen seine Oberschenkel schlugen. Der zitternde und weinende Mann, der sich bei einem Haustor niederhockte, wurde sofort von seinen Verfolgern umringt, beschimpft, an den Haaren gezogen und die Harishchandra Road weiter hinauf, in die Stadt hinein gejagt. Im Beisein von zwei zehnjährigen Kindern verhandelte ein älterer, einen Hörapparat tragender Inder beim Holzlager mit einem Domra über den Preis eines Scheiterhaufens. Ein nacktes, kleines Mädchen lief auf einen Mann zu, der an den Enden einer Bambusstange Vogelkäfige befestigt hatte, in denen jeweils mehr als zehn grüne Papageien mit roten Schnäbeln hockten, und drückte einen Käfig lange umarmend an ihren nackten Bauch. Als ich wieder mit meinem aufgeschlagenen Notizbuch unter den schattigen Ästen des Magnolienbaumes saß, kam der Junge mit dem Nasenring, der an seinem Hinterkopf ein geringeltes, an den Spitzen rostrot gefärbtes, bis zu seinem Halswirbel hinunterreichendes Haarzöpfchen trug, mit einem Eisbrocken auf mich zu und gab mir, mit seinen Zähnen klappernd, das Eis zwischen unsere Handinnenflächen pressend, seine kalte Hand. Das zwischen unseren Handflächen zerbröselnde Eis bröckelte er lachend auf meinen Kopf, bis ihn der einen abgegriffenen Bambusstab haltende alte Mann, der jeden Tag zur selben Stunde neben dem Magnolienbaum auf der Steinbank sitzt, mit seinem Stecken vertrieb. Der Junge mit dem Nasenring streckte mir seine von Betel orangegefärbte Zunge entgegen und ging, am Eis leckend und lutschend, weiter die Harishchandra Road zum ewig brennenden heiligen Feuer hinunter. Einen Augenblick später wurde von einem mit einem Lendentuch bekleideten jungen Mann auf dem kleinen Anhänger eines Fahrrads ein in farbige Tücher eingewickelter Leichnam herangefahren. Die Unterschenkel des Toten pendelten über den Rand des Anhängers hinunter. Links und rechts von dem Leichnam hockten auf dem Fahrgestell ein alter und ein junger Mann. Als ich in der Abenddämmerung die Straße entlang Richtung Assi Ghat ging, zog unweit vom Hotel Ganges View eine Herde schwarzer Wasserbüffel an den langborstigen, sich auf der Müllhalde tummelnden und ihre Schnauzen in den Abfall steckenden schwarzen Schweinen vorüber. Auf dem Rükken und auf dem Kopf der Wasserbüffel hockten, immer wieder balancierend ihre Flügel ausstreckend, Mitesser suchende Raben. Von einem rituellen Bad im Ganges kommend, ging in Begleitung seiner Freunde ein schöner, in seiner rechten Hand eine zusammengedrückte nasse Unterhose tragender Junge unter der Hotelveranda vorbei. Da er um seine Hüften nur ein löchriges und feuchtes graues Tuch trug, sah man, wenn das Tuch beim Vorwärtsschreiten an seinen Oberschenkeln auseinanderfiel, seine schwarzen Geschlechtsteile. Hinter den Jungen folgte ein Mann mit einem orangefarbenen Punkt auf der Stirn, der einen Blecheimer voll Gangeswasser auf seinem Kopf und eine ebenfalls mit Gangeswasser gefüllte Plastikkanne in seiner rechten Hand trug. In derselben Nacht wurde ein Hund von zehn anderen, zähnefletschenden Kötern angegriffen. Das lang anhaltende Gejaule drang bis in unser Hotelzimmer. Im Schlafanzug auf der Veranda stehend, konnten wir in der Dunkelheit nur noch einen sich langsam davonschleppenden, die beiden Hinterbeine nachziehenden, jammernd und jaulend an seinen Flanken leckenden Hund erkennen, während die anderen zehn Hunde vom schreienden, lungenkranken Mann, der mit einem Bambusstecken seinen Holzverschlag verlassen hatte, vertrieben wurden.

VIER NACKTE vierzehn- bis sechzehnjährige Bauernjungen beschmierten sich am Assi Ghat zwischen den orangefarben gekleideten, mit Messinggefäßen Gangeswasser auffassenden Mönchen mit nassem, lehmigem Sand, säuberten mit dem Sand ihre Haut und wuschen sich gegenseitig mit frischem Flußwasser den Lehm von Körper und Gesicht, ehe sie, ihre gelben Bambusstöcke wieder aufhebend und die zurückweichenden, jaulenden Hunde vertreibend, hinter der weiterziehenden Wasserbüffelherde herliefen.

MIT VIER, FÜNF MOTTEN im Schnabel tauchte ein Spatz am Geländer der Hotelveranda auf, verdrehte ein paarmal seinen Kopf und verschwand wieder. Vor seinem Holzverschlag schlug der lungenkranke, immer wieder hustende und eitrigen Schleim aus seinem zahnlosen Mund spuckende Mann mit seiner Hand auf den Körper eines Hundes. Laut dröhnte dabei der mit verkrusteten Wunden übersäte Brustkorb des aufjaulend davonlaufenden Köters. Kleinkinder warfen Steine in den Neembaum und versuchten die schreienden, auf den Ästen hockenden Raben zu vertreiben. Eine kleine, mit feuchtem Lehm gefüllte Reisetasche an den Henkeln tragend, kamen zwei zwölfjährige Knaben vom Fluß, die in ihrer freien Hand je eine frischgeformte, feuchte Lehmkugel hielten und deren Fingernägel voller Lehm waren. Fünf nackte, kleine Knaben wälzten sich lachend und schreiend im warmen, glitschigen Schlamm und rutschten auf Bauch und Rücken wohl zwanzig Meter weit bis zu den am Ufer des Ganges leicht hin- und herschwankenden, an Bambusstangen befestigten Booten hinunter. Als ein Geier, auf einem im Fluß schwimmenden Kuhkadaver stehend, mit seinem Hakenschnabel ein Stück Fleisch aus dem verwesenden grauen Körper reißen wollte, wickelte sich eine faulende Sehne um seinen Kopf. Mehrmals verdrehte der Geier seinen Hals und schüttelte seinen Kopf, ehe er sich von der Sehne befreien und seinen Schnabel wieder in den weichen, bis ans Ufer des Ganges nach Verwesung riechenden Tierkadaver hineinhacken konnte. Weiter am Ufer des Ganges entlang zum Harishchandra Ghat gehend, setzte ich mich wieder an den Rand des großen, runden, warmen Einäscherungsaltarsteines, auf dem noch Holzkohlereste, gemischt mit den feinlöchrigen weißgrauen Knochenresten eines eingeäscherten Toten, lagen. Zwischen zwei aufgeschütteten Holzkohlehaufen lagen am

Flußufer mehrere schwarz angekohlte menschliche Brustkorb- und Wirbelsäulenknochenteile. Eine Frau, die einen braunen Sari mit großen orangefarbenen Punkten trug, saß Klagelieder singend auf einem dem Einäscherungsaltarstein gegenüberliegenden Steinsockel. Die breiten Goldstreifen auf den farbigen Kunststofftüchern, in die ihr auf dem Scheiterhaufen brennender toter Mann eingewickelt war, begannen sich wie Blattgold auf die nackten, dünnen braunen Beine des Toten zu legen. Sein Oberkörper sank tiefer zwischen die kreuz und quer aufgestapelten, brennenden und glühenden Mangoholzprügel, und sein schwarz angekohlter Kopf neigte sich langsam zur Seite. Vor dem Angesicht der Klagelieder singenden Witwe schlug ein schnauzbärtiger, nur mit einem rotweißkarierten Lendentuch bekleideter junger Domra mit einem grünen Bambusstab immer wieder auf die brennende und von den Schlägen federnde Brust des Toten. Abertausende Feuerfunken und kleine, schwarz angekohlte Fetzen vom Leichentuch flogen in die Höhe. Als er mit dem dicken Bambusstab auch auf den Kopf schlug, blätterten schichtweise das angeschmorte Fleisch und die verkohlte Haut vom Gesicht und gaben Teile seines weißen Totenschädels frei, der aber von den hochschlagenden Flammen schnell wieder rußig wurde. Rot, geschwulstig und rußig traten die Eingeweide hervor und waren die höchste Erhebung auf dem Scheiterhaufen. Die Sehnen, die Ober- und Unterschenkelknochen miteinander verbanden, wurden von Hitze und Flammen verkürzt und verbrannten, so daß sich ein Unterschenkel zuerst senkrecht in die Höhe bog, ehe er sich vom Oberschenkel löste und vom brennenden Scheiterhaufen rutschte. Das spitze, in die Höhe stehende weiße Gebein des Oberschenkelknochens rauchte. An den Zehen konnte man noch das blattgoldartige Kunststoffmaterial der farbigen und vergoldeten Leichentücher sehen, das sich in der Hitze auf die Beine des Toten gelegt hatte. Der schnauzbärtige, mit einem

Lendentuch bekleidete Domra zwängte den vom Scheiterhaufen heruntergerutschten, angeschmorten Unterschenkel zwischen zwei Bambusspriеßel und legte ihn verkehrt neben den anderen angeschwollenen und verrußten Unterschenkel, so daß die Zehen des einen Fußes, an dem noch Blattgold schimmerte, neben die Kniescheibe des anderen Fußes zu liegen kamen. Die Witwe, die mit angezogenen Beinen, ihre Ober- und Unterschenkel umarmend, auf dem Steinsockel hockte, hatte zu klagen aufgehört. Die Innenflächen ihrer kleinen, kindlichen Finger waren von Henna rotgefärbt und ihre Fingernägel abgebissen. Um ihre Fußknöchel trug sie zwei silberne Reifen, an den Zehen ein paar Ringe. Keine zehn Meter von ihr entfernt, stieg ein Mann mit einem um seine Hüften gebundenen nassen Tuch aus dem Ganges. Während er das nasse Tuch mit einem trockenen farbigen Lendenschurz auswechselte, blickte die verstummte Witwe auf seine schwarzen Geschlechtsteile, von denen Wasser tropfte. Eine Frau ging über den Sandhügel hinunter auf einen niedergebrannten Scheiterhaufen zu, nahm eine Handvoll warme Asche, in der sich die verkohlten Reste der Mangoholzscheite und die feinlöchrigen, verkohlten weißen Knochen des eingeäscherten Toten mischten, und ging mit der Asche in ihrer Faust wieder über den Sandhügel hinauf, aufs ewig brennende heilige Feuer zu, von dem alle Scheiterhaufen angezündet werden und das von einem dicken, schnauzbärtigen Domra bewacht wird, während drei nackte kleine Jungen, von denen einer ein Plastiksäckchen bereit hielt, mit ihren bloßen Füßen im warmen Aschehaufen stampften, wetzten und wühlten, mit ihren von der warmen grauen Asche bestäubten Zehen die noch rauchenden schwarzen Holzkohlestücke beiseite stießen und nach Schmuck und Edelmetallen suchten. Ein paar Frösche quakten, Vögel schrien, und eine braunschwarzgefleckte Hündin mit tief nach unten hängenden rosaroten und schwarz besprenkelten Zitzen hatte sich in der Zwischenzeit an die Wirbelsäulenknochenreste herangemacht, die zwischen den beiden aufgeschütteten Holzkohlehaufen am Flußufer lagen. Unmittelbar neben dem sich noch abtrocknenden Mann, der im Fluß gebadet und einen trockenen Lendenschurz angelegt hatte, in der Dämmerung unter dem deutlich sichtbar gewordenen Vollmond, wurde der Leichnam eines in ein weißes Baumwolltuch eingewickelten, auf einem flachen, schweren Stein festgebundenen Kleinkindes mit einem Ruderboot in die Flußmitte hinausgefahren und in den Ganges versenkt. Noch ehe die Bootsmänner wieder ans Flußufer zurückkehren konnten, wurde ein in beigefarbene Tücher eingewickelter Leichnam eines Knaben, der wohl zwischen zwölf und vierzehn Jahren alt gewesen sein dürfte, von vier immer wieder »Ram Nam Satya hai!« rufenden Männern auf einer siebensprossigen Bambusleiter vorbei am ewig brennenden heiligen Feuer über die steile Steinstiege und über den warmen Sandhügel zum Ufer des Ganges hinuntergetragen, von der Bambusleiter gehoben, mit einer dicken, groben Hanfschnur auf einen flachen, schweren Stein gebunden und auf den Bug eines Ruderboots gelegt. Die ins weiße Baumwolltuch eingehüllten Unterschenkel des toten Knaben hingen über den Schiffsrand und pendelten hin und her, als sich das Boot am Flußufer zu drehen begann, der schnauzbärtige, dicke Domra die Bambusstangen ergriff, die Paddel ins bleifarbene Wasser eintauchte und den Leichnam des Jungen in Begleitung von vier anderen, im Boot sitzenden Männern auf den Fluß hinaus ruderte. Ein neben dem Kopf des Toten sitzender Mann hatte ein Bündel Räucherstäbchen angezündet. Den Sandelholzgeruch der Räucherstäbchen konnte man noch am Flußufer wahrnehmen, wo ich mit meinem aufgeschlagenen Notizbuch beim fünf Meter hohen, mit senkrechten schwarzen und gelben Streifen bestrichenen offenen Schrein saß, auf dessen Spitze ein Shiva-Lingam angebracht war. Als sie in der Flußmitte ankamen, sich das

Boot mehrere Male im Kreis gedreht hatte und der Mann das rauchende, in der Dämmerung rotglühende, dicke Bündel Räucherstäbchen hin und her schwenkte, stand ein Bootsinsasse auf und kippte den Leichnam mit dem Kopf Richtung Norden über dem Berg von Tausenden am Grunde des Flusses kreuz und quer übereinanderliegenden Kinderleichen und Kinderskeletten in den Ganges hinein. Der tote Junge ging sofort unter. Die Witwe schaute schon lange nicht mehr auf die Feuerstelle, in der die sterblichen Überreste ihres Mannes verkohlten, sondern blickte aufs Geschehen ringsum, auf die mit Fotoapparate zückenden Touristen besetzten vorbeifahrenden Ruderboote und auf den bleifarbenen, an manchen Stellen von der untergehenden Sonne rosarot gefärbten Fluß hinaus. Das Feuer des Scheiterhaufens wurde immer kleiner, und die brennenden, dicken Mangoholzstücke schrumpften mehr und mehr zu rot, gelb und orange leuchtenden, kreuz und quer übereinanderliegenden Glutprügeln. Man hörte das Geläute mehrerer Glocken aus den ringsum gelegenen Tempeln, die Schreie der Frösche, das Gekrächze der Raben und einen lange anhaltenden Trommelwirbel vom wohl zwei Kilometer entfernten Manikarnika Ghat, dem Hauptverbrennungsplatz von Varanasi an der Biegung des Flusses, von wo in der Finsternis mehrere brennende Scheiterhaufen herüberleuchteten. Fledermäuse flogen vorbei. Raben setzten sich auf die dicken, langen, am Flußufer senkrecht in den Sand gesteckten Bambusstangen. Der Schatten eines am Ufer des Flusses an einer Bambusstange befestigten, mit einem Holzdach versehenen Ruderboots verdeckte immer wieder den sich an der Wasseroberfläche widerspiegelnden Mond. Wenn das Boot in den sanften Wellen am Flußufer schwankte, tauchte der sich spiegelnde Mond aus dem Schatten des Bootes auf, spiegelte sich für ein paar Sekunden, ehe er wieder, wenn sich die leisen Wellen am Flußufer beruhigten, vom schwarzen Schatten des Bootes verdeckt wurde. Die Boote, mit denen die beiden Toten, ein Kleinkind und ein Jugendlicher, in den Fluß hinausgerudert wurden, waren bereits mit einem Strick zusammengebunden, und die Männer, die den toten Knaben, der unter dem weißen Baumwolltuch in mehrere Schichten durchsichtiger Plastiktücher eingewickelt war, auf einer siebensprossigen Bambusleiter – »Ram Nam Satya hai!« – von einem Krankenhaus in Varanasi im Laufschritt durch die Straßen zum Harishchandra Ghat ans Ufer des Ganges getragen hatten, standen noch eine Zeitlang, sich unterhaltend, am Flußufer vor den hin und her schwankenden Ruderbooten und gingen schließlich gemeinsam über den Sandhügel, neben dem Betongerüst des elektrischen Krematoriums die Steintreppe hinauf, auf der ein paar orangefarbene Blumenblüten kauende Ziegen hockten und zwei in farbige Tücher eingewickelte, mit groben Hanfschnüren auf siebensprossige Bambusleitern aufgebundene Tote lagen, vorbei am ewig brennenden heiligen Feuer, in die Harishchandra Road hinein. Ein paar Raben wärmten sich auf den rußigen und löchrigen Blechdächern, die oben auf den beiden langen Rauchfängen des elektrischen Krematoriums angebracht waren. Kurz bevor wir im Halbdunkel unter dem Vollmond das Flußufer entlang Richtung Assi Ghat zum Hotel gingen, wurde neuerlich der Leichnam eines Knaben auf einer siebensprossigen Bambusleiter, aufgeschultert von vier Männern – »Ram Nam Satya hai!« –, an den Fluß getragen und mit der Tragbahre ins Wasser getaucht. Die Leichenträger träufelten das heilige Gangeswasser in die Nasenlöcher des toten Jungen, spreizten mit ihren Fingern seinen Ober- und Unterkiefer auseinander und ließen ebenfalls Wasser, das sie mit ihren Handschalen aus dem Fluß schöpften, in den Mund hineintropfen. Ein Bündel Räucherstäbchen wurde angezündet und neben dem entblößten Kopf des toten Jungen in den feuchten Sand gesteckt. Vom Flußufer, vor den drei an Bambuspflöcke gebundenen Booten, sammelte ich ein paar kleine, vergilbte, von der Hitze ausgebleichte Kindertotenscheine auf, die, mit einem violettblassen ovalen Stempel bedruckt, in drei verschiedenen Handschriften mit dem Geburtsdatum des Kindes beschrieben waren und die der Domra, nachdem er die toten, von Kopf bis Fuß in nahtlose weiße Baumwolltücher eingewickelten Kinder in die Flußmitte hinausgerudert und die Verwandten den Leichnam über den anderen, am Grunde des Flusses liegenden Kinderleichen und Kinderskeletten im Ganges versenkt hatten, am Flußufer weggeworfen hatte, und steckte sie, verlegen um mich blickend – ich wurde von einem herumstreunenden jungen Inder beobachtet –, in mein Notizbuch hinein, auf dem ein kleiner, zwei Frösche am Kragen haltender, vor einem Haufen zuckender Froschschenkel hockender schwarzer indischer Junge abgebildet war.

AM BAHNHOF von Varanasi – wir warteten auf einen Zug aus Puri, der uns nach New Delhi bringen sollte – hatte ein Weintraubenhändler seinen aus Ruten geflochtenen, einer Fischreuse ähnlich sehenden Korb aufgestellt. Nachdem er den Weintraubenkorb von seinem Kopf auf den Stehkorb gestellt hatte, ging er mit einem brennenden Zeitungspapier, immer wieder einen Kreis beschreibend, mehrere Male um den Korb herum, machte über den aufgehäuften Weintraubenzöpfen mit dem Feuer ein Kreuzzeichen und löschte danach das brennende Zeitungsblatt. Immer wieder hörte ich im leicht hin und her schwankenden, langsam über die Gleise rumpelnden, manchmal donnernden, manchmal laut quietschenden Nachtzug im Halbschlaf und in verworrenen Träumen den Chor indischer Leichenträger: »Ram Nam Satya hai!« Ich eilte über eine Steintreppe hinunter, in einen Keller hinein, wo ich mich zeitungslesend zwischen den Leuten versteckte, da ich Angst hatte, mein zukünftiger, einen grauen Filztrachtenhut mit einem aufgesteckten Blechedelweiß auf seinem Kopf tragender Mörder könnte sich bereits hinter mir befinden und auf mich aufmerksam werden. Wieder den Chor der Totenträger vom Harishchandra Ghat – »Ram Nam Satya hai!« – hörend, wachte ich in den frühen Morgenstunden auf, hob schnell meinen Kopf und versuchte, mich orientierend, aus dem Zugfenster zu blicken. Draußen war es noch stockfinster. Rhythmisch tönten die Eisenräder des hin- und herschwankenden, donnernden, quietschenden, immer leicht federnden Zuges auf den Schienen. Nachdem wir in New Delhi in einen anderen Zug umgestiegen waren, der uns nach Jaipur bringen sollte, sah ich, aus dem Zugfenster blickend, ein am Hals tätowiertes Kamel, das vor einen Holzkarren gespannt war. In Jaipur erzählte man mir, daß es sich dabei um keine Kennzeichnung, sondern um die Spuren von Impfungen gegen verschiedene Krankheiten handle. Im völlig verwahrlosten kleinen Zoo von Jaipur füllte an einer Quelle ein Zooarbeiter Wasser in einen großen Lederbeutel und ging von Käfig zu Käfig. Zum Blumenmarkt brachte ein halbwüchsiger Junge auf dem Gepäckträger eines Fahrrads ein großes Stück Eis, zerhackte es und legte die Eisbrocken und Eissplitter in einen mit weinroten Rosenblütenblättern gefüllten Bastkorb. Die Eisbrocken sanken sofort zwischen den Rosenblütenblättern auf den Grund des Korbes und wurden von den weinroten Blüten zugedeckt. In der darauffolgenden Nacht tauchte der tote Onkel Willibald mit übergroßen und geröteten Augen vor mir auf, der einmal vorwurfsvoll vor Eugenia gestanden, eines meiner Bücher mehrere Male an seinen Oberschenkel geschlagen und »Kruzifix und Sex und Sex und Kruzifix!« gerufen haben soll, und blickte genußvoll auf mein zerfetztes indisches Notizbuch, auf dem ein zwei Frösche am Kragen haltender, vor einem Haufen zuckender Froschschenkel hockender schwarzer indischer Junge abgebildet war. Auf der entblößten Brust des Onkels sah ich einen blauen Stempelabdruck, der einen Heuleiterwagen mit dem Sarg seines im Zweiten Weltkrieg in Jugoslawien gefallenen Bruders zeigte, den er, als der Leichnam mit der Eisenbahn ankam, mit dem Leiterwagen, vor den ein Pferd gespannt wurde, abholte und in sein Heimatdorf brachte, wo der Tote beerdigt wurde. Zuerst glaubte ich, Reisig sei über den in einem Leiterwagen liegenden Sarg gestreut worden, aber als ich näher hinblickte, bemerkte ich, daß die dichte Brustbehaarung das blaue Stempelabbild des auf einem Heuleiterwagen liegenden Sarges zugedeckt hatte. In einem zweiten, unmittelbar folgenden Traum, in dem ich einen kleinen Kindersarg aus Aluminium in meinen Armen trug, hatte ich Angst, mit dem Sarg aus dem Schatten in die Sonne zu gehen, da die Reflexe des Aluminiumsargs vorbeigehende Kinder blenden könnten.

»Glied für Glied wird die Leiche mit den Teilen der geschlachteten Kuh belegt; auf das Gesicht kommt die fettdurchwachsene Netzhaut, in die Hände die beiden Nieren als Schutz gegen des Todesgottes Hunde; über das Ganze wird das Fell mit Kopf und Füßen gedeckt. Nun wird der Scheiterhaufen in Brand gesteckt.«

WÄHREND DIE BLONDE Engländerin den herzförmigen Brillantschmuck vor der Zollkontrolle in der Flughafenhalle in Wien an ihre Ohren steckte, rekelte sich neben ihr das an einem bröselnden Vanillekipferl leckende blonde dreijährige Söhnchen, das durch ein Schaufenster blickte, hinter dem drei ihren Oberkörper bewegende, aus Edelhölzern bestehende, Winterpullover tragende Kleiderpuppen standen. Den verstrotzten Vanillestaubzucker von seinem grünen Pullover putzend, fragte die Mutter das Kind, ob alles in Ordnung sei – »Everything okay« –, und reichte ihm aus einer Holzschachtel das nächste Vanillekipferl, während sich das Kind im Rhythmus der ihren Oberkörper bewegenden Kleiderpuppen auf dem Sitzplatz hin- und herbewegte und den Staubzucker des Vanillekipferls auf seinen Pullover und auf seine Hose strotzte.

WENIGE TAGE nach dem Begräbnis in Villach, am ersten Morgen in New Delhi, als ich im Hotelbett aufgewacht war, den Oberkörper aufgerichtet hatte und mir sofort der tote Kunstmaler Georg Rudesch einfiel, murmelte ich halblaut vor mich hin: »Herr Toter, du wirst mich nicht in dein Schlepptau nehmen!« nachdem ich am Vorabend im Hotelzimmer eine Taube auf dem Fensterbrett gesehen und im ersten Moment daran gedacht hatte, die Taube vom Fensterbrett zu jagen, damit ich ohne Behinderung aus dem zwölften Stockwerk des Hotels auf eine Blechbehausung hinunterspringen könnte. Ich trank ein paar Gläser Rotwein, nahm ein paar Baldriantabletten, schlief schnell ein und erwachte am frühen Morgen, stützte mit meinen Händen meinen Oberkörper auf, dachte an den toten Kunstmaler Georg Rudesch, den wir wenige Tage vor unserer Abreise nach Indien in Kärnten begraben mußten, und an die Taube auf dem Fensterbrett, die mir den Weg in den Freitod versperren wollte, und murmelte vor mich hin: »Herr Toter, du wirst mich nicht in dein Schlepptau nehmen!«

EINE WEINENDE und laut ein Trauerlied singende junge Frau putzte mit dem Zipfel eines weißen Baumwolltuches Schleim und Blut von Mund und Kinn eines auf eine Bambusleiter gebundenen Toten, ehe er von drei Männern dicht ans Ufer des Ganges hinuntergetragen, von der Bambustragbahre gehoben und auf eine Steinplatte gelegt wurde. Während die Männer den Leichnam mit der Hanfschnur, mit der er auch auf der siebensprossigen Bambusleiter befestigt worden war, auf dem Stein festbanden, verließ die Klagelieder singende und weinende junge Frau den Steinsockel, lief ans Ufer des Ganges hinunter, warf sich über den Toten, klopfte immer wieder ihre linke Hand auf seinen Brustkorb und legte ihren Kopf auf seinen Oberkörper. Als sich nach längerem Zureden die klagende Frau vom Leichnam nicht entfernen wollte, wurde sie von zwei Männern unter den Achseln gefaßt und zur obersten Stufe der Steinstiege getragen. Ein angekohltes menschliches Knochenstück im Maul tragend, hockte sich ein Hund hinter dem Rücken der weinenden, laut schreienden, ihre Hände immer wieder auf die Brust schlagenden Frau nieder und begann am Knochen zu nagen, den er mit seinen beiden Vorderpfoten festhielt. Ein junger Mann schöpfte mit seinen Handschalen Gangeswasser auf, beträufelte die Klagelieder singende und weinende junge Frau und führte sie, bevor sich das Boot mit dem Toten in Bewegung setzte, über den Sandhügel hinauf, vorbei am ewig brennenden heiligen Feuer, in die Stadt hinein. Nachdem zwei junge Soldaten Benzin auf einen brennenden Scheiterhaufen gegossen hatten und die Flammen meterhoch in die Höhe schnellten, stocherten sie mit dünnen Bambusstangen in den verkohlenden Resten des brennenden Militärmenschen. Als sich ein Hund dem Scheiterhaufen näherte, schlug ihm ein Soldat mit dem heißen, kohlegeschwärzten Ende der Bambusstange auf den Rücken. Jaulend und sich an den Brandwunden leckend, lief der Köter ans Flußufer hinunter. Erst als die beiden schwarzhaarigen, an ihren Fußknöcheln Silberketten tragenden Mädchen in ihrem goldgestreiften roten, kohlebeschmutzten Pandjabidreß, die einem anderen weinenden Mädchen einen locker gewordenen Milchzahn aus dem Oberkiefer brechen wollten, von den Soldaten beschimpft wurden, lösten sie das Mädchen aus ihrer Umklammerung und ließen es über die Steinstiege hinauf ins Quartier der Domra laufen. Zehn, fünfzehn Soldaten reihten sich vor dem abbrennenden Scheiterhaufen auf und salutierten, als ein Soldat ein halbverkohltes, schwarzkrustiges, an mehreren Stellen noch blutiges Beckenknochenstück zwischen zwei Bambusspießeln klemmte und die sterblichen Überreste des Militärmenschen in weitem Bogen in den Ganges warf. Nachdem zwei Kinder mit Bambusspießeln in der Asche gewühlt und ein paar Holzkohlestücke weggetragen hatten, leuchteten nur noch rote Glutpünktchen – die Orden des eingeäscherten Offiziers – unter der grauweißen, heißen Asche des niedergebrannten und von den Soldaten verlassenen Scheiterhaufens auf. Zwischen den brennenden Scheiterhaufen, über orangefarbene und gelbe Blumengirlanden springend, ließen Kinder rufend, schreiend und jubelnd einen grünen Papierdrachen steigen, liefen zwischen den Hanfstricke kauenden Kühen und Kälbern den Sandhügel hinunter, hüpften über den noch rauchenden Aschefleck eines niedergebrannten Scheiterhaufens, über zerstörte Bambustragbahren und zerknüllte, goldglitzernde Leichentücher, während mit Trommelwirbel, Trompeten und dem Gepfeife eines Dudelsackes ein in vergoldete gelbe und rote Tücher eingewickelter Toter zum Flußufer hinuntergetragen und in den Ganges eingetaucht wurde. Ein kleiner Junge nahm von einem niedergebrannten Scheiterhaufen eine an der Spitze angekohlte Bambusstange, ließ sie von einem anderen, einen brennenden Holzspan haltenden Jungen anzünden und tanzte laut singend mit der brennenden und rauchenden Bambusstange im Kreis. Ein schwarzes Kalb, das sich einem neuen Scheiterhaufen genähert hatte, leckte Reiskörner aus den Falten des farbigen Kunststofftuches, mit dem der Tote eingewickelt worden war, bis es von einem vor dem Scheiterhaufen hockenden, aufspringenden Mann verjagt wurde. Nicht vertrieben wurde ein Widder, dessen Kopf mit rotem Blütenstaub bestreut war. Selbst an seinen weit hinunterhängenden Hoden hatte er ein paar rote Farbtupfer. Störrisch stand er zwischen zwei brennenden Scheiterhaufen, ging ein paar Schritte vorwärts, blieb wieder stehen, senkte den Kopf zu Boden und bedrohte mit seinen geschwungenen, ebenfalls rot gefärbten Hörnern die zurückweichenden Verwandten des Toten. Bald nachdem eine tote Frau, begleitet von einem trompetenden Mann, der den Leichenzug anführte, auf einer siebensprossigen Bambusleiter von vier immer wieder »Ram Nam Satya hai!« rufenden Männern ans Gangesufer hinuntergetragen worden war und man die Tragbahre am seichten Flußufer abgestellt hatte, wurde von einem Mann, vorbei am ewig brennenden heiligen Feuer, ein lachender und strampelnder Krüppel über den Sandhügel ans Gangesufer hinuntergetragen, der wie die anderen Verwandten der Toten eine Handschale voll Gangeswasser auffaßte, über den Körper und über das entblößte Gesicht der toten Frau hielt und ins Objektiv der Kamera des Harishchandra-Ghat-Fotografen blickte. Nachdem der Fotoapparat geblitzt hatte, schüttelten und spritzten die Männer und der Krüppel das Gangeswasser aus ihren Handschalen auf den Körper und ins Gesicht der Toten. Als man ihren Kopf wieder zugedeckt und ihren Leichnam auf den vorbereiteten Scheiterhaufen gehoben hatte, wurde der strampelnde und laut lachende Krüppel wieder von einem Mann über den Sandhügel hinauf, vorbei am ewig brennenden heiligen Feuer, in die Harishchandra

Road hineingetragen. Zwei kleine Mädchen, Kinder der Domra, knöpften die lange Hanfschnur von einer durchgebogenen Bambusleiter und schlugen mit Ziegelscherben die waagrecht eingesetzten, der Länge nach halbierten, vom Gewicht des Toten teilweise angebrochenen Bambussprießel aus den dicken, grünen, mannsgroßen Bambusstangen. Langsam fuhr ein großes, mit einem Berg getrockneter Kuhfladen beladenes Boot vorüber. Die im Boot hockenden Männer standen auf und postierten sich neben den aufgestapelten Kuhfladen. Einer nahm sein Tuch vom Kopf und lachte, als er den Auslöseknopf einer Kamera hörte. Immer wieder mit seiner rechten Hand aus einem Plastiksack schöpfend, spritzte ein Mann weiches Butterschmalz auf den sich langsam hebenden Oberkörper eines brennenden Toten, der mit weit aufgerissenen Augen und weit geöffnetem Mund auf dem laut knisternden Scheiterhaufen lag. Im Mund des Toten sammelte sich gelbe Flüssigkeit, die links und rechts von seinen Mundwinkeln über seine Wangen und auf seinen Hals hinunterrann. Die kochenden Augen färbten sich zuerst weiß, schrumpften zusammen und rutschten als kleine Kohlestückchen in die Augenhöhlen hinein. Flammen und Hitze schälten das Fleisch von den sich langsam in die Höhe biegenden Gliedmaßen. Die beiden unteren Augenlider, die von der aufplatzenden Wangenhaut getrennt wurden, schoben sich nach oben und schlossen mit den herunterhängenden oberen Augenlidern die schwarzen Augenhöhlen. Das vergoldete Tuch, das ein lange vor dem Scheiterhaufen stehender Junge auf das langsam schwarz werdende und verkohlende Gesicht seines Vaters legte, begann sofort zu brennen und zu schmelzen, legte sich wie Blattgold auf das Totenantlitz und versiegelte den geöffneten Mund und die Augenhöhlen mit den verrutschten Augenlidern. Noch bevor der Tote eingeäschert und der Scheiterhaufen zur Gänze niedergebrannt war, ging der Knabe in Begleitung von ein paar anderen Jungen und Männern ans Ufer des Ganges hinunter, zog seine Kleider aus, legte einen rotweißkarierten Lendenschurz um seine nackten Hüften und ging in den Ganges hinein. Als er nach dem rituellen Bad mit den anderen Knaben fröstelnd aus dem Fluß kam, legte er seinen nassen Lendenschurz ab, zog seine Unterhose an und besprengte sein Hemd, seinen Pullover und seine Überhose mit dem heiligen Gangeswasser. Ein schöner schwarzhaariger halbwüchsiger Junge, der ein rotes Tuches um seine Hüften gebunden hatte, saß mit auseinandergespreizten Beinen, eine orangefarbene Blumengirlande um seinen Hals tragend, am Bug eines rosarot gestrichenen, mit indischen Pilgern besetzten Ruderbootes und schaute, während das Boot langsam flußaufwärts fuhr, auf die hochschlagenden Flammen eines Scheiterhaufens. Als ein Domra am Einäscherungsplatz auftauchte, der ein totes Kind in die Flußmitte hinausrudern sollte, faßte der Vater das Bündel an der Schnur, trug es zum Flußufer hinunter und wollte es im Boot auf einen Sitzplatz unter dem Sonnendach legen, aber der Domra rief ihm zu, daß er den Leichnam auf den Bug des Bootes heben solle, das tote Kind dürfe nicht mit den Sitzplätzen in Berührung kommen. Als nach einer längeren Verhandlung der Domra für die Überfuhr nicht den geforderten Geldbetrag erhielt, wurde das tote, mit einem Stein beschwerte Kind nur zwanzig Meter vom Flußufer entfernt in den Ganges gekippt. Der Vater des toten Kindes wusch am Flußufer seine Füße mit dem heiligen Gangeswasser, zog seine Schuhe an und ging in Begleitung von ein paar anderen Männern über den Sandhügel hinauf aufs ewig brennende heilige Feuer zu. Zwei kleine, an ihren Fußknöcheln Silberketten tragende Mädchen, die im Wettlauf gemeinsam bei einem zwischen den wiederkäuenden Kühen liegenden, frischen Kuhfladen angekommen waren, teilten sich, nachdem sie ebenfalls gemeinsam auf die Exkremente der Kuh uriniert hatten, den Kuhfladen, bestäubten ihre jeweilige Hälfte mit Sand, wälzten die Fladen auf dem Sandboden und liefen über den Hügel hinauf auf eine Mauer zu, wo sie den Mist handtellergroß portionierten und auf die Mauer klatschten. Kurze Zeit später tauchten die beiden Mädchen mit den geschwärzten Augenlidern wieder am Einäscherungsplatz auf, traten den nebeneinander liegenden, wiederkäuenden Kühen mit ihren bloßen Füßen auf die Flanken, aber die Kühe, denen getrocknete Maische an ihren Schnauzen klebte, ließen sich von den beiden Kindern nicht aus der Ruhe bringen und blieben wiederkäuend im warmen Sand liegen. Schwarzgefärbt von der Holzkohle waren die eingestickten rosaroten Rosen am Pullover eines jungen Domra, der für einen neu zu errichtenden Scheiterhaufen Holz über die Steinstiege zum Ufer des Ganges hinuntertrug. Aus dem Maul eines graubraun gefleckten, kauend am Flußufer stehenden Stiers, der sich an die Hanfschnüre einer halbzerstörten Bambustragbahre herangemacht hatte, hingen ein paar Goldfäden, die vom ausgefransten Kunststoffleichentuch an der Bambusleiter hängengeblieben waren und sich mit den Hanfschnüren, mit denen der Tote auf die Bambustragbahre gebunden worden war, verwickelt hatten. Auf dem Rückweg wieder am Ufer des Ganges entlang Richtung Assi Ghat zum Hotel gehend, unweit von einem an einer Bambusstange befestigten Ruderboot, vor dem ein Mann ein kaputtes Fischernetz flickte und sein vierjähriger nackter Sohn auf einem der knäuelweise herumliegenden Fischernetze schlief, sah ich zwei Bauernjungen auf dem Rücken mehrerer am Flußufer stehender, ihre Unterkiefer ständig hin- und herschiebender, schaumigen Speichel verlierender schwarzer Wasserbüffel sitzen. Ein Knabe legte sich, nachdem ich mich genähert hatte, auf den Rücken des Tieres und drückte seine Hüften auf die Wirbelsäule des schwarzen, im Gesicht und an den geschwungenen Hörnern eingeölten Wasserbüffels. Dabei fiel dem Knaben ein kleines Fläschchen aus seiner kurzen Hose in den Sand, neben die Vorderbeine des Büffels. Auf dem Rücken des Wasserbüffels mit seinen Hüften und seinem Oberkörper hin- und herrutschend und seine nackten Fersen am Bauch des Tieres reibend, fragte mich der schwarze, die Wasserbüffel am Gangesufer hütende Bauernjunge, ob ich ihm sein Fläschchen aufheben könne. Ich stieß das Glas zuerst mit meinen Füßen von den Vorderbeinen des Wasserbüffels weg, da ich Angst hatte, daß ich ihn erschrecken und er mir, während ich mich bückte, mit seinen Klauen gegen den Kopf treten könnte. Als ich das Fläschchen aufhob und dem schwarzen, auf dem breiten Rücken des Wasserbüffels liegenden Knaben überreichte, rann gelbes Sesamöl aus der schlecht verschlossenen Öffnung über meine Finger und zwischen die Finger des lachenden Knaben, der das dickflüssige gelbe Öl auf dem schütter behaarten Rücken des Wasserbüffels verschmierte. Auf den haufenweise übereinandergestapelten grünen, an einem Ende rußgeschwärzten und angebrannten Bambusstangen, mit denen die Toten tiefer in die Glut hineingeschoben und hineingestampft wurden, lagen zum Trocknen ausgebreitet die frischgewaschenen Kleider der beiden auf den Wasserbüffeln stehenden und mit ausgestreckten Händen balancierenden Bauernjungen. Ein halbwüchsiger Junge, der sich im Ganges gebadet, bereits abgetrocknet und seine lange Hose – ohne Unterwäsche – angezogen hatte, wollte seinen Hosenschlitz schließen, aber der Reißverschluß klemmte, so daß der Junge zuerst eine Zeitlang an seinem Reißverschluß und Hosenschlitz herumzerrte. Die beiden Schlitzteile der Hose fielen auseinander, und man sah seine frischgewaschenen, mit gelben Sesamöl eingeölten, glänzenden schwarzen Schamhaare. Als es ihm nach mehrmaligen Versuchen nicht gelang den Reißverschluß hochzuziehen und der Stahlzipp immer noch klemmte, nahm er ein auf der Steintreppe am Flußufer liegendes, glitschiges grünes Stück Seife und begann die Zähne des Reißverschlusses mit der Seife einzureiben, bis zwischen den winzigen Stahlstiften kleine, feuchte Seifenbrösel hängenblieben, der Reißverschluß gefügig wurde und der Junge seinen Hosenschlitz schließen konnte. Am Kedara Ghat hockten und standen zehn, fünfzehn klagende und weinende Frauen. Man erzählte mir, daß einer Frau, die besonders laut jammerte und der von den anderen Frauen ununterbrochen Armreifen auf ihre Arme gesteckt wurden, der Mann gestorben war. Ein erst vor wenigen Stunden geborenes schwarzes Kalb – wir sahen noch den Geburtsschleim und blutige Nabelschnurreste an seinem Körper – wurde von einem kleinen, nackten Jungen, der das eine Ende des Stricks um seinen eigenen Hals gelegt hatte, die Straße entlang zum Assi Ghat hinuntergezogen. Einem Jungen, der am Assi Ghat die Wasserbüffel zur Tränke geführt, im Ganges gebadet und seine feuchte Unterhose auf seinen Kopf gestülpt hatte, schlug einen zusammengelegten Strick auf die Flanken eines immer wieder störrisch stehenbleibenden Wasserbüffels. Ihm folgten ein Mann und ein verschmutzter, bloßfüßiger kleiner Knabe, die mit Schürhaken und einem halbgefüllten kleinen Jutesack auf eine Müllhalde zugingen. Zwei Burschen lachten spöttisch, als wir in der Nähe des Hotels Ganges View am Assi Ghat bei einem über und über mit Straßenschlamm bedeckten Esel stehenblieben, dem aus einer großen, klaffenden Wunde am Brustkorb Blut über den Bauch rann.

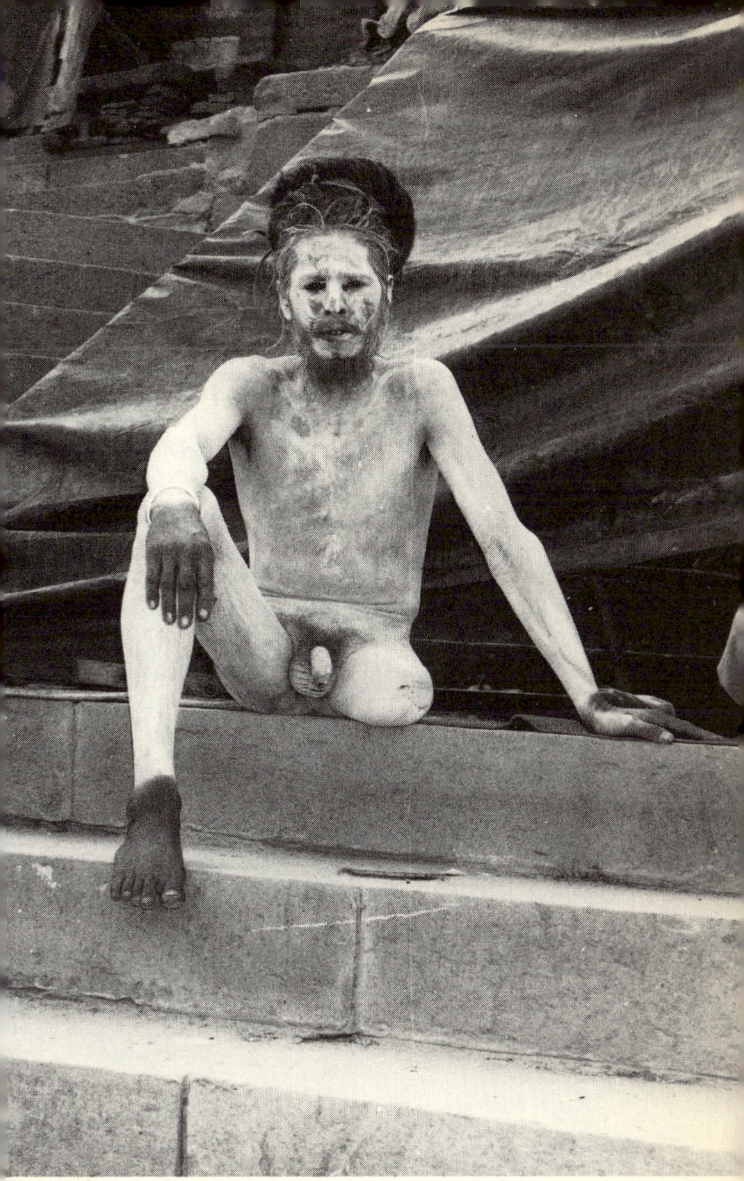

WARUM WOHL die portugiesische Malerin, jetzt, wo es draußen schon dunkel ist, so lange unter der Dusche steht, fragte ich mich, aufrecht im Bett sitzend und »Joseph und seine Brüder« weiterlesend, als ich aus dem Nebenzimmer lange das Rauschen des Wassers hörte, zu dem sich das Zirpen der Grillen, das Geklapper der Blechteller und Töpfe von der Elendshütte unter der Hotelveranda und indische Schlagermusik dazumischten, bis zu dem allzu langen Rauschen des Wassers im Nebenzimmer, dem Zirpen der Grillen, dem Geklapper der Teller und indischer Schlagermusik, zuerst entfernt und leise, dann immer deutlicher und lauter, die monotonen Rufe von Männerstimmen »Ram Nam Satya hai!« noch hinzutraten, da offenbar in der nächsten Umgebung jemand gestorben war, auf eine Bambusleiter gehoben, von vier im Chor »Ram Nam Satya hai!« rufenden Männern aufgeschultert und fortgetragen wurde, doch dann verflüchtigten sich die monotonen Rufe der Totenträger, bis ich nur mehr das Zirpen der Grillen, das Geklapper der Blechteller, indische Schlagermusik und immer noch das Rauschen des Wassers im Nebenzimmer hörte. Am nächsten Tag erfuhr ich, daß ein Wasserrohr nebenan gebrochen war und die fünfzehn im Schlafzimmer ausgebreiteten Aquarelle der portugiesischen Malerin Ana Marchand überschwemmt wurden.

AUF ZWEI BREITEN BETTEN liegend, wurden die Leichen des Universitätsprofessors und seiner Frau, die in ihrer Wohnung in Varanasi ermordet worden waren, umkränzt von gelben, roten, orangefarbenen und weißen Blumengirlanden, mit entblößten Köpfen – ihre Haare und ihre Gesichter waren mit dunkelrotem Blütenstaub bestreut worden – vorbei am ewig brennenden heiligen Feuer zum Harishchandra Ghat hinuntergetragen. Der Mund des Mannes war ein wenig geöffnet, seine Lippen blaugefärbt. Aus seinem blutverschmierten, blau angeschwollenen Hinterkopf sickerte Blut. Der Kopf seiner mit ihrem Sari erdrosselten Frau war zur Seite gesunken, ihre zwischen den Lippen sichtbare Zunge und ihre Augen waren dick angeschwollen. Eine junge Frau bestrich die Stirnen und die nackten Fußsohlen der beiden Toten mit Butterschmalz und breitete ein paar weiße Tücher auf dem breiten Scheiterhaufen aus, auf dem die beiden Ermordeten gemeinsam eingeäschert werden sollten. Der Mann wurde mit dem Gesicht nach unten, seine Frau mit dem Gesicht nach oben auf den Holzstoß gelegt. Die gelben, roten, orangefarbenen und weißen Blumengirlanden wurden über die Steinstiege, auf der Asche und Holzkohlestücke lagen, zum Gangesufer hinuntergeworfen. Eines der beiden Betten, auf denen die beiden Toten herangetragen und die von den Kindern der Domra weggeschleppt wurden, war an einer Stelle blutbeschmiert. Zwei bloßfüßige Knaben trockneten über den Flammen des brennenden toten Ehepaares ihre grünen und violetten Papierdrachen, die in den Ganges gefallen waren. Eines der beiden bloßfüßigen fünfjährigen, um ihre Fußknöchel Silberketten tragenden Mädchen mit den geschwärzten Augenlidern stocherte mit einer dicken Bambusstange in einem zweiten brennenden Scheiterhaufen, rutschte mit der Bambusstange von einem Holzprügel ab, so daß einem aufschreiend zurückweichenden Mann ein Stück glühender Holzkohle entgegenspritzte. Ein Travellergirl und ein Travellerboy, die ihre Gitarren unter ihren Armen hielten, blieben am Einäscherungsplatz stehen und fabrizierten nacheinander mit ihrem Kaugummi – der eine Kaugummi war blau, der andere rosarot – eine Luftblase vor ihrem Mund, holten mit Lippen und Zunge die Kaugummiblase in ihre Mundhöhle zurück und zerbissen laut krachend, auf den brennenden und knisternden Scheiterhaufen starrend, die Luftblasen. Als ein in ein weißes Tuch eingewickelter und auf einen flachen Stein aufgebundener Kinderleichnam in die Flußmitte hinausgerudert und in die Fluten gestürzt wurde, hockte ein halbwüchsiger Junge, der nur ein dünnes weißes Tuch um seinen nackten Körper geschlungen hatte – das schwarze Dreieck seiner Schamhaare schimmerte durch den dünnen Baumwollstoff –, laut weinend am Flußufer. Nachdem das Boot zurückgekehrt war, schrieb einer der Bootsinsassen, der den Kinderleichnam in den Fluß gekippt hatte, den kleinen Finger der rechten Hand des weinenden Jungen führend, ein Wort auf Hindi in den feuchten Sand und legte zwei Münzen aufs Geschriebene. Er half dem laut schluchzenden Knaben auf die Beine, legte tröstend die Hand um seine Schultern und verließ das Gangesufer, während ein dritter Bootsinsasse dem Ruderer einen Geldschein gab, Toten- und Fahrtschein zerrissen und die Papierschnitzel in den Ganges gestreut wurden. Ein kleiner, sich auf die selbstgebastelten Krücken zweier Bambusstäbe stützender Junge, der ein spindeldürres Bein hatte, ging bettelnd vor den hockenden und stehenden, auf die brennenden Scheiterhaufen blickenden Angehörigen der Toten auf und ab. Auf den beiden am oberen Teil gespalteten Bambusstäben stak, festgebunden mit einer Hanfschnur, je ein zwanzig Zentimeter langes Holzstück, auf das der Junge seine Achseln stützte. Zwei kleine, vergoldete Ohrringe und einen Nasenring tragende Mädchen, Kinder der Domra, tippten mit ihren nackten Zehen, die Konsistenz prüfend, auf die Kuhfladen, bevor sie den Dung aufhoben, auf einer Steinstufe übereinanderstapelten, zu kneten und zu portionieren begannen, mit einem Zweig die Kotreste von ihren Zehen und Fingern schabten und auf den nächsten zwischen den brennenden Scheiterhaufen liegenden Kuhfladen zuliefen. Vor einem niedergebrannten, noch rauchenden Scheiterhaufen hockend, klaubte ein zwölfjähriger Junge mit seinen bloßen Händen Holzkohlestücke aus der Asche, die er sorgsam von den weißen, feinlöchrigen Knochenstücken trennte, in einen Korb hinein. Immer wieder mit einem Eisenhaken in der warmen Asche kramend, warf er schnell und angeekelt dazwischenliegende, angesengte Leichentuchteilchen zur Seite. Drei Männer mit nacktem Oberkörper, die vor der Einäscherungszeremonie ein rituelles Bad im Fluß genommen hatten, hoben einen leichtgewichtigen Leichnam auf einen kleinen, nur aus ein paar Scheiten, Brettern und Ästen bestehenden Holzhaufen. Ein junger Mann schlug am Kopf des Leichnams drei mit roter Blütenfarbe bestäubte Baumwolltücher auseinander, streichelte laut jammernd und weinend die Wangen einer toten Frau, bevor er die drei rotbestäubten Tücher wieder über ihr Gesicht zog. Die vor dem Scheiterhaufen stehenden Männer wickelten Schilfgras um kurze Holzstücke und legten es auf den Körper der Verstorbenen. Mit seinen bloßen Händen faßte ein alter, nur mit einem nahtlosen weißen Tuch bekleideter Mann ein heißes, mit einem weißgrauen Aschepelz überzogenes Holzkohlestück auf, das vom Schilfbündel heruntergerutscht und zu Boden gefallen war, und legte es wieder auf die Knickstelle des Schilfbündels. Hinter dem aufsteigenden Rauch schwenkte ein roter Papierdrachen, immer höher steigend, hin und her, der von einem bloßfüßigen, zwischen den Scheiterhaufen, den herumliegenden Hunden und den noch auf Bambusleitern liegenden und mit orangefarbenen und gelben Blumengirlanden geschmückten Toten hin- und herlaufenden Jungen an einer Schnur gehalten wurde. Nachdem der Leichnam der Frau zu brennen begonnen hatte, hörte der Sohn zu weinen auf und wandte sich den Streitereien zweier Männer zu, die zu dieser Einäscherung gekommen waren und ihre Meinungsverschiedenheiten lautstark auf den Steinstufen vor den brennenden Scheiterhaufen austrugen. Eine schwarzgefleckte Hündin mit braunem Schädel und weit zu Boden hängenden rosaroten und schwarzbesprenkelten Zitzen ging schnuppernd an einen niedergebrannten Scheiterhaufen heran, aus dem die Kinder der Domra die größeren übriggebliebenen Holzkohlestücke bereits weggetragen hatten, und suchte nach den verkohlten Knochenresten des eingeäscherten Toten. Die Hündin vertreibend, gabelte das Mädchen mit dem Nasenring mit zwei der Länge nach halbierten Bambusprießeln Holzkohlestücke aus dem niedergebrannten Scheiterhaufen und häufte sie in einer Stahlpfanne auf, während ein Mann sich vor dem Aschefleck und Holzkohlehaufen niederhockte und seine Zigarette an mehreren heißen, weißen, feinlöchrigen, verkohlten menschlichen Knochenstücken anzündete. Nachdem alle Männer, die den Leichnam der kleinen, dünnen Frau begleitet hatten, der in drei mit Blütenfarben rotbestäubte Baumwolltücher eingewickelt und auf den Scheiterhaufen gelegt worden war, im Ganges gebadet hatten, reihten sie sich, ihre nassen und löchrigen Unterhosen über die gelb und rot in die Höhe stechenden Flammen des brennenden Leichnams haltend, vor dem niederbrennenden Scheiterhaufen auf. Die beiden schwarzhaarigen, an ihren Fußknöcheln Silberketten tragenden Mädchen mit ihren goldgestreiften roten, kohlebeschmutzten Kunststoffkleidern zankten sich, bloßfüßig auf dem Einäscherungsaltarstein mit den kleinen schwarzen Holzkohlestükken und den weißen, morschen, feinlöchrigen, verkohlten

Knochenstücken stehend, und drohten, einander über den mehrere Meter hohen Steinsockel hinunter in den Ganges zu stoßen. Als ein totes, auf einen flachen Stein aufgebundenes Kind auf den Bug eines Ruderbootes gehoben wurde, rutschte das um seinen Leib geschlungene weiße Tuch auseinander, so daß man seinen dunkelbrauen Brustkorb sehen konnte. Am Ruder des Bootes saß ein zwölfjähriger Junge, der den Leichnam in Begleitung von zwei Erwachsenen in die Flußmitte hinausruderte. In der Dunkelheit vom Einäscherungsplatz die Assi Road hinunter Richtung Hotel Ganges View gehend, sah ich bei einem Stand einen Mehlspeisen und Bisquits verkaufenden halbwüchsigen Jungen, der seine rechte Hand in die Hose gesteckt hatte und seine Geschlechtsteile berührte. Als ich stehenblieb und ihm abwechselnd auf seinen Schoß und ins Gesicht blickte, runzelte der Junge die Stirn, sah mich erstaunt an und sagte lächelnd: »Keks?« Ein handbetriebenes, rollstuhlähnliches Gefährt fuhr am Bisquitverkäufer vorbei, in dem der verkrüppelte Vater auf der linken und der danebensitzende, ebenfalls verkrüppelte zehnjährige Sohn auf der rechten Seite eine Kurbel drehten, wodurch sie das mechanische Gefährt im Autoverkehr langsam vorwärts brachten. Einer der drei aus Nepal stammenden Honigverkäufer, die mit Honigtöpfen, die sie auf Bambusstäbe gebunden auf ihren Schultern trugen, die Straße entlanggingen, murmelte ununterbrochen »Ram Nam! Ram Nam!« Ein alter, weißbärtiger Moslem trank am Straßenrand, sich auf seinen dicken, abgegriffenen Bambusstab stützend, warmen Milchtee aus einer halbierten Kokosnußschale. Den Strick im Maul haltend, führte ein Hund, auf dessen Kopf ein kleines Äffchen hockte – begleitet von einem Mann mit Bambusstab –, einen weißen, vor einen Wagen gespannten Ochsen die Assi Road entlang. Wenige Minuten später begegneten wir mehreren Bambusstäbe tragende Polizisten, die Jugendliche abführten, denen mit langen, beim Gehen an ihren Oberschenkeln anschlagenden Stricken und Ketten die Händen zusammengebunden waren.

AM HEILIGEN ABEND, als der Vater in Kärnten von einem frischgehackten Fichtenbäumchen den Neuschnee abschüttelte, gingen wir mit ein paar kleinen Ringelblumen- und Rosenstöckchen, die wir in der Godaulia von einer am Straßenrand hockenden Frau gekauft hatten, am Flußufer entlang und kamen zum Harishchandra Ghat, wo auf einem Boot, eingewickelt in ein weißes Tuch, ein totes, ungefähr zwölf Jahre altes Kind lag, das in die Flußmitte hinausgerudert und zu den anderen am Grunde des Flusses liegenden toten Kindern in den Ganges gestürzt wurde. Hinter dem halbwüchsigen Sohn eines Domra, der mit seinen bloßen Händen die weißen, verkohlten, feinlöchrigen Knochenstücke eines eingeäscherten Toten von den schwarzen Holzkohlestücken trennte, schlug ein kleiner, nackter, eine Krone aus Pfauenfedern auf seinem Haupt tragender Junge ein Rad. Ein zweijähriges Kind begann vor einem niedergebrannten Scheiterhaufen laut zu weinen, nachdem die heißen Holzkohlestücke, die es wegtragen wollte, das Plastiksäckchen zusammenschmolzen. Ein schnauzbärtiger Domra faßte ein einjähriges, an seinen Fingerkuppen nagendes Mädchen, dessen Augenlider mit Kajal geschwärzt waren, unter den Achseln, das sich zu nahe an die auflodernden hellen, heißen Flammen des Scheiterhaufens herangewagt hatte. Zwei Meter vom brennenden Scheiterhaufen entfernt stand das wieder an seinen Fingerkuppen nagende und auf den brennenden Toten starrende Kind mit seinen nackten Beinen auf den herumliegenden groben, gezopften Hanfstricken, mit denen der Tote aufs Bambusgerüst aufgebunden worden war. Eine alte, abergläubische, verwahrloste, lumpige Kleiderfetzen an ihrem Leib tragende Frau, der es gelungen war, bei einem niedergebrannten Scheiterhaufen das verkohlte Knochenstück eines Toten zu ergattern, wurde von dem betelkauenden, immer wieder mit einer angerußten Bambusstange drohenden und mit seinen Zähnen knirschenden jungen Domra neben dem Gerüst der elektrischen Verbrennungsanlage über die Steinstufen hinauf in die Harishchandra Road hineingetrieben, aber keine zehn Minuten später tauchte sie, einem Leichenzug folgend, wieder am Einäscherungsplatz auf, kauerte sich mit einem Stoffbündel vor einem brennenden Scheiterhaufen nieder, wühlte mit ihren bloßen Händen in einem Abfallhaufen und warf, laut mit sich selber redend, Stroh und Sägespäne auf den brennenden Toten. Wieder wurde die alte, verwahrloste Frau von dem schnauzbärtigen jungen Domra vertrieben, der mit vollem Mund – ab und zu rannen ein paar Tropfen orangefarbenen, mit Betel vermischten Speichels aus seinen Mundwinkeln – immer wieder »putt! putt!« rief und der Frau die schwarze, abbröselnde Spitze der Bambusstange so lange auf ihre Kniescheiben drückte, bis sie, ihr Lumpenbündel an ihren Bauch drükkend, aufstand und sich zehn Meter abseits vom Scheiterhaufen niederhockte. Einen Augenblick später tauchte ein herumstreunender, ebenfalls immer wieder »putt! putt!« rufender bloßfüßiger kleiner Sohn eines Domra auf, der mit einer angekohlten Bambusstange vor dem Gesicht der Alten herumfuchtelte und die Frau endgültig vom Einäscherungsplatz vertrieb. Zwei Hunde, die sich einem Aschehaufen genähert und sich an den noch heißen, verkohlten Knochenstücken des eingeäscherten Toten ihre Schnauzen verbrannt hatten, zogen sich, mit ihren Zungen ihre Lefzen leckend, ans Flußufer zurück. Ein neugeborenes, wohl erst ein paar Tage altes Zicklein, an dessen Bauch noch eine fünf Zentimeter lange, getrocknete Nabelschnur hing, irrte meckernd zwischen den brennenden Scheiterhaufen umher. Ein glatzköpfiger, nur in ein nahtloses weißes Tuch eingehüllter Mann riß einem braunen Kalb, das sich dem Scheiterhaufen genähert hatte, den Rest eines Schilfbündels aus dem Maul und warf ihn in die Glut. Ein runzliger, weißbärtiger alter Mann wollte mich, mit seinen Händen fuchtelnd, vertreiben und sagte, daß man von einem verbrennenden Toten kein Bild anfertigen, ihn weder fotografieren noch zeichnen dürfe. »Damit es der Tote essen kann!« sollte ich mein Notizbuch ins Feuer werfen, rief lachend ein anderer, vor dem brennenden Scheiterhaufen hockender Inder. Feuerfunken spritzten. Mehrere Hunde bellten. Ruhig, mit zusammengekniffenen Augenlidern hintereinander hockend, kauten zwei Kuhkälber an den groben braunen Hanfstricken. Ein vierjähriger, ein Kleinkind auf seinen Armen tragender Knabe blieb zwischen mehreren Männern stehen, die ihre nassen Unterhosen über die ausstrahlende Hitze des Scheiterhaufens hielten, auf dem der Tote schmorte. Die Augenlider des Säuglings waren mit einer schwarzen, vor Infektionen schützenden, aus Kohle und Pflanzenölen gemischten Paste beschmiert. Unmittelbar neben einem sich im Ganges badenden, seinen nassen mit einem trockenen Lendenschurz auswechselnden Jungen, der mit seinen von gelbem Sesamöl beschmierten Fingern unter den Lendenschurz greifend seine Schamhaare einölte, banden drei bloßfüßige, Nasenringe und von Holzkohle beschmutzte farbige Punjabikleider tragende Mädchen eine tote Taube mit einer Hanfschnur auf einen kleinen, flachen Stein. »Ram Nam Satya hai!« rufend, sperrte ein Mädchen mit beiden Händen den Schnabel der toten Taube auseinander, während die beiden anderen, ebenfalls »Ram Nam Satya hai!« rufenden Mädchen mit ihren Handschalen Gangeswasser in den geöffneten Schnabel der Taube träufelten und das tote, auf einen Stein aufgebundene Tier in den Ganges hineinwarfen. Weiter am Ufer des Ganges mit den Ringelblumen- und Rosenstöckchen entlanggehend, stießen wir auf zwei nur mit einem Lendenschurz bekleidete Knaben, die zwei Zicklein in den Fluß hineindrängen und waschen wollten, die sich widersetzten und davonliefen, aber von den beiden hinterherrennenden Knaben eingeholt wurden. Mit den Zicklein im Arm stiegen die beiden halbnackten Jungen bis zum Bauch in den Ganges. Am Shivala Ghat, wo am späten Vormittag vor allem junge Burschen ihr tägliches Bad im Ganges nehmen, waren frischgewaschene grüne Operationskittel und grüne Operationstücher mit kreisrund ausgeschnittenen Löchern auf den warmen Steinstufen zum Trocknen ausgebreitet. Am selben Abend, als wir in der Dämmerung auf der Veranda des Hotels saßen und ich mir vorstellte, wie meine Schwester in Kärnten auf dem Bauernhof den kleinen Fichtenbaum aufputzt, Strohsterne, Hufeisen aus Schokolade, Schokoladefrösche, mit Nußcreme gefüllte Schokoladetannenzapfen, mit Alkohol gefüllte Schokoladeschnapsfläschchen, Rauchfangkehrer und Glücksklee aus Schokolade, Engelshaar, Lametta und Sternspritzer an die Äste des Christbaums hängt, tranken wir – ein anderer, eine Zeitlang in Varanasi lebender Bauernjunge aus meinem Heimatdorf war auch dazugekommen – Tee und aßen Weihnachtsgebäck, das meine Begleiterin in den vergangenen Tagen in der Küche einer neben dem Hotel wohnenden österreichischen Indologin gebacken hatte. Ein kleines, größer und wieder kleiner werdendes Feuer, das vom hundert Meter weit entfernten Ufer des Ganges leuchtete, erinnerte mich an die grünen Zehenspitzen eines Toten, der am Vorabend auf dem Scheiterhaufen gelegen hatte. Das brennende mehrfarbige und grüngestreifte Kunststofftuch, mit dem der Tote eingewickelt worden war, hatte an den Zehenspitzen abgefärbt. Nackte kleine Kinder liefen unter der Veranda des Hotels um die Hütten herum und verfolgten mehrere mit rosaroter Farbe besprenkelte, kreuz und quer laufende, schreiende, mit ihren kurzen Flügeln schlagende Küken. Mit einem Bambusstab schlug ein Mann, der eine Ratte verfolgte, laut fluchend mehrere Male aufs Dach seiner aus Holzbrettern, Kartons und Plastikplanen zusammengestellten Behausung, bis die Ratte unter den Plastikplanen des Daches hervor auf den Boden sprang, um die Hütte lief und schließlich – der Mann stocherte mit der Bambusstange immer noch fluchend in allen Ecken und Winkeln seines Holzverschlages – unter dem danebenstehenden, von Betonpfeilern aufgestützten Gebäude der öffentlichen Toilettenanlage verschwand. Während wir das Weihnachtsgebäck in den heißen Tee tauchten und Tee schlürften, las ich aus den Tagebüchern von Julien Green eine Passage vor: »Man beschließt also irgendwann viel später, den Sarg zu öffnen. Neben einigen Klosterschwestern ist ein Abbé anwesend, der sehr auf sein Äußeres hält, Manschetten und Beffchen schneeweiß, ein Taschentuch in der Hand für den Fall, daß ... Der Sarg wird geöffnet. Man muß erwähnen, daß besagte Selige ziemlich dick, ziemlich fett war und daß ihr die mißliche Sache wiederfahren war, sich im Sarg zu verflüssigen. Der Abbé weicht entsetzt zurück, und das Taschentuch leistet jetzt gute Dienste, doch die Nonnen verlieren deswegen noch lange nicht den Kopf; sie laufen in die Küche und kommen mit Korbflaschen, einer Suppenkelle und einem Trichter zurück. Man kann ihren Sinn fürs Praktische nur bewundern. Der Abbé sieht sich also genötigt, mit dem Taschentuch vor der Nase die Selige in all diese Flaschen abzufüllen. Draufhin werden die Flaschen in einer Reihe aufgestellt und etikettiert.« Ich verließ das Hotel, ging über eine matschige, unasphaltierte Straße zur Assi Road in eine Telefonzentrale und rief in meinem Elternhaus in Kärnten an, um »Frohe Weihnachten« zu sagen. Als ich eine Männerstimme hörte, legte ich, ohne ein Wort zu sagen, den Hörer wieder auf. Mit heftig schlagendem Herzen und hochrotem Kopf verließ ich die Kabine, taumelte zwischen den kreuz- und quergehenden Leuten, den klingelnden Fahrradrikschas, den orangefarben gekleideten, in ihren Holzzockeln schlapfenden, orangefarben eingepackte, dünne Bambusstäbe tragenden Mönchen die Straße entlang auf den mich rufenden, in einer Seitengasse stehenden nepalesischen Priesterjungen zu. In der folgenden Nacht, im Traum, einen Leichnam betrachtend, hörte ich eine wohlbekannte Stimme: »Was willst denn, ich leb ja noch!« Es war Eugenia. Ihr Leichnam lag vor mir unter dem Weihnachtsbaum, gleichzeitig stand sie, ihr Kinn über ihren am Boden liegenden, von Sternspritzern beleuchteten Leichnam hebend, lebend vor mir und herrschte mich an: »Was willst denn, ich leb ja noch!«

EIN TOTENGRÄBER stocherte mit seinen spindeldürren Beinen im frischen Grab des Kunstmalers Georg Rudesch, um festzustellen, ob sein Gesichtsfleisch schon verwest war, sich der Schädel vom Körper des Toten bereits getrennt hatte und man den Totenkopf aus dem Grab nehmen könnte. Den entfleischten Kopf, der mit Leukoplast umwickelt war, in Händen haltend, stand ich auf einer Treppe im Flur der Handelsakademie in Villach, wo der Kunstmaler jahrzehntelang unterrichtet und wo ich ihn als Vierzehnjähriger zum ersten Mal gesehen hatte. Lautlos rutschte eine halbgefüllte Colaflasche vom Treppengeländer. Der Kunstmaler saß neben mir, war gezeichnet von seinem Herzanfall, man sah es an seinen verzerrten Gesichtszügen, den schwarzen Rändern unter seinen Augen und an seinen eingefallenen Wangen. Er fragte mich, wie ich denn mit seinem Leichnam, wie er sich wörtlich ausdrückte, »umgesprungen« sei. Ich zeigte ihm die Todesanzeige in der Zeitung, den Partezettel, den Sarg, den wir ausgesucht hatten, und das Grab, in dem er bei seiner »geliebten Tante«, wie er sie nannte, auf Villachs Waldfriedhof beigesetzt wurde. Er hatte sieben Jahre vor seinem Tod seine verstorbene Tante tiefer betten lassen, damit man ihn eines Tages drauflegen könne. Um fünf Uhr morgens aufrecht im Bett sitzend und auf den Ganges hinausschauend und die in ihren Holzsandalen unter der Hotelveranda vorbeischlapfenden Mönche, die Schreie mehrerer Esel und das vereinzelte Gekrächze der Krähen hörend, kam mir der fünfzehnjährige blonde tschechische Junge in den Sinn, der in Paris am Gare du Nord auf den Strich ging, der vor seinen in Köln lebenden Eltern geflohen war – der Vater hatte ihn oftmals geschlagen –, der das Wort Aids oder Sida noch nie gehört hatte und mit dem ich mich für den nächsten Tag wieder verabredet, den ich aber nicht mehr zu Gesicht bekommen hatte.

Ich dachte, während ich aufrecht im Bett saß, auf den Ganges hinausschaute und Sand aus meinen Haaren schüttelte – in der Nacht waren Sandböen das Flußufer entlanggefegt –, an den türkischen Jungen aus Düsseldorf, der mir erzählte, daß er bei einem Pornofilm mitgespielt habe, den eine Zeitlang später sein Vater in einem Sexshop in Köln gesehen, der ihn, nachdem er in dem Video seinen eigenen, mit einer Frau schlafenden Sohn erkannt hatte, halb tot geschlagen habe, woraufhin der Junge aus seiner elterlichen Wohnung in Köln nach Düsseldorf geflohen sei, wo er jede Nacht in einer anderen Wohnung verbringe. Wir verließen eine Zeitlang das Zimmer, als mehrere Familien unter der Veranda des Hotels ihre Feuerstellen mit Fahrradgummischläuchen speisten und der nach verbranntem Gummi stinkende und giftige Rauch in den Raum drang. Hunderte Bettler und Leprakranke – die meisten auf Jutesäcken hokkend – hatten sich am Assi Ghat vor dem Hotel Ganges View aufgereiht. Bloßfüßige Kinder, Männer und buntgekleidete Frauen, nach rituellen Waschungen vom Ufer des Ganges kommend, mit einem frischen, noch feuchten, roten, gelben oder orangefarbenen Punkt auf der Stirn, warfen im Vorbeigehen den immer wieder »Baba! Baba!« rufenden Bettlern und Leprakranken ein paar Paisa, ein paar einzelne Reiskörner oder eine Faustvoll Reis auf die Jutesäcke vor ihren Beinen. Ein weißbärtiger, einen roten Turban tragender alter Schlangenbeschwörer zeigte den vorbeigehenden Pilgern seine drei dünnen braunen Schlangen, die sich um sein Handgelenk gewickelt hatten. Als eine Kuh an den Schlangenbeschwörer herantrat und Reis vom ausgebreiteten Jutesack leckte, begann der Schlangenbeschwörer zu schreien und schlug unter dem Gelächter der ringsumstehenden Pilger der zurückschreckenden Kuh die drei dünnen braunen Schlangen um die feuchte schwarze Schnauze, von der die ergatterten Reiskörner auf den Boden hinuntertröpfelten.

AN EINEM REGENTAG im Jänner, an dem ein kalter Wind wehte und wir, in Decken eingehüllt, Briefe schreibend auf der Veranda des Hotels saßen, das Gekreische der Raben, die Schreie der Kinder aus den Behausungen hörten und nur mehr wenige Pilger unterwegs zum Ufer des Ganges waren, stand der junge, immer noch auf Kunden wartende Friseur, der ein Tuch um seinen Kopf geschlungen hatte, als habe er Zahnweh, unter den Ästen des Neembaumes und schützte sich vor den Regentropfen. Im strömenden Regen dichteten Vater und Sohn mit einer Plastikplane das Dach ihrer Behausung ab. Man sah das Niederfallen Abermillionen einzelner Regentropfen auf dem Wasserspiegel des breiten olivfarbenen Ganges. Hinter einem Abfallhaufen, unweit vom Flußufer, lag ein nasser toter Hund. Zwei auf der Veranda des Hotels sitzende, ebenfalls in Wolldecken eingehüllte und auf den Ganges hinausblickende Touristinnen diskutierten miteinander und fragten sich, ob heute das unruhige Wasser der Ganga gut oder böse sei. Die eine sagte, als sie eine Schaumkrone sah, daß es böse sei, denn es schäume, die andere verneinte und gab ihr zu verstehen, daß es sich um Freudenschaum handeln müsse. Als ich eine Zeitlang später das Hotel verließ, um mit den Briefen zur Post zu gehen, und an der Kreuzung der Assi Road sah, daß ein Polizist mit seinem Bambusstab Erdäpfel in einem Aschehaufen zu seinen Füßen hin- und herwälzte, kam mir der Mann wieder in den Sinn, der dieser Tage am Harishchandra Ghat, als es schon dunkel war, in der heißen Asche eines niederbrennenden Scheiterhaufens zwischen den schwarzen Holzkohlestücken und den weißen, feinlöchrigen, verkohlten Knochenstücken eines Toten ein paar Erdäpfel gebraten hatte. Als die Erdäpfel gar waren, holte er sie schnell mit bloßen Händen aus der Asche und versteckte sie unter seiner Kutte. In dem Augenblick, als auf der Assi

Road der Gemüsehändler eine Bambusstange heftig auf den Rücken einer schwarzen, vom Erbsenhaufen fressenden Kuh schlug, hörte ich im Hintergrund vier junge Männer leise und klagend »Ram Nam Satya hai!« rufen, die ein totes, auf einer Bambusleiter liegendes, in ein weißes Baumwolltuch eingewickeltes Kind die Straße entlang trugen. Der Körper des toten Kindes – deutlich konnte man die Konturen des kleinen Kopfes sehen – wippte leicht auf dem Bambusgerüst beim Vorwärtsschreiten der vier Träger. Die zweite, freie Hand eines Trägers lag auf der Schulter des neben ihm gehenden Mannes. »Ram Nam Satya hai! Ram Nam Satya hai!« Den Leichenträgern folgten eine Wasserbüffelherde, die, vom Ufer des Ganges kommend, von einem bloßfüßigen, einen zusammengelegten Hanfstrick in den Händen haltenden Jungen die Straße entlanggetrieben wurde, und drei orangefarben gekleidete, orangefarbene Blumengirlanden aus Marigold um ihren Hals tragende Mönche mit ihren in orangefarbenen Stoff eingehüllten Bambusstäben. Hart schlug der Postbeamte den metallenen, runden Poststempel, den er zuerst sanft aufs halbzerfetzte schwarze Stempelkissen gedrückt hatte, auf die Briefmarken, auf denen ein Mann bei der Arbeit an einer Webmaschine abgebildet war. Mit einem Kilo Bananen die Straße weiter zum Durga Tempel gehend, kam ich an den Slums vorbei, wo sich ein kleiner Junge neben einem in der Mulde des Abfallhaufens schlafenden langborstigen Schwein niedergehockt hatte, einen Papierfetzen vom Abfallhaufen nahm und seinen Hintern säuberte. Neben einem Mann, der in einen ausgestopften braunen Kalbskopf, an dem man noch die Knorpel der getrockneten Ohren sehen konnte, einen Holzstecken hineinsteckte, verkaufte ein kleiner Junge einem Mann einen Haufen aus den Schutthalden ausgelesenen Eisengerümpels, das der Mann auf eine Waage legte und nach Gewicht bezahlte. Auch mehrere alte Glühbirnen lagen vor den nackten schwarzen

Zehen des Knaben. Jaulend, quietschend und taumelnd lief ein Hundewelpe, der von einem Radfahrer am Schädel gestreift wurde, so lange in der Straßenmitte hin und her, bis er von einem vorbeifahrenden Lastwagen überfahren und zerquetscht wurde. Leprakranke Frauen und Männer streckten bettelnd einer jungen, einen orangefarbenen Punkt auf ihrer Stirn tragenden, auf den Durga-Tempel zugehenden und mit heraushängender Brust ihr Kind säugenden Frau ihre Finger- und Zehenstumpen entgegen. Neben den beiden Polizisten, die links und rechts vor dem Eingang des Tempels mit Bambusknüppeln standen und die Leute mit ihren Weihegaben einzeln eintreten ließen, hockten Bettlerinnen, die für ein paar Paisa auf die Schuhe der Pilger aufpaßten. Ein in der Reihe stehender Mann hielt eine halbierte Kokosnußschale in seiner von einer gelben Blumengirlande umwickelten Hand, in der ein paar weinrote Blumenblüten lagen, ein anderer hatte einen weinroten, ebenfalls aus Marigold bestehenden Blumenkranz um seine Stirn gebunden. Aus dem Tempel kommende Leute schütteten eine Handvoll Reis oder warfen ein paar Paisa in die Töpfe der Bettler, die zwischen Jungen hockten, die kleine Öllämpchen verkauften. Die Öllämpchen bestanden aus Tonschüsselchen, in denen in einer brennbaren Paste zusammengerollte, längliche Wattebäusche lagen. Die Finger- und Zehennägel eines Öllämpchen verkaufenden Jungen, der einer vorbeigehenden, einen orangefarbenen Farbfleck auf ihrer Stirn tragenden weißen Kuh seine Hand auf die linke Hinterflanke schlug, waren rot lackiert, und an seiner linken Hand trug er mehrere vergoldete Ringe. Von dem Blechdach eines kleinen, neben dem Durga-Tempel stehenden, halbzerfallenen Altars hörte man das Poltern mehrerer Affen. Eine Äffin sprang mit ihrem Kind an der Brust vom Dach des Altars auf den Gepäckträger eines an der Rückseite des Tempels angelehnt stehenden Fahrrads. Wieder zurück Richtung Assi Ghat zum Hotel gehend, beobachtete ich ein blondes Travellergirl, das sich mit einer am Straßenrand hockenden Gemüsehändlerin nicht über den Preis von vier Tomaten einigen konnte und sich das Geld wieder zurückgeben ließ, die Assi Road weiter entlangging und es bei einer anderen, am Straßenrand hockenden Gemüsehändlerin versuchte. »Ganescha! Ganescha!« singend und brennende Öllämpchen in ihren Händen haltend, traten die beiden Touristinnen, die orangefarbene Blumengirlanden um ihre blonden Haarknödel gewunden hatten, aus dem Hotel Ganges View und gingen auf den orangefarbenen, vor dem Hotelaufgang in einem kleinen Tempel stehenden Ganescha zu. Beim Abendessen übersetzte uns ein Sanskritlehrer eine Verlustanzeige in einer Hindu-Zeitung, in der ein zwölfjähriger Junge abgebildet war, und sagte, daß der Junge wahrscheinlich entweder verschleppt oder ermordet worden sei. Er erzählte, daß es häufig vorkomme, daß acht-, zehn- und zwölfjährige indische Knaben in arabische Länder entführt und bei Kamelrennen als Jockeys verwendet werden. Die Rennstrecken sind oft mehr als zwanzig Kilometer lang, und die Zuschauer verfolgen das Rennen auf einem Monitor. Viele Kinder, die daran teilnehmen, werden bereits beim Training verstümmelt oder getötet.

AM NACHMITTAG, als wir am Harishchandra Ghat ankamen und, über die Brüstung eines Steinsockels hinunterblikkend, zwischen den orangefarbenen, an der Wasseroberfläche schwimmenden Blumengirlanden den Kadaver eines kleinen Zickleins sahen, schütteten Frauen und Männer mit ihren Handschalen Gangeswasser ins entblößte Gesicht eines Toten, der, aufgebunden auf ein Bambusgerüst und eingewickelt in farbige Kunststofftücher, mit den Füßen voran am Ufer des Ganges lag. Während eine Klagelieder singende und weinende junge Frau, gestützt von zwei anderen Frauen, über die Treppe hinaufgeführt wurde und ein bärtiger Mann das Haar eines weinenden Mädchens streichelte, hoben drei Männer den Toten – einen dreißigjährigen Mann – auf den vorbereiteten Scheiterhaufen. Zwei junge Männer zerschnitten mit Messern die Hanfstricke, mit denen die Bambusprießel zwischen den beiden langen Stangen der Bambusleiter befestigt worden waren. Mit ein paar kleinen Sandelholzstücken wurde ein Feuer entfacht, von dem ein heißes Holzkohlestück genommen und auf ein Bündel getrockneten Schilfes gelegt wurde, mit dem ein ungefähr achtjähriger, mit einem nahtlosen weißen Baumwolltuch bekleideter Junge mehrere Male um den Scheiterhaufen herumging, bevor er das brennende Bündel Schilf unter dem Körper des Toten zwischen das kreuz und quer übereinandergeschichtete Gehölz steckte. Einer der beiden mir von unten immer wieder ins Gesicht grinsenden, einen roten Farbpunkt zwischen den Augenbrauen tragenden Jungen, der mit Daumen und Zeigefinger seiner rechten Hand den Stoff meiner Hose prüfte, gab mir zu verstehen, daß ich am Einäscherungsplatz nicht fotografieren, aber auch nicht schreiben dürfe, wenn ich ihm nicht fünf Rupies gebe. Groß, geschwulstig und grau traten die Gedärme, die sofort von den hochstechenden Flammen

angerußt wurden, aus dem Bauch des Toten, und ein paar Sekunden lang sah man am brennenden Unterkörper eine Wasserfontäne, da sich offenbar in diesem Augenblick die Blase durch die Harnröhre entleert hatte. Der Mann, der mit einem Bambusstab im Scheiterhaufen herumgestochert hatte und den brennenden Leichnam tiefer in die Glut hineinschieben wollte, dabei aber den mit einem weißen, bereits angekohlten Tuch umwickelten Kopf des Toten entblößte, so daß man dessen offenen Mund, die aufgesprungenen Lippen und die weißen, leicht angerußten Zähne sehen konnte, versuchte, nachdem die Männer ringsum zu schreien begonnen hatten, mit Hilfe der Bambusstange das Gesicht des Toten mit dem brennenden Stoffetzen wieder zu verdecken. Auf den Zuruf eines Verwandten erhob sich der achtjährige, mit einem nahtlosen weißen Tuch bekleidete Sohn des Toten, der die Verbrennungszeremonie eröffnet hatte und mittlerweile, mehr als zwanzig Meter vom brennenden Scheiterhaufen entfernt allein auf dem Boden hockend, ohne aufzusehen oder nach dem verbrennenden Toten Ausschau zu halten, mit Steinen und schwarzen Holzkohlestücken spielte, ging ans Flußufer hinunter, öffnete die Knoten des nahtlosen weißen Tuches, entblößte seinen Körper und ging nackt, begleitet von ein paar Männern, die sich bis auf ihre Unterwäsche ausgezogen hatten, bis zum Bauchnabel in den Fluß. Der Junge tauchte mehrere Male unter, schwamm, weinroten Blumengirlanden ausweichend und mehrere Male einen Purzelbaum schlagend, zehn Meter weit in den Fluß hinaus und kehrte wieder ans Flußufer zurück. Mit seinem feuchten Lendenschurz, den er mehrere Male in den Fluß eingetaucht und ausgewrungen hatte, trocknete er sein Gesicht und seine Achselhöhlen und stieg auf den Bug eines Bootes, mit dem die toten Kinder von den Domra in die Flußmitte gerudert werden. Hinter den gelbrot aufstechenden, flackernden, sich im Wind wiegenden Flammen des Scheiterhaufens –

der Junge schlüpfte zuerst ins eine, dann ins andere Hosenrohr –, sah man seine nackten schwarzen Oberschenkel, seine Hinterbacken und seinen Rücken. Mit einem Bambusstab hob ein Mann die halbverkohlten, nur mehr aus Hüfte und Brustbein bestehenden Körperreste des toten Vaters des Knaben, der ein rituelles Bad im Ganges genommen hatte, aus dem niedergebrannten Scheiterhaufen und warf sie in weitem Bogen – man hörte das Aufklatschen und Zischen des heißen menschlichen Restes auf der Wasseroberfläche – in den Ganges. Nachdem er mit der Bambusstange auch die restlichen Holzscheite in den Fluß hineingestoßen hatte, liefen sofort ein bloßfüßiger Junge und ein Mädchen in den Ganges, fischten die schweren, abgekühlten Holzkohlestücke aus dem Wasser und schulterten sie auf. Noch bevor der mit einem Lendenschurz bekleidete halbwüchsige Sohn eines Domra mit der Bastmatte, auf der ein paar große, heiße, noch glühende Holzkohleprügel lagen, am ewig brennenden heiligen Feuer ankam, ging die Strohmatte in Flammen auf. Der Junge ließ die Matte mit den Kohleresten zu Boden fallen, streute mehrere Fäuste voll Sand darüber und trug die gelöschte und rauchende Holzkohle auf der angesengten Bastmatte am heiligen Feuer vorbei ins Wohnquartier der Domra hinein. Die portugiesische Malerin Ana Marchand, die am Einäscherungsplatz aufgetaucht war, erzählte, daß sie im Ganges eine auf dem Bauch liegende menschliche Leiche habe schwimmen sehen. Außerdem habe sie an diesem Tag auf der Assi Road einen zwischen zwei Männern auf einer Fahrradrikscha sitzenden, in weiße Baumwolltücher eingewickelten und mit seinem Kopf nickenden Toten gesehen, der, wenn der Rikschafahrer zu schnell fuhr oder wenn es abwärts ging, von den beiden links und rechts vom Leichnam sitzenden Männern festgehalten werden mußte, damit er nicht vornüber auf den nackten Rücken des in die Pedale tretenden Mannes fiel. Zwischen dem Brustkorb eines am

Flußufer liegenden Toten und den Hanfschnüren, mit denen der Leichnam auf die siebensprossige Bambusleiter gebunden worden war, klemmten mehrere Teller getrockneten Kuhdungs. Zwei kleine schwarzweiße Zicklein saugten am vollen, weit hinunterhängenden Euter einer zwischen den Scheiterhaufen stehenden, gelbe Blumengirlanden fressenden Ziege. Ein kahlgeschorener kleiner Junge legte ein Stück Sandelholz auf die Stirn eines Toten. Mehrere schreiende grüne Papageien mit roten Schnäbeln flogen über die stark rauchenden Scheiterhaufen, zwischen denen ein grauer ausgemergelter Hund hin- und herhumpelte. Ein braunweißer, vor einem niedergebrannten Scheiterhaufen schlafender Hund war aufgewacht, leckte zuerst an seinen Geschlechtsteilen, verdrehte seinen Kopf und begann an den blutigen, vereiterten Wunden und an den verkrusteten Bißstellen seines Rückens zu nagen. Deutlich konnte man unter dem Fell einer anderen, dürren weißen Hündin, die mit ihren Vorderpfoten in einem Aschehaufen wühlte und nach verkohlten Knochenresten suchte, das Gerippe sehen. Mit einer Bambusstange stieß ein Mann einen schwarzverkohlten, nicht mehr brennenden, nur leicht rauchenden, stark nach Verwesung riechenden Kadaver aus der Glut und richtete mit den wenigen halbverbrannten und halbverkohlten Holzknüppeln den Scheiterhaufen, auf dem das Feuer auszugehen drohte, noch einmal auf, stieß mit der Spitze der Bambusstange in die hervorstehenden, rosaroten, am äußeren Rande verrußten Eingeweide und hob den verkohlenden Leichnam, mit dem Gesicht nach unten, auf den neu errichteten Holzkohlehaufen. Der schwarz angekohlte Kopf des Toten sank zwischen die halbverbrannten Holzscheite hinunter, in die orange und rot leuchtende Glut. Da an diesem Tag keine Sonne schien, standen zwei bloßfüßige Knaben, die Söhne einer Wäscherfamilie, auf einem der beiden Steinsockel und hielten die noch feuchten Leintücher über die hochschlagenden Flammen eines brennenden Toten. Die Fingerabdrücke an den Kuhfladen, die von den beiden rote und grüne, mit Goldstreifen durchwirkte Punjabikleider tragenden Mädchen auf die Mauer des Steinsockels geworfen wurden, waren von den hochzüngelnden Flammen rußgeschwärzt. Neuerdings, seit die elektrische Einäscherungsanlage am Harishchandra Ghat defekt ist, werden ab und zu auch die Leichen armer Angehöriger, die den Domra eine Holzeinäscherung am Ufer des Ganges nicht bezahlen können, mit einem Boot in die Flußmitte hinausgerudert und im Ganges versenkt. Wenige Meter vom elektrischen Krematorium entfernt wurde auf der Harishchandra Road ein Hotel neu errichtet, das den Namen »Hari Guest House« trägt und in dem die herumstreunenden Travellerboys und Travellergirls, umgeben von grün, rot und gelb an den Hotelmauern leuchtenden kleinen Glühbirnen, preisgünstig, wie auf einer Aufschrift am Einäscherungsplatz geworben wird, Zimmer mieten können, die außerdem den Vorteil haben, daß man, wenn der Wind günstig steht, Tag und Nacht den Geruch des verbrennenden Mangoholzes, den Geruch von Sandelholzpulver und den Geruch der schmorenden Leichen auf den Scheiterhaufen und erst recht den Rauch und, wenn die elektrische Einäscherungsanlage wieder repariert sein wird, den Geruch aus dem Schlot des wenige Meter weit entfernten elektrischen Krematoriums einatmen kann. Außerdem, so wirbt eine Aufschrift am Einäscherungsplatz, könne man in diesem Hotel vorzüglich speisen. Da der kahlgeschorene, nur mit einem nahtlosen weißen Baumwolltuch bekleidete Mann offenbar Analphabet ist, führte ein anderer Mann seine Hand und schrieb mit Schilf einen Satz auf Hindi in die Asche des niedergebrannten Scheiterhaufens. Kaum war die Einäscherungszeremonie beendet, stürzten die Kinder der Domra, mehrere bloßfüßige Knaben, mit Bambusstangen heran, hoben die schweren, angekohlten, an der Unterseite noch glühenden großen Holzprügel von der niedergebrannten Feuerstelle, suchten zuerst mit flinken Bewegungen ihrer Bambusstangen nach Schmuck und Edelmetallen, bevor sie mit Stahlzangen und grünen Bambussprießeln die heißen schwarzen Holzkohlestücke aufsammelten und in einer Schüssel übereinander häuften. Am Rande eines Holzkohlehaufens knabberten zwei Hunde, ihre Lefzen hochziehend, an den verkohlten, feinlöchrigen, warmen und heißen Knochenstücken eines eingeäscherten Toten, die sie vorsichtig zwischen ihren Zähnen zu zerbeißen suchten, wobei sie achtgaben, daß die heißen Kohlestücke ihr Zahnfleisch nicht berührten. Die Hunde hielten die langsam abkühlenden, verkohlten Menschenknochen mit ihren Zähnen im Maul, wälzten sie hin und her, speichelten sie ein und begannen die abgekühlten, feuchten, verkohlten Knochen zu fressen. Unmittelbar neben einem auf dem Scheiterhaufen liegenden Toten, dem von einem Mann fladenweise Butterschmalz auf sein mit einem rotbestäubten Tuch zugedecktes Gesicht gepatzt und geschmiert wurde, rauften drei kleine, einander zur Seite drängende und schreiende, rußgeschwärzte Mädchen in farbigen Punjabikleidern um einen Kotfladen, den ein braunes Kalb aus seinem rosaroten, sich langsam und weit öffnenden Schließmuskel herausdrückte, und rissen ihm, ein jedes etwas davon in seinen kotbeschmierten Händen haltend, den rauchenden, warmen Mist vom Hintern, bevor er zu Boden fallen konnte. Als ein schnauzbärtiger, nur einen Lendenschurz tragender Domra einen brennenden Leichnam, mit einer Bambusstange am Schlüsselbein rüttelnd, tiefer in die Glut eines kleinen Scheiterhaufens hineinstieß, quollen die grauen, blutigen Eingeweide hervor. Damit man die entblößten Geschlechtsteile nicht sehen konnte, legte er einen schweren, angekohlten Holzprügel auf die nackten Hüften des Leichnams. Ein Mann, der ein paar kleine Sandelholzstücke in die Glut geworfen und danach andächtig seine Hände gefaltet hatte, verjagte laut schreiend einen Jungen, der ein vom Scheiterhaufen gerutschtes Holzkohlestück in eine Stahlzange gezwängt hatte und forttragen wollte. Als ich den Einäscherungsplatz verließ und in die Harishchandra Road hineinging, winkte mich der einäugige, Sterbeutensilien verkaufende, pockennarbige, an seinem Hinterkopf einen schwarzen Haarknödel tragende Transvestit in dem Augenblick zu sich, in dem mir ein Radfahrer entgegenkam, der auf der Lenkgabel seines Fahrrades einen Haufen orangefarbener Blumengirlanden hängen hatte und aufs ewig brennende heilige Feuer zufuhr. Für einen kleinen, neben ihm in seinem Holzverschlag sitzenden, ein Bündel Schilf in den Händen haltenden Jungen fabrizierte der Transvestit Pfeil und Bogen. Auf der Assi Road kam ich beim Fischhändler vorbei, der einem wohl fünf Kilo schweren Karpfen den Bauch aufgeschlitzt hatte und die Eingeweide herausnahm. Der Geruch des Fisches vermischte sich mit dem Geruch im Holzverschlag brennender und qualmender, nach Sandelholz duftender Räucherstäbchen. Als das kastrierte Äffchen, mit dem ein Mann die Assi Road ein Stück entlangspazierte, einen am Straßenrand hockenden, versunken auf einem Jutesack Gemüse aussortierenden Knaben am Rücken berührte, erschrak der seinen Kopf verdrehende und überrascht einem Affen ins Gesicht blickende Junge so sehr, daß er augenblicklich aufsprang und schreiend vier, fünf Meter nach hinten lief, in die Straßenmitte hinein. Zwei zerrissene und verstaubte Kleider tragende junge Nepalesen – der eine war vielleicht fünfundzwanzig, der andere fünfzehn Jahre alt – öffneten eine gefüllte Plastikdose und zeigten den Ringsumstehenden verstohlen kleine, schwarze, achtkantige, wie ich zuerst glaubte, wertvolle Steine, aber die Büglerin vom Assi Ghat, die ebenfalls hinzugekommen war, sagte mir, daß es Melasse sei, die ich ruhig kaufen und in heißer Milch auflösen könne. Den Schlüssel ins Schloß steckend und die Hotelzimmertür aufstoßend, blieb ich einen Moment lang an der Türschwelle stehen. Das Zimmer roch nach frischen Äpfeln aus dem Himalayagebirge.

IM ERSTEN MOMENT glaubte ich zwei verschiedenfarbige Engelsflügel zu sehen, als am Assi Ghat ein Junge vor mir auftauchte, der zwei Papierdrachen auf seinen Rücken gebunden hatte. Auf das hauchdünne rosarote und blaue, leise im Wind knisternde Seidenpapier auf den feingliedrigen Holzgerüsten seiner beiden Drachen blickend, fiel mir ein, daß ich dieser Tage in einer indischen Provinzzeitung von einer Familie gelesen hatte, die aus dem Gujarat mehr als tausend Kilometer weit in die heilige Stadt Varanasi gepilgert war, um sich an einem Festtag rituellen Waschungen im Ganges zu unterziehen, wo ihr fünfzehnjähriger Sohn, einem immer höher steigenden und davonziehenden Papierdrachen nachlaufend, über eine Mauer hinuntergestürzt war und sich das Genick gebrochen hatte. Der Leichnam des Knaben wurde in Varanasi am Harishchandra Ghat eingeäschert.

AN EINEM VERKAUFSSTAND in der Harishchandra Road, wo ein Mann mit einer Schere grüne Pfefferoni auf einen Haufen bereits zerkleinerter Zwiebeln zerschnitt, hinkte eine Kuh vorbei, die mit ihrem linken hinteren, von einem Stofffetzen umhüllten Fuß nicht mehr auftreten konnte. Ein bloßfüßiger Junge tanzte mit einem halbzerfetzten Papierdrachen im Kreis, und ein anderer, etwas größerer Knabe versteckte, einen Invaliden spielend, seine beiden Arme im löchrigen Pullover und winkte lachend mit den leeren Pulloverärmeln einem langsam vorbeifahrenden, vollbesetzten Jeep zu. Auf der Rückseite des Autos schauten die Haltegriffe einer Bambustragbahre heraus. Auf dem Leichnam, der mit roten und vergoldeten Kunststofftüchern eingewickelt worden war und von vier immer wieder »Ram Nam Satya hai!« rufenden Männern aus dem Jeep gehoben und vorbei am ewig brennenden heiligen Feuer über die Steinstiege hinuntergetragen wurde, lagen mehrere Bündel orangefarbener Blumengirlanden. In den Falten des Leichentuches, neben dem Kopf, auf den Hüften und in der Vertiefung zwischen den Beinen lagen haufenweise Reisflocken. Als die vier immer wieder »Ram Nam Satya hai!« rufenden Männer die Bambustragbahre mit dem Toten auf den Boden gestellt hatten, liefen sofort ein paar nackte Kinder heran, die Reisflocken von der Tragbahre naschen wollten, die aber von den ringsumstehenden, schreienden Männern mit Bambusstangen verjagt wurden, und als ein Mann einem dreijährigen Mädchen seine flache Hand auf den Hintern schlug, wandte sich das Kind, die Faust mit den zu Boden rieselnden Reisflocken öffnend, vom Toten ab und lief laut schreiend und seine Hinterbacken festhaltend, über den Sandhügel hinauf. Ein blonder Travellerboy, der eine Gitarre auf seiner Schulter trug, hielt sich die Nase zu und verdrehte angeekelt seinen Kopf, als er sah, daß zwei junge Domra den halbeingeäscherten Körper eines Toten, dessen Arme und Beine bereits verbrannt waren, dessen Schädel mit dem weitaufgerissenen, verkohlten Mund man aber noch erkennen konnte, mit Bambusstangen aus dem Scheiterhaufen hoben, die brennenden und glühenden Holzstücke neu ordneten und die verkohlenden menschlichen Reste mit geschickten Bewegungen zurück auf die brennenden Holzstücke legten. Ein kleines Mädchen mit verfilzten Haaren wollte vom Rande des langsam niederbrennenden Scheiterhaufens mit der Scherbe eines zerbrochenen Tontopfes ein paar rote, noch glühende Holzkohlestücke nehmen, aber der Mann, der mit einem weißen Tuch bekleidet war und einen aus demselben Stoff stammenden Turban auf seinem kahlen Kopf trug, begann zu schreien, nahm dem Mädchen die heißen Holzkohlestücke wieder aus den Händen und stieß diese mit einem grünen Bambusstab in die Glut des Scheiterhaufens. Wenige Meter von den Glutnestern, den an- und abbrennenden Scheiterhaufen entfernt, hockte der schöne Sohn eines Domra, der seinen Lendenschurz gehoben und seine schwarzen Hinterbacken entblößt hatte, am Flußufer nieder, faßte mit seinen Handschalen Wasser auf und entfernte die Kotreste zwischen seinen auseinandergespreizten Hinterbacken. Er ließ das Lendentuch wieder auf seine Oberschenkel hinunterrutschen, rieb Sand und Schlamm zwischen seinen von Kot noch schmutzigen Fingern und wusch seine Hände. Danach fing er mit beiden Handschalen Wasser auf, spülte seinen Mund, säuberte mit dem nassen Zeigefinger seine Zähne, faßte wieder Gangeswasser auf, gurgelte und schluckte, seine Hände zum Gebet hebend, das Wasser am Ufer des Harishchandra Ghat, wo halbverkohlte menschliche Leichenteile in den Fluß geworfen werden, schwimmende, orangefarbene und gelbe Blumengirlanden verfaulen, ab und zu Tierkadaver angetrieben werden und wo die Dobis vormittags, mit nackten Beinen zwischen schwimmenden kleinen Holzkohlestücken im Wasser stehend, die Wäsche mit Chlor waschen, laut schnaufend und Schreie aussto-ßend schwere, nasse Tücher auf die flachen Waschsteine klatschen. Nachdem die beiden bloßfüßigen, Silberketten um ihre Fußknöchel tragenden Mädchen in ihren goldgestreiften roten, kohlebeschmutzten Punjabikleidern an den noch glühenden Holzkohlen eines niedergebrannten Scheiterhaufens einen Drachen entzündet hatten, das rote Seidenpapier sofort in Flammen aufging und innerhalb weniger Sekunden nur mehr das schwarz angekohlte Skelett des Drachens übrigblieb, setzten sie sich an den Rand eines Aschefleck und zeichneten mit ihren Fingern einen Plan für ein Spiel in die kalte Asche. Ein vorbeilaufender Junge, der eine weiße Schnur um seinen rechten Zeigefinger gewickelt hatte, an der ein kleiner, getrockneter Kuhfladen hing, spulte, im Kreis tanzend, die Schnur wieder von seinen Fingern, bis er mit dem kreisenden, an der Schnur hängenden Kuhfladen den Rücken einer vor einem Aschefleck liegenden, wiederkäuenden weißen Kuh traf. Mit einem Bambusstab trieb ein anderer Junge einen Fahrradmantel zwischen die brennenden Scheiterhaufen. Mit hocherhobenem Kopf und gespitzten Ohren hockte, auf den bleifarbenen Ganges hinausschauend, ein schwarzer Hund vor einem noch rauchenden Aschefleck, und ein schielender, gehbehinderter Junge band eine Hanfschnur um zwei längliche Holzkohleprügel und hinkte, das Bündel hin- und herschwenkend, über den Sandhügel und über die Steinstiege hinauf ins Wohnviertel der Domra hinein. Als wieder ein auf eine Bambustragbahre aufgebundener Toter vorbei am ewig brennenden heiligen Feuer, von dem alle Scheiterhaufen angezündet werden, von vier betrunkenen, laut und aggressiv »Ram Nam Satya hai!« rufenden Männern über die Steinstiege getragen wurde, hörte man auch das Geklapper mehrerer Fahrräder, die von den Verwandten des Toten über die Steinstiege geführt und getragen wurden. Auf den

Gepäckträger eines Fahrrads war ein langes, dickes Schilfbündel geklemmt. Während die Träger auf mich zugingen, sah ich, daß zwischen den orangefarbenen und gelben, auf dem Leichnam liegenden Blumengirlanden Reisflocken ausgestreut waren. Ich erschrak und trat einen Schritt zurück, als ein paar Reisflocken von der Tragbahre vor meine Füße auf die Steintreppe fielen. Reisflocken lagen auch auf dem Scheitel eines betelkauenden, betrunkenen, immer wieder laut »Ram Nam Satya hai!« rufenden Trägers. Zwei alternde Travellerboys mit zerrissenen, speckigen schwarzen Hosen und Jacken traten in dem Augenblick an einen niedergebrannten Scheiterhaufen heran, als einerseits ein glatzköpfiger, nur mit einem nahtlosen weißen Baumwolltuch bekleideter Mann, die Schlußzeremonie vollziehend, einen mit Gangeswasser gefüllten braunen Tontopf über seine Schulter auf den rauchenden und heißen Aschehaufen warf und, ohne sich noch einmal umzusehen – so schreibt es die Zeremonie vor –, mit seinem Gefolge fortging und andererseits ein Mann vom Ufer des Ganges kam und auf den rauchenden Kohlehaufen, auf dem nun ein zerbrochener, brauner Tontopf lag und ringsum das heilige Gangeswasser in die Asche einsickerte, zuging, der in seiner einen, mit vier silbernen Ringen verzierten Hand ein Plastiksäckchen voller kleiner Holzkohlestücke und in der anderen Hand ein kopfgroßes, verkohltes Holzstück trug, so daß ich im ersten Moment tatsächlich glaubte, er ginge mit einem halbverkohlten Totenkopf auf mich und auf die beiden neben mir vor dem noch rauchenden Aschehaufen stehenden, verlotterten, früh gealterten, faltigen Travellerboys zu, aber als er näher kam, bemerkte ich, daß er nur ein schädelförmiges, verkohltes Holzstück in seiner anderen, unberingten Hand hielt und über den Sandhügel hinauf, am ewig brennenden heiligen Feuer vorbei, ins Wohnviertel der Domra trug. Hinter meinem Rücken schüttete ein kleiner, bloßfüßiger Junge mit einem Eimer Gangeswasser auf die heißen, schwarzen, noch rauchenden Holzkohlestücke eines niedergebrannten und von den Verwandten bereits verlassenen Scheiterhaufens, klaubte abwechselnd mit einer großen Pinzette und mit seinen bloßen Händen die abgekühlte Holzkohle aus dem Aschehaufen in einen geflochtenen Korb hinein und hielt erst in dem Moment einen Augenblick inne, als er, mit der Pinzette im Aschehaufen wühlend, in dem immer wieder rote Funken auftauchten und sofort verloschen, auf ein weißes, zehn Zentimeter langes, warmes, verkohltes Beckenknochenstück stieß. Er nahm das feinlöchrige, morsche, verkohlte Knochenstück in die Hand, stand auf und warf es in weitem Bogen über den Steinsockel in den Ganges. In einem weißen, zahnlosen, in der Asche liegenden verkohlten Unterkieferknochen konnte man noch die Löcher erkennen, in denen die Zähne des Toten gesteckt hatten. Knietief standen mehrere Männer im Fluß und spritzten auf die heißen Holzkohlestücke und auf mehrere noch rotglühend im Aschehaufen liegende Holzprügel laut aufzischendes Gangeswasser, während hinter ihrem Rücken in der Flußmitte langsam ein weißgrauer Tierkadaver flußabwärts schwamm. Zwei Geier standen auf dem Kadaver und stießen ihre an den Spitzen gekrümmten Schnäbel immer wieder ins weiche, verwesende Fleisch. Der schöne, mit einem Lendenschurz bekleidete Sohn eines Domra stand mit seinen nassen, bloßen Füßen in der warmen Asche eines niedergebrannten Scheiterhaufens und vergrub zwei Holzkohlebrocken, die er vor dem Zugriff der anderen am Harishchandra Ghat herumstreunenden und Kohle sammelnden Kinder der Domra verstecken wollte, stützte sich mit hocherhobenen Händen eine Zeitlang vor einem brennenden und stark rauchenden Scheiterhaufen an einer grünen Bambusstange auf – seine Achselhöhlen waren rasiert –, bevor er die rot und orange leuchtenden Glutprügel neu ordnete, und stieß mit der Bambusstange den kohlegeschwärzten brennenden Leib des Toten tiefer ins Feuer hinein, ehe er sich ein zusammengefaltetes Tuch auf seine linke Schulter legte und nach einem vor einem Aschehaufen hockenden und Holzkohle in ein Plastiksäckchen klaubenden Knaben rief. Während er noch darauf wartete, daß ihm der Knabe die heißen, noch rauchenden Holzkohleprügel auf seine Schulter hob, warf ein Mann einen Kranz gelber Marigoldblüten über den Kopf des schönen Jungen hinweg, die er von einem auf einem neu errichteten Scheiterhaufen liegenden Toten gelöst hatte. Ein kurze Hosen tragendes Touristenmädchen mit Bubifrisur schaute mich eifersüchtig an, als sie bemerkte, daß der die schweren, noch rauchenden Holzkohlestücke vom Ufer des Ganges über den Sandhügel tragende Junge mich im Vorbeigehen anlächelte. Mit einer orangefarbenen, zwischen den schwarzen Holzkohleprügeln eingeklemmten Blüte, die von einer auf einem Toten liegenden Girlande gefallen war, ging der Junge, knieweich von der schweren Last, über die Stiege hinauf, am ewig brennenden heiligen Feuer vorbei, ins Wohnviertel der Domra hinein. Wenige Meter vom sakralen Feuer entfernt schnitt ein Mann mit einer Säge die vier Haltegriffe einer siebensprossigen Bambusleiter ab, auf der noch der Verstorbene lag, und warf sie über die Steinstiege hinunter. Die farbigen, lose auf dem Körper des Toten liegenden Kunststofftücher wurden ebenfalls über die Stiege, unter das von Betonpfeilern gestützte elektrische Krematorium geworfen, bevor vier Männer den Leichnam ans Flußufer hinuntertrugen und mit den Füßen voran in den heiligen Ganges eintauchten. Als zwei Stiere, ein weißer und ein schwarzer, der eine brüllend, der andere heftig schnaubend, am Einäscherungsplatz mit ihren Schädeln und Hörnern aneinandergerieten, wandten sich die Leute von den brennenden Scheiterhaufen ab und liefen, das Schauspiel beobachtend, neugierig hinter den Stieren her, die am Flußufer immer wieder ihre Schädel aneinanderstießen, ein paar Schritte rückwärts gingen und wieder mit gesenkten Köpfen aufeinander zuliefen. Laut hörte man das Aneinanderkrachen ihrer Hörner. Als der schwarze Stier ausrutschte und unter dem Geschrei der Zuschauer in den Ganges stürzte, sich aber schnell wieder mit weitaufgerissenen Augen aufrichtete und zwischen den schwimmenden Holzkohlestücken und den Blumengirlanden aus dem Fluß watete, wurden die beiden Tiere von einem Mann mit einer Bambusstange getrennt, der eine flußauf-, der andere flußabwärts getrieben. Am linken Hinterfuß des schwarzen, am rechten Ohr stark blutenden Stiers war eine gelbe Blumengirlande hängengeblieben, die er, als er über den Hügel hinaufgetrieben wurde, im Sand abstreifte. Feuerfunken spritzten vor den schweigend an einem lichterloh brennenden Scheiterhaufen hockenden Indern in die Höhe. Weißer Saft schäumte aus dem brennenden feuchten, laut knisternden, krachenden Gehölz. Man hörte in der Dämmerung das Geläute einer Glocke von einem naheliegenden Tempel, das Zirpen der Grillen, die Schreie der Kinder, das Quaken mehrerer Frösche, Hundegebell und Hundegejaul und das Schnattern mehrerer dicht am Ufer des Ganges zwischen den schwarzen Holzkohlestücken durchschwimmenden Enten. Man hörte das harte, quietschende und trockene Geräusch der beiden in der Vertiefung im Bootsrand immer wieder einrastenden Ruder eines dicht am Harishchandra Ghat vorbeifahrenden Bootes. Weiter entfernt, von einem Boot in der Mitte des Ganges, hörte man die Gesänge indischer Pilger, die orangefarbene und gelbe Blumengirlanden aus Marigold um ihren Hals trugen. Eine zähnefletschende und knurrende herumstreunende Hündin wollte einer anderen ein angebranntes Knochenstück streitig machen, aber als die Besitzerin in Angriffsstellung ging und sich knurrend vor den Knochen stellte, zog sich die angreifende Hündin hüstelnd und niesend zurück, drehte sich schließlich um und lief zum Fluß hinunter. Ein schnauzbärtiger junger Domra, der seine Hüften mit einem blauweißkarierten Tuch bedeckt hatte, drehte den brennenden und verkohlenden Körper des Toten auf den Bauch und stieß mit der angeschwärzten grünen Bambusstange den Leichnam an Schulter und Schlüsselbein tiefer in die Glut hinein. Aus einem von den Angehörigen bereits verlassenen Aschehaufen, in dem man noch Tausende rot und orange leuchtende Glutpünktchen sah, nahm ein Mann einen zündholzlangen, warmen Spieß und begann damit in seinen Zähnen herumzustochern. Ein Dung aufsammelnder und die halbtrockenen Kuhfladen in einem Plastiksack Schicht für Schicht übereinanderlegender, bloßfüßiger Junge band einer vor dem Einäscherungsaltarstein liegenden, wiederkäuenden und an den Mundwinkeln schaumigen Speichel verlierenden schwarzweißgefleckten Kuh mit einem Hanfstrick das Maul zu und hielt lachend die beiden zu Boden pendelnden Strickenden fest, bis die Kuh ihren Schädel hin- und herschüttelte, der Junge den speichelnassen Hanfstrick losließ und sich wieder nach den Kuhfladen umsah. Es war bereits finster, als das Gesicht eines Toten entblößt wurde und sich der Harishchandra-Ghat-Fotograf mit seiner Kamera über den Verstorbenen beugte. Zwischen den Beinen der um den Leichnam stehenden Inder blitzte das Licht auf. Als ich, vom Einäscherungsplatz kommend, von der Assi Road in die Straße hineinging, die mich zum Hotel Ganges View führte und an der mir zuwinkenden, ein großes, schweres mit Holzkohle erhitztes Bügeleisen in der Hand haltenden Büglerin vorbeikam, lief hinter mir – ich drehte mich nach dem Geräusch um und lief schnell zur Seite – ein laut brüllender und röhrender Esel aufgeregt die Straße entlang, blieb wenige Meter vom Bügelstand entfernt bokkig und den Kopf zu Boden streckend stehen, schnaufte mehrere Male laut, drehte sich um und trabte langsam und ruhig die Straße zurück, Richtung Assi Road. Während vor dem Hotel ein kleines Mädchen unter den grünen Ästen des Neembaumes an einer orangefarbenen, von Gangespilgern hunderte Male um den Baumstamm gewickelten Schnur zog, suchte ein anderes, größeres Mädchen Läuse in ihrem Haar. In einen auf seinem Schoß liegenden Spiegel blikkend, kürzte der gebrechliche, auf dem Jutesack sitzende Friseur mit einer Schere seine Augenbrauen. Vor dem Friseur ging ein mit sich selber redender Mann auf und ab, dessen Füße mit von Jute abgepolsterten Eisenketten so gefesselt waren, daß er jeweils nur einen halben Schritt vorwärts gehen konnte.

IN EINER DER LETZTEN AUFZEICHNUNGEN im vergangenen Mai, kurz bevor wir Indien verließen – es hatte an manchen Tagen 47 Grad im Schatten –, war in meinem Notizbuch von einem lachenden und sich immer wieder nach uns umdrehenden, dabei weiter in die Pedale tretenden Rikschafahrer die Rede, der mit seiner Handkante mehrere Male einen Schnitt an seinem Hals andeutete, um uns zu verstehen zu geben, daß das Kalb, das ein Mann mit einem Strick die Straße entlangzog, in einen Schlachthof geführt wurde. Als einen Augenblick später auf einer siebensprossigen Bambusleiter ein in farbige Kunststofftücher eingewickelter Toter von vier immer wieder »Ram Nam Satya hai!« rufenden Männern vorbeigetragen wurde, drehte sich der weiter in die Pedale tretende, grinsende Rikschafahrer wieder nach uns um, deutete zuerst auf den Leichnam und dann mehrere Male auf den unbewölkten Himmel.

ALS ICH MICH IN DER LANKA auf dem Marktplatz mit meinem Notizbuch auf einen mit Baumwolle prall gefüllten, zwei Meter langen, warmen, von Hunderten Fliegen übersäten Jutesack gesetzt hatte, der Hühnerverkäufer ein schreiendes Huhn auf die Waage legte und ich ein blutbeschmiertes Hackbeil, auf dem weiße Federn klebten, mehrere Male in einen Holzblock schlagen hörte, bot eine junge, über den Markt gehende Frau, die einen dicken, schwarzen, zwischen den Schulterblättern weit hinunterhängenden Haarzopf trug, dem betelkauenden Ziegenfleischhändler und dem immer wieder grinsenden Baumwolleverkäufer, der sich eine Münze in seine rechte Ohrmuschel gesteckt hatte, buntbemalte Steinschleudern an, die sie aufgereiht auf einer Stange über der Schulter trug. Eine in ein Handgemenge geratene erschrockene schwarze Ziege – ein Polizist schlug einem festgenommenen Mann, der sich zu wehren versuchte, mehrere Male seine Hand auf den Kopf – flüchtete auf die andere Straßenseite in einen kleinen Tempel und fraß die vor dem Altar liegenden orange- und gelbfarbenen Blumengirlanden. Auf die alte, am Boden liegende Haarschneidemaschine eines neben dem Tempel arbeitenden Friseurs blickend, der auf einem flachen schwarzen Stein das Rasiermesser wetzte, hörte ich das ratternde Geräusch der silbernen Haarschneidemaschine, mit der mein Vater in der Bauernküche meinen Kinderkopf schor. In meinem rechten Augenwinkel, verschwommen durch die Tränen, fixierte ich an seiner die Hebel der Haarschneidemaschine zusammendrückenden Hand den Stumpen seines kleinen Fingers, der ihm, als er ein Kleinkind war, in eine Futterschneidemaschine geraten war. Mit einer Schale in der Hand rutschte eine schwerbehinderte alte Frau auf Knien zwischen den Verkaufswagen der Erbsenhändlerin, der Guaven-, Bananen- und Weintraubenverkäufer auf den Tempel zu und streichelte mit ihren von Henna rotgefärbten Handinnenflächen die Erde vor dem Tempeleingang. Zwei kleine Jungen, die ihre Hosen heruntergelassen hatten und an die warme, von der Sonne beschienene Rückwand des Tempels urinierten, unterhielten sich über die Größe ihrer Geschlechtsteile, während die Erbsenhändlerin einem Kalb, das sich an ihren Erbsenhaufen herangemacht hatte, mehrere Male schreiend einen Bambusstock auf den Schädel schlug. Ein Mann, der ein auf dem Boden liegendes Tuch, auf dem ein Haufen getrockneter Kuhfladen gestapelt war, an den vier Enden verknüpft hatte, wollte die gehbehinderte, sich auf eine mit Wasser gefüllte Tonschale stützende – der Friseur hatte ihr sein Rasierwasser gegeben –, auf ihren Knien zwischen den Gemüseständen und dem Tempel immer wieder hin- und herrutschende Frau vertreiben, die mit einem Tuch ringsum den Abfall zusammenfegte und prüfte, ob die auf ein grünes Blatt aufgeschmierte Betelpaste noch genießbar sei. Ein blondes, an ihrer Stirn einen roten Farbpunkt tragendes Travellergirl, das sich eine Banane ausgesucht und mit dem zwölfjährigen Bananenverkäufer lange über den Preis dieser einen Banane verhandelt hatte, schob sich die gelbweiße Frucht Stück für Stück in dem Augenblick in den Mund, als, angeführt von betelkauenden, betrunkenen Trommlern, ein Leichenzug an den Obst- und Gemüseständen vorbeikam. Ein vor der Bambustragbahre gehender Mann, der immer wieder »Ram Nam Satya hai!« rief, taumelte schwer betrunken vor dem hin- und herwackelnden Kopf des auf der siebensprossigen Bambusleiter liegenden Verstorbenen. Ein Trommler zündete an der Straßenkreuzung ein paar Zeitungsblätter an und hielt seine mit hauchdünnem Ziegenleder bespannte Trommel ganz nahe über die Flammen, drehte die Trommel vor den orange und gelb hochzüngelnden Flammen mehrere Male im Kreis und fügte sich, weiter trommelnd, in den Leichenzug ein. Als ich auf der anderen Straßenseite bei einem Schneider stehenblieb, der, einem auf dem Stuhl sitzenden Jungen, der keine Unterhose anhatte, über den hervorschauenden schwarzen, krausen Schamhaaren den geöffneten Hosenschlitz reparierend, mit Nadel und Zwirn hantierte, und der kokett lachende Junge aus Angst vor der Nadel immer wieder seine Handinnenflächen schützend über seine Geschlechtsteile hielt, fiel mir ein, daß Eugenia, nachdem sie an meinem Hosenschlitz einen Knopf angenäht hatte, sich über meinen Kinderschoß beugend den Zwirnfaden abbiß. »Bakschisch! Bakschisch!« rief ein Mann, der mit einem Bastkorb, aus dem der Kopf einer Schlange herausschaute, im Ghandi Ashram aufgetaucht war. Er stellte den Korb mit der Schlange auf den Boden, blies in eine Flöte, holte eine zweite, kleinere Schlange aus dem Bastkorb und ließ sie, während ich auf die ringsumstehenden, in Jute verpackten Stoffballen stieg, auf dem Boden des Textilwarengeschäftes entlangkriechen. Er hob die Schlange wieder auf und drückte sie mit dem Kopf, dabei immer wieder »Fünf Rupies! Bakschisch! Fünf Rupies!« rufend, in den Korb. Nachdem ich ihm den geforderten Geldbetrag gegeben hatte, legte er die fünf Rupies in den Korb zu den beiden Schlangen, berührte mit seinen Fingern den Kopf einer Schlange, danach seine eigene Stirn und verließ mit dem Bastkorb und den Schlangen das Textilwarengeschäft. Quer über dem Trittbrett der Fahrradrikscha eines fünfzehnjährigen Knaben, der zwei Hasenscharten hatte – die blaugefärbten Oberlippenteile hingen wie Lefzen über seine beiden hervorstehenden Eckzähne –, lag ein in weiße Baumwolltücher eingewickelter Leichnam. Auf der gepolsterten Sitzbank der Rikscha saßen mit angezogenen Beinen zwei Männer, die qualmende, nach Sandelholz riechende Räucherstäbchenbündel in ihren Händen hielten. Als der Rikschafahrer mit den beiden Hasenscharten bei einer Straßensteigung aufstehend in die Pedale treten mußte, bewegten sich die Beine und der Kopf des quer auf dem Trittbrett liegenden Verstorbenen, der zum Einäscherungsplatz am Harishchandra Ghat gebracht wurde.

MUTTER- UND VATERSEELENALLEIN saß am Ufer des Ganges auf einer Steintreppe, unweit vom Einäscherungsplatz, ein vollkommen verschlossener halbwüchsiger Junge. Da er sein blauweißkariertes Tuch nur schlampig um seine Hüften gebunden hatte, sah man seine großen schwarzen Geschlechtsteile. Auf seinem Bauch lag eine lange Überhose, deren Inneres nach außen gestülpt war, und in seinen Händen hielt er eine blaue Unterhose. Zuerst glaubte ich, daß der Junge die Nähte seiner zerschlissenen Unterwäsche kontrollierte, aber als ich auf der warmen Steinstufe näher zu ihm rückte, bemerkte ich, daß er Läuse aus seiner Unterhose zupfte und auf der Steintreppe zerdrückte. Als ich ihm seine löchrige und schlecht gewaschene Leibwäsche aus der Hand nahm und die Nähte näher betrachtete, zeigte er mir eine Laus, die er zwischen seinen blutiggewordenen Fingernägeln zerquetscht hatte. Während wir nebeneinander auf der Steintreppe am Ufer des Ganges saßen – der Junge beobachtete mich immer im Augenwinkel, drehte aber nie seinen Kopf und schaute mir nicht ins Gesicht –, fuhren nahe am Flußufer ein paar lauthals lachende und spöttisch auf uns zeigende Inder stehend in einem Boot vorbei, das von einem schwitzenden, immer wieder von der Ruderbank aufstehenden und sein Körpergewicht einsetzenden Knaben gerudert wurde, der einen orangefarbenen Blumenkranz um seine Stirn gewunden hatte. Der kahlgeschorene, in ein schmutziges, beigefarbenes, nahtloses Baumwolltuch eingehüllte Mann – das Tuch war offenbar schon einmal bei einer Einäscherungszeremonie verwendet worden – wusch am Flußufer zuerst seine Hände und Füße und beträufelte sein Haupt mit dem heiligen Gangeswasser, ehe ihm ein schnauzbärtiger junger Domra ein mit einem grauen Aschepelz überzogenes, heißes Holzkohlestück, das er nicht vom ewig brennenden heiligen Feuer, von dem alle

Scheiterhaufen angezündet werden sollen, sondern – der Domra hatte für diese Einäscherung zu wenig Geld bekommen – von einem niederbrennenden Scheiterhaufen genommen hatte, aufs zusammengeknickte Schilfbündel legte. Mit dem rauchenden Schilfbündel ging der kahlköpfige Mann, gefolgt von sechs anderen Männern, immer wieder »Ram Nam Satya hai!« murmelnd mehrere Male um den Scheiterhaufen herum und steckte das inzwischen lichterloh brennende Bündel in eine Lücke zwischen die kreuz und quer aufgeschichteten Scheite. Auf dem warmen, mit Asche, kleinen Holzkohlestücken und den feinlöchrigen, verkohlten Knochenstücken eines Toten übersäten runden Einäscherungsaltarstein, wo vier, fünf dürre Hunde zusammengekrümmt schliefen – deutlich sah man das Heben und Senken ihrer weit hervorstehenden Brustkörbe –, begann eine Hündin den Hals einer andern, sich sofort auf den Rücken legenden, die aschebestäubten Pfoten gegen den Himmel streckenden Hündin zu lecken. Als drei Hunde am Flußufer ein schwarzes, halbverkohltes menschliches Knochenstück gefunden hatten, wurde die auf dem Rücken liegende Hündin sofort darauf aufmerksam, sprang, Asche in die Höhe wirbelnd, auf und lief bellend und jaulend an dem erschrocken zur Seite tretenden, eine Mineralwasserflasche und einen dicken Indien-Führer in den Händen haltenden japanischen Touristen vorbei zu den drei anderen, knurrenden, am Flußufer langsam zurückweichenden, ihre Zähne fletschenden und ihren Happen verteidigenden Hunden hinunter. Zwischen zwei kleinen, der Länge nach halbierten Bambusstäben, die es von einer zerstörten, siebensprossigen Bambusleiter genommen hatte, brachte mir das bloßfüßige, silberne Ketten um ihre Fußknöchel und einen roten, kohlebeschmutzten Punjabidress tragende Mädchen die Zahnprothese eines eingeäscherten Toten, die es am Rande eines Scheiterhaufens gefunden hatte, und rief, mir die Prothese unter die Nase haltend, immer wieder

»Rupies! Rupies!«, bis ich angeekelt von meinem Schreib- und Beobachtungsplatz aufstand und wegging, aber ich wurde von den Kindern der Domra verfolgt, und das gebückt vor mir stehende und mich mit der rosaroten Kunststoffprothese belästigende Mädchen schrie immer wieder laut und aufdringlich »Rupies! Rupies!« Der schöne halbwüchsige Sohn eines Domra vom Harishchandra Ghat, der an diesem Tag nur ein orangefarbenes Tuch um seine nackten Hüften gebunden hatte, stand breitbeinig und mit seinen Fingern an seinem Geschlecht herumfummelnd vor einem am Rande eines niedergebrannten Scheiterhaufens hockenden und abgelöschte, nasse Holzkohlestücke aufsammelnden Mädchen, das abwechselnd auf die dunkelbraunen Beine des Jungen, auf die im Lendentuch sich abzeichnenden Geschlechtsteile und auf die Holzkohlestücke im Aschehaufen schaute, die es sorgfältig von den weißen, feinlöchrigen, verkohlten Knochenstücken des eingeäscherten Toten trennte und in einen Korb warf, während ein anderer Junge mit einem der Länge nach halbierten Sprießel einer zerstörten Bambusleiter ein heißes, verkohltes Knochenstück aus dem Aschehaufen suchte und eine Zigarette am heißen Knochenrest anzündete. Sofort schob er den Glimmstengel zwischen seine Lippen und begann nervös daran zu paffen. Bei einer niedergebrannten Feuerstelle wurde die Zeremonie beendet, indem ein mit Gangeswasser gefüllter brauner Tontopf von dem kahlgeschorenen, mit einem nahtlosen weißen, mit roten Betelspuckspuren übersäten Baumwolltuch bekleideten Mann diesmal nicht auf die Asche des niedergebrannten Scheiterhaufens geworfen wurde, wo der Tonkrug in Bruch gehen und sich das heilige Gangeswasser mit den verkohlten Resten des Toten vermischen sollte, sondern der mit Gangeswasser gefüllte Tontopf wurde von dem kahlgeschorenen Mann in den Fluß geworfen. Ein dicht am Flußufer Holzkohle aufsammelnder Junge fischte den Topf, den er verkaufen wollte, aus dem Wasser, aber ein anderer, am Einäscherungsplatz herumstreunender nackter Knabe zertrümmerte das Gefäß mit einem Bambusstab. Der Junge ließ die Scherben auf den Boden fallen und schlug laut schreiend dem Übeltäter die Faust auf den nackten Rücken. Ein kaum zehnjähriger, glatzköpfiger Junge, der ein weißes, in seinen Armen strampelndes Zicklein vorbei am ewig brennenden heiligen Feuer über die Steinstiege hinunter trug, putzte seinen Mund am Fell des meckernden und mit seinen langen, dünnen Beinen strampelnden Tieres ab. Ein halbwüchsiger Junge, der am rechten Unterschenkel eine große, eitrige und mit gelbem Pulver bestreute Wunde hatte, schrieb mit einem Holzkohlestück seinen Namen auf Hindi an den Rand des Einäscherungsaltarsteins. Als von den Verwandten eines eingeäscherten Toten die niedergebrannte Feuerstelle mit Gangeswasser gelöscht wurde – es zischte, dampfte und rauchte –, rauften sich die Kinder der Domra, Mädchen und Buben, um die zurückgebliebenen, noch glühenden Holzkohleprügel. Der bloßfüßige Junge mit den grünen Augen, der an Stirn und Nase eine lange, vernarbte Wunde trug, legte einen Jutefleck auf seine Schulter und ließ sich von einem anderen Jungen zwei schwere, angekohlte Holzkohleprügel auf die Schulter heben. Eine Frau putzte mit ihrer Hand nur feine Asche in ein kleines Plastiksäckchen hinein und stieß mit ihren Fingern die schwarzen und grauen Holzkohlestücke und die Knochenreste beiseite, während eine schwarzweiß gefleckte Hündin laut krachend einen halbverkohlten Menschenknochen zerbiß. Ein weißgekleideter alter Bootsmann ruderte das Boot, in dem eine orangefarbene Blumengirlanden um ihre Stirn tragende Inderin ein Taschentuch an ihre Nase drückte, ein Mann aufrecht im Boot stehend das Objektiv einer Filmkamera auf den Harishchandra Ghat richtete und eine Mutter mit heraushängender Brust ihr schwarzes Kleinkind säugte, noch näher ans Flußufer, an die brennenden Scheiterhaufen heran, ehe er, nachdem das Boot mehrere Male gekreist war, wieder umkehrte und flußabwärts ruderte. Als man die farbigen Leichentücher am Oberkörper eines Toten entblößte, der auf einer siebensprossigen Bambusleiter ans Ufer des Ganges getragen und mit den Füßen voran in den Fluß eingetaucht worden war, kamen am Kopf des Leichnams mehrere Schichten blutdurchtränkter weißer Baumwolltücher zum Vorschein. Das weiße Zicklein, das von dem kleinen Knaben an einer Schnur festgehalten wurde, drängte sich an die Bambustragbahre heran und leckte die nassen Reiskörner von den Beinen des mit einem orangefarbenen Tuch umwickelten Toten. Hinter den fast zwei Meter hoch aufstechenden, unruhigen und verschwimmenden gelben und orangefarbenen, fast rauchlosen Flammen eines Scheiterhaufens sah man eine orangefarbene Blumengirlande zwischen den schwimmenden Holzkohlestücken liegen, die von einem auf einer Bambusleiter liegenden Leichnam genommen und in den Fluß geworfen worden war. Auf der Stirn des Leichnams, vor dem ein kleiner Junge stand, war ein roter Farbpunkt zu sehen, und der Mund des toten Mannes wurde von einem weinroten Blumenkranz, der um sein Gesicht gewickelt worden war, zusammengehalten. Als der Leichnam von drei Männern auf einen kleinen Holzstoß gehoben wurde, rutschten zwei auf dem Körper des Toten liegende Kuhfladen zu Boden. Der glatzköpfige, barfuß gehende, sein weißes Zicklein festhaltende Junge band den Strick um seine Hüften, als er, mit dem unruhigen und immer wieder am Strick zerrenden Tier vor einem brennenden Scheiterhaufen stehend, auf die verkohlenden schwarzen Körperreste des Toten starrte. Danach ging er mehrere Male mit dem Zicklein zwischen den brennenden Scheiterhaufen auf und ab, ehe er das meckernde Tier wieder die Steinstiege hinauf, vorbei am ewig brennenden heiligen Feuer, ins Wohnquartier der Domra hineinführte. Ein einbeiniger, kahlgeschorener, nur mit einem nahtlosen weißen Baumwolltuch bekleideter Mann stützte sich eine Zeitlang auf eine abgegriffene Bambusstange, ehe er auf den Scheiterhaufen zuhumpelte, an dem der dicke junge Domra mit einer grünen Bambusstange den Leib des verkohlenden Toten anhob und ein paar unter dem schmorenden Rücken liegende Glutprügel verschob. Gemeinsam stießen sie, der einbeinige Mann und der schnauzbärtige Domra, den Leichnam tiefer zwischen die glühenden Holzscheite. Neben einem auf dem Boden liegenden, mit Kunststofftüchern umwickelt auf eine Bambusleiter gebundenen Leichnam mit entblößtem Kopf errichtete ein kurzgeschorener, dicker Domra einen neuen Scheiterhaufen. Um die Stirn des Toten war eine orangefarbene Blumengirlande gewunden, sein Haupt war mit einem Kranz weißer Jasminblüten geschmückt, und auf seinem Körper lagen mehrere weinrote Blumenkränze aus Marigold. Im weißgrauen Bart des Toten sah man Spuren vom roten Blütenstaub. Ein junger Mann, der in seinen Händen ein zusammengeknülltes, nahtloses weißes Tuch hielt, hockte vor dem Bambusgerüst, und ein kleiner, weinender Junge legte seine Hand, die duftenden Jasminblüten zerquetschend, auf das Haupt seines verstorbenen Großvaters. Als sich eine schwarze Kuh langsam und schwerfällig, mit ihren Klauen Staub vom Boden aufwirbelnd, umdrehte, fielen ein paar schaumige Speicheltropfen aus ihrem Maul auf den Körper des Toten. Bei einem anderen Scheiterhaufen, der von den Kindern der Domra angezündet wurde, schlitzte ein Mann mit einem der Länge nach halbierten, scharfkantigen Bambusprießel das leicht angeschmorte Tuch, mit dem der Tote von Kopf bis Fuß eingewickelt war, zwischen den Ober- und Unterschenkeln auf, so daß die Flammen sofort zwischen den Beinen des Toten aufloderten. Mit verschobenem Unterkiefer und zusammengebissenen Zähnen stocherte der bloßfüßige Junge mit den grünen Augen, der auf seiner Stirn und Nase eine lange, vernarbte Wunde hatte

– er erzählte mir einmal, daß er beim Holzkohletragen von der Steinstiege gefallen sei –, im verkohlenden Leichnam, bis die grüne Bambusstange im Kadaver steckenblieb. Er zog die Bambusstange wie ein Schwert aus dem Körper, stieß den Toten tiefer in die Glut hinein, verschob einen glosenden, dicken Glutprügel, nahm ihn mit der Stange auf und legte ihn auf die schwarzen, verkohlenden menschlichen Reste. Die vier brennenden Scheiterhaufen – hochauf schlugen orangefarbene und gelbe Flammen – knisterten so laut, daß man die Geräusche der Tiere, die Schreie der Papageien und Frösche und das Jaulen mehrerer Hunde kaum hören konnte. Durch die hochlodernden, verschwimmend durchsichtigen Flammen, die flirrende Hitze eines Scheiterhaufens blickend, sah ich am Ufer des Ganges einen weißen Hahn, der, mit zuckendem Kopf zwischen schwarzen Holzkohlestücken und gelben und orangefarbenen Blumengirlanden hin- und hertrippelnd, verstreute Reisflokken aufpickte, die in den Falten der farbigen Leichentücher lagen und zu Boden rieselten, als der Leichnam von der siebensprossigen Bambusleiter auf den Scheiterhaufen gehoben wurde. Tücher an ihre Nasen drückend, stand eine Gruppe indischer Pilger auf dem Einäscherungsplatz und blickte auf einen auf eine Bambusleiter gebundenen, am Boden neben einem neu errichteten Scheiterhaufen liegenden Leichnam hinunter, dessen Kopf entblößt worden war. Besonders weit drängten sich drei in orangefarbene und weinrote Tücher eingehüllte, Fotoapparate in ihren Händen haltende, kahlgeschorene buddhistische Mönche vor. Eine alte, in einen farbigen Sari gekleidete Inderin hielt entsetzt ihre Hände vor den offenen Mund. Auf den Holzstoß und auf den Leichnam hinunterschauend, umklammerte ein älterer indischer, ein weißes Tuch um seine Hüften tragender Pilger mit beiden Händen seine Geschlechtsteile. Nachdem der Angehörige eines brennenden Leichnams im Ganges ein rituelles Bad genommen hatte, warf er unter dem Gelächter der anderen, vor einem brennenden Scheiterhaufen hockenden Männer seine nasse Unterhose auf den verkohlenden Toten. Ein anderer Mann, der sich darüber empörte, hob mit der Bambusstange die Leibwäsche vom schwarz angekohlten, in die Höhe stehenden Arm des Leichnams und warf das rauchende Wäschestück auf den Boden. Bei einer bereits niederbrennenden Feuerstelle sammelten die Verwandten des Toten die Strohhalme vom Boden auf, die aus einem Strohbündel stammten, mit dem der Scheiterhaufen angezündet worden war, riefen im Chor »Ram Nam Satya hai!« und warfen sie in die glosende Glut. Ohne das schwarzkrustige menschliche Gebein mit seinen Händen zu berühren, band der dicke, schnauzbärtige junge Domra eine herumliegende Hanfschnur um einen zurückgebliebenen, halbverkohlten Knochen und übergab ihn, an der Schnur festhaltend, einem jungen, kahlgeschorenen, mit einem nahtlosen weißen Baumwolltuch bekleideten Mann, der das Knochenstück in den Fluß werfen wollte, aber in dem Augenblick, als er weit ausholte, löste sich der Knoten der Hanfschnur, und der angebrannte, an mehreren Stellen noch rosarote und blutige Knochen rutschte aus der Schleife und fiel vor seine nackten Zehen. Einer Hündin, die ich am Einäscherungsplatz oft schon an angekohlten, halbverbrannten Menschenknochen nagen sah und die sich mir in den vergangenen Tagen mehrere Male aufdringlich genähert hatte, schlug ich, als sie an meiner Hose den Geruch der sich manchmal im Hotelzimmer auf meine Kleider legenden Hotelhunde suchte, schreiend und mit meinen Füßen nach ihr tretend mein Notizbuch um die Schnauze, so daß sie laut aufjaulend zum Fluß hinunterlief. An den drauffolgenden Abenden, als ich vom Einäscherungsplatz zurück ins Hotel ging und mich fürs Abendessen umzog, wickelte ich meine Kleider in stark nach frischer Druckerschwärze riechende Tageszeitungen, deren Geruch von den Hotelhunden verabscheut wird. Als die beiden schnauzbärtigen jungen Domra von einem gelöschten Scheiterhaufen ein paar schwere, halbverkohlte Holzprügel auf den Bug eines Bootes, mit dem ein Mann an den Harishchandra Ghat herangerudert war, gehoben hatten und der Mann, wieder umkehrend, das Boot mit dem Holz flußabwärts ruderte, gingen sie zu ihrem im seichten Flußwasser stehenden, halb mit Holzkohlestücken gefüllten Bastkorb zurück und suchten, den Korb immer wieder in den Fluß eintauchend, hin und her und auf und ab schüttelnd und die Holzkohle umwälzend, nach Schmuck und Edelmetallen. Da sie nichts fanden, verließ ein Domra den Einäscherungsplatz, und der andere begann, am Flußufer noch eine Hanfschnur zusammenbündelnd, laut einen Hindi-Schlager zu singen. Ein kleiner Junge trocknete seinen in den Ganges gefallenen Papierdrachen über einem in der Glut liegenden Leichnam, der von roten, orange- und gelbfarbenen, fast rauchlosen Flammen umzüngelt wurde. Auf das entfleischte, schwarz angekohlte Gebein der in die Höhe ragenden Oberschenkel blickend, faltete eine alte, vorbeigehende Frau ihre Hände zum Gebet. Auf einen der runden Betonpfeiler des elektrischen Krematoriums waren mehrere Kuhfladen mit den Fingerabdrücken der beiden schwarzhaarigen, an ihren Fußknöcheln Silberketten tragenden und mit roten und goldgestreiften, kohlebeschmutzten Punjabidress bekleideten Mädchen aufgeklebt. Ein kleiner Junge zog ein schwarzes Kalb an einem Strick unter dem Gerüst des Krematoriums über die Steinstufen hinauf aufs ewig brennende heilige Feuer zu, von dem alle Scheiterhaufen angezündet werden. Es war schon finster, als ich in der Harishchandra Road, wenige Meter vom heiligen Feuer und von der Auffahrt ins elektrische Krematorium entfernt, vor einer auf eine Bambusleiter aufgebundenen, in farbige Kunststofftücher eingewickelten und mit orangefarbenen Blumengirlanden geschmückten Toten stand, auf der, festgeklemmt von einer um den Leichnam gewickelten Hanfschnur, ein paar Parfumfläschchen und ein kleiner Spiegel lagen.

AM FRÜHEN MORGEN, als ich das Aufklatschen von Holzpantoffeln an den nackten Fußsohlen zum Gangesufer hinunterpilgernder Mönche hörte, sah ich im Traum einen Schottenrock tragenden und auf einem grünen Rasen mit einem Golfschläger ausholenden Mann, hinter dem, militärisch aufgereiht, zehn Golfschlägerbehälter standen, in denen Geier hockten, die ihre Flügel über den Rand der nebeneinanderstehenden Golfschlägerbehälter hängen ließen. Vor der Treppe des Assi Ghat wälzte sich ein am ganzen Körper zuckender und schaumigen Speichel verspritzender Hund hin und her. Ungeduldig nach Kunden Ausschau haltend, schlug ein Mann eine Eisenkette mehrere Male auf die rotgepolsterte Sitzbank seiner Fahrradrikscha und rief den vorbeigehenden und vom Ufer des Ganges kommenden Pilgern zu: »Rikscha?! Rikscha?!« Mit dem Fruchtfleisch eines gekochten Erdapfels klebte der junge Hoteldiener Prakash das aufgerissene Seidenpapier seines roten Spielzeugdrachens zusammen. Ein im Hotel Ganges View wohnender Gast erzählte, daß ihm der Erdnüsseverkäufer die frischen, im heißen Sand in einer Eisenschüssel gerösteten Erdnüsse in ein Flugblatt eingesackt habe, auf dem von Obduktionen an Leichen berichtet wurde, die in Kriminalfälle verwickelt waren. Am Abend, während eines Stromausfalls, suchte ein bloßfüßiges, lange schwarze Zöpfe tragendes Mädchen, das morgens die drei Hotelhunde wäscht, shamponiert und pudert, auf der Veranda mit einer Taschenlampe nach einem von Touristen entdeckten Hundehäufchen und putzte es mit Toilettenpapier vom Fliesenboden. Der Hotelbesitzer Shashank erzählte, daß er dieser Tage seinem Hund Argo zum ersten Geburtstag orangefarbene Blumengirlanden um den Hals gehängt, woraufhin sich der Hund hingelegt habe und mit den Blumengirlanden um den Hals eingeschlafen sei. Wenn sich Shashank im Bad duscht oder rasiert, wacht immer die Hündin Pria vor der Badezimmertür, die jeden Eindringling knurrend abwehrt. Als wir einmal ins Krankenhaus gingen, bat er uns, eine homöopathische Medizin für seine drei Hunde mitzubringen, die ihren Allgemeinzustand verbessern sollte. Die Kultgegenstände des Haustempels, in dem ein orangefarben gestrichener Hanuman steht, säubert er mit Lehm, den er am Ufer des heiligen Ganges aussticht, und reibt sie danach mit Zitronenscheiben ab. Seit dem Tod seines Vaters ißt er kein Fleisch, keinen Fisch, keine Eier, keine Zwiebel und keinen Knoblauch mehr. Als wir einmal dem Dienerjungen Prakash ein Stück von dem Kuchen gaben, den meine Begleiterin im Haus der nebenan wohnenden österreichischen Indologin unter Verwendung von zehn Eiern gebacken hatte, sagte Shashank zu dem Jungen, daß er aber nach dem Kuchenessen seine Hände waschen müsse, bevor er für seine, Shashanks Mutter, die ebenfalls die Nahrungsaufnahme von Eiern verweigert, einen Tee zubereite. Auch in den Innenräumen des Hotels hörte man laut und deutlich mehr als vierundzwanzig Stunden lang über Lautsprecher von einer Sektengruppe, die am Ufer des Ganges ihr Zelt aufgeschlagen hatte, die zwei immerselben Sätze, die vor allem von Kindern, unter ihnen auch zwei- und dreijährige, in ein Mikrophon hineingebetet, hineingerufen, hineingesungen und hineingebrüllt wurden. Die portugiesische Malerin Ana Marchand erzählte, daß in Rishikesh von einer Sekte seit fünfzig Jahren Tag und Nacht die zwei immerselben Sätze in ein Mikrophon hineingeplärrt werden, die man über einen Lautsprecher weithin hören kann. Sie zeigte uns ein gelbes Schultertuch dieser Sekte, auf dem in Hindi und auf Englisch folgendes aufgedruckt war: »Serve Love Mediate Realize. The Divine Life Society: Golden Jubilee (50th Anniversary) of Akhnanda Maha-Mantrakirtan Yagna 3rd Dec. 1943 to 3rd Dec. 1993. Commenced by Guruder Sri

Swami Sivanandaji Maharaj at Holy Sivananda Ashram H. Q. The Divine Life Society, Rishikesh. God Bless You!«

ZUR LINKEN SEITE der beiden vor einem brennenden Scheiterhaufen stehenden, sich über das preiswerte Leben in Indien unterhaltenden Travellerboys stand ein Mann, der noch einen Sturzhelm auf seinem Kopf trug, und zur rechten Seite der beiden auf den verkohlenden Leichnam starrenden Boys hockte ein bloßfüßiger, kurzgeschorener Junge, der ein grünweißes Tuch um seine nackten Hüften gebunden hatte und seine Hände an der ausstrahlenden Hitze der wohl zwei Meter hoch schlagenden Flammen wärmte. Der pockennarbige, eine grüne Bambusstange haltende Domra trat einen Schritt zurück und starrte auf die Beine des brennenden Toten, als sich ruckartig ein Unterschenkel vom Oberschenkel löste und langsam auf den Rand des Scheiterhaufens hinausrutschte. Erst nach einer Besinnungspause trat er wieder an den Scheiterhaufen heran, kippte mit der Bambusstange den Unterschenkel zurück, so daß die auseinandergespreizten gelben Zehen und die Fußsohlen auf dem schwarzen, halbverkohlten Gesicht des Toten lagen. Mehrere vor einem neuerrichteten Scheiterhaufen hockende Inder gaben lauthals und durcheinanderrufend einem glatzköpfigen, mit einem beigefarbenen Tuch bekleideten, mit einem hellaufbrennenden Bündel Stroh hilflos vor dem Toten stehenden Mann, der die Einäscherungszeremonie eröffnen sollte, Regieanweisungen. Der glatzköpfige Mann mit Hakennase und hervorstehenden Zähnen griff mit seinen bloßen Händen in eine mit Butterschmalz gefüllte Tonschale hinein und warf, nachdem er zuerst eine Handvoll Butterschmalz auf den Kopf des Toten gelegt hatte, Patzen für Patzen zwischen die bereits rauchenden Holzknüppel des anbrennenden Scheiterhaufens. Als die Flammen den Hinterkopf des Toten erreichten, begann das erwärmte Butterschmalz auf der Stirn langsam zu zerfließen und rann links und rechts über die Schläfen und über seinen Hinterkopf hinunter, in den qualmenden, knisternden und brennenden Scheiterhaufen hinein. Zuerst blickten die acht-, zehn-, zwölfjährigen Knaben, Verwandte des Toten, die zum Einäscherungsritual gekommen waren und von denen einer für die Schlußzeremonie einen braunen Tontopf bereithielt, auf den brennenden Toten, unterhielten sich aber kurze Zeit später über die verschieden großen, am Harishchandra Ghat vorbeifahrenden, mit indischen und ausländischen Pilgern und Touristen besetzten Boote und Schiffe und entfernten sich danach soweit vom Einäscherungsplatz, daß sie von der Einäscherung ihres toten Verwandten nichts mehr sehen konnten. Hinter dem aufsteigenden Rauch und der verschwimmenden heißen Luft der laut knisternden Feuerstelle glitt langsam ein Boot vorbei, auf dem, in pfirsichfarbene Tücher eingehüllt, mehrere Mönche saßen, die sich von einem Inder flußaufwärts rudern ließen. »No problem!« sagte der einen neuen Scheiterhaufen errichtende, bloßfüßige, dicke Domra zu dem Angehörigen eines Toten, der auf dem runden Einäscherungsaltarstein verbrannt werden sollte, nahm ihm einen Holzprügel aus der Hand und legte ihn auf den Stein. Wie ein Stierkämpfer mit einem ausgebreiteten roten Tuch in der Arena einen Stier zu reizen versucht, so verfolgte ein betrunkener Mann, der eine Zeitlang vor einem brennenden Scheiterhaufen gehockt hatte, mit einem ausgebreiteten goldfarbenen Leichentuch – lange Goldfäden hinter sich herziehend – lachend einen anderen, sich immer wieder umblickenden und torkelnd über den Sandhügel hinaufeilenden Mann. Meine Augenlider begannen zu brennen, und ich begann zu husten, als ein kleiner Junge eine Eisenschüssel mit rauchender und teilweise noch glühender Holzkohle vor meine Beine stellte. Der Knabe, der eine Eisenzwinge in der Hand hielt, sagte zu mir, daß er die Eisenschüssel mit der rauchenden Holzkohle erst dann von mir wegstellen werde, wenn ich ihm ein paar Rupies gebe. Vor dem Einäscherungsaltar stehend, fächelte der dicke, pockennarbige, ein Oberlippenbärtchen tragende Domra kraftvoll mit einem Tuch, so daß halbverbrannte und noch rotglühende kleine Fetzen vom weißen Leichentuch aufgewirbelt wurden und ringsum schwirrten und die Leute ein paar Schritte zurücktraten. Als ein Mann bei einem anderen Scheiterhaufen, über seinem Kopf mit einem dicken, langen Bambusstab ausholend, das zweite Mal heftig auf den brennenden Leichnam schlug, spritzte das Blut des Toten ringsum auf die vier vor dem Scheiterhaufen hockenden und schreiend aufspringenden Angehörigen. Die blutiggewordene Bambusstange säuberte er mit Gangeswasser. Hose und Hemd der vier erschrocken vor dem Scheiterhaufen stehenden Männer waren blutbefleckt. Ein Mann wischte sich mit seinen Fingern die Blutspritzer vom Gesicht. Auf den Fluß hinausblickend, sah ich, daß am Bug eines langsam dahingleitenden Ruderbootes, eingewickelt in orangefarbene Tücher, der Leichnam eines Erwachsenen lag, dessen Füße bei jedem Ruderschlag wenige Zentimeter über dem Wasserspiegel pendelten. In der Flußmitte angekommen, wo auch die toten Kinder in die Fluten gestürzt werden, drehte sich das Boot mehrere Male im Kreis, und der Leichnam, auf dem mehrere orangefarbene Blumengirlanden aus Marigold lagen, wurde von einem kahlgeschorenen, nur mit einem nahtlosen weißen Tuch bekleideten Mann in den Fluß hineingestoßen. Der tote, auf einen schweren, flachen Stein gebundene Mönch ging sofort unter, die orangefarbenen Blumengirlanden trieben an der Wasseroberfläche. Als der Domra wieder ans Flußufer zurückruderte, verhüllte der glatzköpfige Mann sein Gesicht mit dem nahtlosen weißen Baumwolltuch. Zwar spritzte kein Blut ringsum, als einer der ungeduldigen Domra den Einäscherungsvorgang beschleunigen wollte und mit einer dicken braunen Bambusstange mehrere Male heftig auf den schwarzen, verkohlenden Kadaver schlug, ihm die Knochen brechen wollte und ihn tiefer in die Glut hineinstieß, aber man konnte sofort den Geruch des verbrennenden und verkohlenden Fleisches wahrnehmen. Mehrere Leute wandten sich vom Scheiterhaufen ab, andere drückten ein Tuch an ihre Nase. Bei einem anderen verkohlenden Leichnam, dessen Arme und Beine nur mehr aus kurzen, über den Flammen senkrecht in die Höhe stehenden schwarzen Stecken bestanden, hatten Hitze und Feuer den Magen geöffnet. Gelber Mageninhalt rann zischend ins Feuer, auf die heißen, schwarzen, angekohlten Holzprügel und auf die orangefarbene Glut des brennenden Holzes. Als ich, um einen Scheiterhaufen herumgehend, ins Innere eines auseinandergebrochenen, brennenden und leicht verkohlten Schädels blickte und meinen Kopf hob, schaute ich erschrocken einem vor dem Scheiterhaufen stehenden einäugigen Mann ins Gesicht. Wenige Augenblicke vorher hatte mich der halbwüchsige Sohn eines Domra, dem ich öfter bei seinen Waschritualen zuschaute, zu sich gewinkt und mir zu verstehen gegeben, daß ich doch ans Ufer hinunterkommen solle. Nachdem er sich an der Mauer neben den zum Verkauf vorbereiteten, meterhoch aufgestapelten Mangoholzscheiten seiner Fäkalien entledigt hatte und schließlich ans Flußufer hinuntergelaufen war, öffnete er sein Lendentuch, hockte sich mit gespreizten Beinen vor dem seichten Wasser nieder, fing mit seiner Handschale Wasser auf und entfernte mit seinen Fingern die Kotreste zwischen seinen Hinterbakken, während ich unweit von ihm stand und auf sein halbsteifes, großes, von den Hüften wegstehendes schwarzes Glied schaute. Mehrere Male schob er die Vorhaut seines Gliedes nach hinten und zeigte mir seine glänzende, schwarze Eichel, legte das Tuch wieder um seine Hüften, verknüpfte die beiden Enden des Lendenschurzes und schlürfte Gangeswasser aus seiner Handschale. Wenige Minuten später kam er über den Sandhügel herauf, ging mit einem Mundvoll Gangeswasser an mir vorbei und spuckte es auf einen noch rauchenden Aschefleck. Ein kleiner, schielender, gehbehinderter, an seinem linken Unterschenkel einen Silberreifen tragender Junge, dem ständig Rotz aus der Nase rann, den er entweder hochzog oder an seinem Pulloverärmel abstreifte, hockte am Rande des rauchenden Aschehaufens und warf, die weißen, verkohlten Knochenstücke sorgfältig wegsortierend, Holzkohle in einen Blecheimer. Das Mädchen, das mit einem roten, mit Goldstreifen durchwirkten Punjabidress bekleidet war, in der Mitte gescheiteltes, strähniges schwarzes Haar hatte und am linken Nasenflügel einen versilberten Schmuck trug, sammelte mehrere längere Holzkohlestücke auf, die sie mit einer Hanfschnur so locker zusammenband, daß ihr, kaum war sie ein paar Schritte weitergegangen, die Holzkohle aus der Schnur rutschte und zu Boden fiel. Um das linke Auge hatte das Fell der mit einem angekohlten Knochenstück im Maul langsam vorbeilaufenden dürren Hündin einen großen schwarzen Fleck. Ihr rechtes, weiß umrandetes Auge war blutig. Der halbwüchsige, mit einem Lendenschurz bekleidete Sohn eines Domra wärmte zuerst seine nackten Füße über rot leuchtenden und glühend heißen Holzkohlestükken, ehe er eine halbzerfledderte Bastmatte, die er am Flußufer gefunden hatte, ins Wasser eintauchte und die noch rauchenden, einen halben Meter langen und armdikken verkohlten Stücke, die er mit Flußwasser abgelöscht hatte, auf die Matte legte. Mit den noch leicht dampfenden, in die Bastmatte eingewickelten Holzkohlestücken ging er über den Sandhügel hinauf, aufs ewig brennende heilige Feuer zu, ins Wohnviertel der Domra hinein. Einen langen, dicken Bambusstab zwischen den betenden Händen haltend, hockte ein Travellergirl auf den Holzkohlestücken des Einäscherungsaltarsteines und starrte lange, ohne den Kopf einmal zu wenden, auf den Ganges hinaus. In der Mitte eines vorbeigleitenden, den rosaroten Schimmer auf der Wasseroberfläche des blau- und bleifarbenen Ganges zerschneidenden, mit singenden indischen Pilgern vollbesetzten Ruderbootes tanzte mit hocherhobenen Händen ein Knabe, der eine orangefarbene Blumengirlande aus Marigold um seine Stirn gewunden hatte. Nachdem der schnauzbärtige, pockennarbige Domra den alten, einen langen weißen Bart tragenden Mann mit zerfurchtem Gesicht und zaundürren, faltigen schwarzen Beinen, der ein verkohltes Knochenstück nehmen wollte, vertrieben hatte, schlug er lachend und heftig mit der Bambusstange auf den verkohlenden schwarzen Kadaver eines Toten. Erschrokken trat ein Junge ein paar Schritte zurück, der von einem rituellen Bad im Ganges gekommen war und seine ausgebreitete, nasse schwarze Unterhose über die Glut des Scheiterhaufens hielt. Mit einem Bündel verschiedenfarbiger Leichentücher, auf denen ein orangefarbener Blumenkranz aus Marigold lag, ging ein Mann, dessen Vater im elektrischen Krematorium eingeäschert wurde, vorbei am ewig brennenden heiligen Feuer über die Steinstiege ans Ufer des Ganges hinunter, warf das Bündel auf den Boden, entfachte ein Feuer und zündete die Blumen und die Tücher an, mit denen der Leichnam umwickelt worden war. Die warme Asche schob er mit seinen bloßen Füßen in den Ganges hinein. Der schielende, gehbehinderte Junge mit den vorstehenden Oberkieferzähnen begann den obszönen Tanz zwischen den Scheiterhaufen nachzuahmen, den mehrere betrunkene Männer, die einen Leichnam zum Einäscherungsplatz getragen hatten, unter dem Rhythmus eines die Trommel schlagenden Mannes vorführten. Ein halbwüchsiger Junge stieß seine Knie an den Brustkorb einer zwischen den schlafenden Hunden und den brennenden Scheiterhaufen liegenden schwarzweiß gefleckten Kuh und klatschte einer zweiten seine Hand auf die Flanken, bis sich die beiden Kühe erhoben. Die eine Kuh am Schwanz festhaltend, trieb er beide über den Sandhügel hinauf, in die Stadt hinein. Hinter dem auflodernden Feuer und dem aufsteigenden Rauch fuhr langsam ein Ruderboot vorbei, in dem ein kleiner, nur einen Lendenschurz tragender und auf den Feuerschein blickender Junge mit einem meckernden weißen Zicklein im Arm stand. Das Boot wurde von einem halbwüchsigen, eine orangefarbene Blumengirlande um seinen Hals und einen orangefarbenen Punkt zwischen seinen Augenbrauen tragenden, mit einem Lendentuch bekleideten Jungen flußaufwärts gerudert. Ein am Einäscherungsplatz Holzkohleprügel und Holzkohlestücke aufsammelnder Junge, der an diesem Tag frisch eingeölte, wellig frisierte Haare und eine vergoldete Sonnenbrille mit runden Gläsern trug, kam auf mich zu, hielt mir seinen von der Holzkohle geschwärzten Arm entgegen und sagte, daß ich mit meiner Füllfeder »Maharadscha« auf seine Hand schreiben solle. Am Kedara Ghat, der sich neben dem Einäscherungsplatz befindet, lag ein ohnmächtiger Junge, umringt von mehreren, sich über ihn beugenden Männern, unter denen einer, um zu prüfen, ob er noch lebte, dem Knaben einen Finger in den Mund steckte und seine Zunge befühlte. Der Knabe, der beim Spielen kopfüber von der langen, steilen Stiege des Kedara Ghat gefallen war, bewegte daraufhin seine Lippen. Kinder liefen über eine steile Stiege in einen Schacht hinunter und holten sich aus einem Sumpf, in dem auch eine Anbetungsstatue angebracht war, zu der die Pilger Rupies und Paisas hinunterwarfen, zwischen Hunderten winziger, sich im Sumpf tummelnder und herumhüpfender Frösche das geopferte Geld herauf. Bei dem in ein altes, verschmutztes Tuch eingewickelten, mit einem Hanfstrick zusammengeschnürten, über und über mit Fliegen bedeckten Leichnam sickerte am Kopf Blut durch den Stoff. Erst als vor dem Eingangstor zur elektrischen Einäscherungsanlage die Haltegriffe der siebensprossigen Bambusleiter, auf der ein Toter lag, von einem Mann mit einem Beil abgehackt worden waren, wurde der Verstorbene über die Schwelle des Eingangstors ins Einäscherungsgebäude getragen. Das elektrische Krematorium betretend und den im Raum stehenden Indern über die Schulter blickend, mich aber immer wieder ängstlich nach dem Ausgang umsehend, sah ich, wie ein auf ein Bambusgerüst gebundener Leichnam auf einen Eisenschlitten gehoben und an den Schlund des Ofens herangeschoben wurde. Als ein Mann auf einen Knopf drückte, ging ein Fallbeil in die Höhe, der auf dem Bambusgerüst aufgebundene Leichnam wurde maschinell in den Ofen hineintransportiert, das Fallbeil fiel laut donnernd nach unten und versperrte auch für die Verwandten die Sicht auf den anbrennenden Toten. Am Rand der Assi Road, umgeben von Leuten, saß vornübergebeugt auf einem roten Tuch ein toter, auf seinem Rücken blutiger Affe, der bei einem Sprung vom einen zum anderen Hausdach abgestürzt war. Auf dem roten Tuch lag Geld in Scheinen und Münzen. Neben dem toten Affen staken in einem Erdapfel mehrere brennende, nach Sandelholz duftende Räucherstäbchen.

MIT AUFGEBLÄHTEM BAUCH lag ein toter, stark nach Verwesung riechender Esel im seichten Flußwasser zwischen schwimmenden schwarzen Holzkohlestücken und orangefarbenen Blumengirlanden. Zwischen den wenigen Holzscheiten eines kleinen Scheiterhaufens staken ein paar große, gebogene, vom Gangeswasser feuchtgewordene Kuhfladen. Auf dem Körper des Toten lagen ein paar nasse, dicke schwarze Holzkohlestücke, die von einer anderen, aufgelassenen Feuerstelle genommen worden waren. Die Fußsohlen und Zehen des Toten, die zwischen den rauchenden Holzscheiten hervorstanden, waren von Henna rotgefärbt. Als das Boot losfuhr, auf dem, eingewickelt in ein weißes Tuch und aufgebunden auf einen flachen, schweren Stein, ein Kinderleichnam lag, verdeckte am Flußufer mit seiner Hand ein Mann die Augen des trauernden Vaters. Zwischen dem Kinderleichnam und den links und rechts an den Bootsrändern sitzenden, qualmende Räucherstäbchen haltenden Männern hatte ein ausgestreckt im Rumpf des Ruderbootes liegender Mann eine Decke über seinen Kopf gezogen. Man erzählte mir, daß es sich bei der Toten um ein sechsjähriges Mädchen handelte, das am Vormittag in Varanasi bei einem Verkehrsunfall tödlich verunglückt war. Gestützt von zwei Männern, stand der weinende Vater mit offenem Mund auf dem Steinsockel und schaute auf den Ganges hinaus. Als das Boot in der Flußmitte ankam, stand ein vor dem Leichnam sitzender Mann auf und kippte das tote, mit einem Stein beschwerte Kind, den Kopf Richtung Norden, in die Fluten hinein. Die beiden Männer beugten sich über den Bootsrand, faßten mit ihren Handschalen das heilige Gangeswasser auf und beträufelten ihre Häupter. Kaum war das Totenboot wieder ans Flußufer zurückgekehrt und die beiden Räucherstäbchen haltenden Männer ausgestiegen, warf der im Rumpf des Bootes ausgestreckt

liegende Mann die Decke von seinem Kopf und ließ sich vom Bootsmann flußabwärts rudern. Mit dem Bambusstab schob der ständig scherzende, pockennarbige junge Domra die untersten, brennenden Holzprügel des Scheiterhaufens auseinander, so daß der verkohlende Tote – ein achtzehnjähriger Mann mit offenem Mund und angeschwollenen Lippen – mit seinen auseinandergebreiteten, senkrecht in die Höhe stehenden Oberarmen und seinen gegrätschten, ebenfalls spitz aufragenden Oberschenkelknochen in die Glut hineinplumpste. Der eine der beiden Jungen, die eine Bambusstange aufgeschultert hatten, an der noch teilweise zerfranste Hanfschnüre hingen, mit denen der Tote auf die Bambusleiter gebunden worden war, rief »Ram Nam!«, der andere »Satya hai!«, bevor sie die Stange, in die rechteckige Löcher für die kurzen, der Länge nach halbierten, waagrecht zwischen die beiden langen Bambusstangen gesteckten Bambussprießel der Tragbahre eingestanzt worden waren, über die Steinbrüstung hinunter vor einen brennenden Scheiterhaufen warfen. Als ein glatzköpfiger, aus Muscheln zusammengesetzte Armbänder tragender Tourist, der einen Finger in ein dickes Buch über Indien eingeklemmt hatte, vor einem zweiten Scheiterhaufen stehenblieb, hob der bärtige Domra geschickt mit einer Bambusstange einen Leichenrest, der nur mehr aus dem halbverkohlten Becken und den schwarzen, dünnen Oberschenkelknochen bestand, aus dem Feuer, stieß ihn an den Rand des niederbrennenden Scheiterhaufens auf die heiße Asche und ordnete die brennenden und glosenden Holzprügel so aneinander, daß ein neues, enges, kleines Feuerbett auf der orange- und gelbleuchtenden Glut entstand. Mit der Bambusstange schlug er zuerst mehrere Male auf den Leichenrest, so daß verkohlte Fleischteile vom Beckenknochen abbröselten, bevor er mit der Stange den schwarzen, krustigen Rest, ihn unter dem Becken zwischen den kurzen angekohlten Oberschenkelknochen anhebend, ins Glutbett hineinschob. Zwischen den Schreien der Frösche, dem Gerangel zweier brüllender junger schwarzer Stiere, die am Flußufer mit ihren Hörnern aneinandergeraten waren, und dem Knistern der beiden kleinen Scheiterhaufen hörte man das Krachen in Hitze und Flammen berstender Menschenknochen. Als bei einem der beiden Scheiterhaufen der Schädel des Toten platzte und man einen lauten Knall hörte, sprang der schöne, an der Feuerstelle seine Hände wärmende Sohn eines Domra schnell auf und wich ein paar Schritte zur Seite, ehe er sich wieder langsam dem Scheiterhaufen näherte. Zwischen den beiden Scheiterhaufen – die Füße eines verkohlenden Toten ragten noch unberührt vom Feuer über den Holzstoß hinaus – begannen der halbwüchsige Junge mit dem Nasenring, der an seinem Hinterkopf ein geringeltes, bis zu seinem Halswirbel hinunterreichendes und an den Spitzen rostrot gefärbtes Haarzöpfchen trug, und sein dreißigjähriger Cousin, ein schnauzbärtiger Domra, zu raufen, nachdem sie zuerst eine Zeitlang gestritten hatten und sich nicht einigen konnten, wer von den beiden den großen Scheiterhaufen aufrichten sollte, und der eine den anderen vergeblich von den kreuz und quer am Boden liegenden Mangoholzprügeln versucht hatte wegzudrängen. Sie schlugen sich gegenseitig die Fäuste an den Kopf, rissen einander an den Haaren und begannen vor den ringsum aufspringenden Männern, die vor den Feuerstellen gehockt hatten, zu ringen, bis sie stürzten und sich gegenseitig umklammernd über die schwarzen Wasserlachen, die Holzkohlestücke, die Scherben der braunen Tonkrüge und über die verdreckt herumliegenden farbigen Kunststoffleichentücher und orangefarbenen Blumengirlanden ans Ufer des Ganges hinunterwälzten. Als sich der Junge mit dem Nasenring aus der Umklammerung seines Cousins lösen konnte, sprangen sie, heftig nach Atem ringend, am Flußufer auf und bedrohten einander mit den herumliegenden, an einem Ende angekohlten Bambusstangen. Der mit einem dicken Bambusknüppel zurückweichende und stolpernde, seinen Cousin dabei ängstlich im Auge behaltende, im Gesicht blutende Junge versuchte seinen Körper mit den Händen aufzufangen, fiel aber mit schmerzverzerrtem Gesicht, den Kopf am Boden aufschlagend, hart auf den Rücken. In seinem geöffneten Hosenschlitz sah man die Spitze der zerknitterten schwarzen Vorhaut seines Gliedes. Erst nachdem sich der dreißigjährige Domra noch einmal auf die Brust des schreienden Jungen gesetzt hatte, wurden sie von den anderen Männern, den Verwandten eines der beiden am Harishchandra Ghat verkohlenden Toten, gewaltsam getrennt und festgehalten, bis sie sich, nachdem sie einander heftig schnaufend beschimpft, beruhigt hatten, der Junge mit dem Nasenring mit blutverschmiertem Gesicht und aufgeplatzter Unterlippe weinend über die Stiege hinauf aufs ewig brennende heilige Feuer zu, ins Wohnviertel der Domra hineinging und der schnauzbärtige Domra den Scheiterhaufen aufzurichten begann. Die Unterlippe des toten, knapp fünfzigjährigen, bei einem Arbeitsunfall verstorbenen Mannes, um den sich die beiden Domra gestritten und geschlagen hatten, war angeschwollen und verzerrt. Sein Körper war in ein dünnes weißes Baumwolltuch, in eine durchsichtige Plastikplane und in ein weiteres Baumwolltuch eingewickelt, das stellenweise mit rosarotem Blütenstaub bestreut worden war. Ein glatzköpfiger, nur mit einem nahtlosen weißen Baumwolltuch bekleideter Mann, der ein Auge mit einem Watteballen abgedeckt hatte, öffnete das weiße, mit rosarotem Blütenstaub bestreute Übertuch an den Füßen, dem Bauch und an der Brust und legte dem Toten ein paar kleine Sandelholzstücke auf den Körper. Vor dem Scheiterhaufen, zu Füßen des Toten, stand ein weißbrauner Stier, der an einem langen, aus dem Maul hängenden Hanfstrick kaute, mit dem der Tote auf die Bambusleiter gebunden worden war, auf der ihn seine nun vor dem anbrennenden und stark rauchenden Scheiterhaufen stehenden Mitarbeiter zum Einäscherungsplatz getragen hatten. Das bloßfüßige kleine, einen roten, kohlegeschwärzten Punjabidress tragende Mädchen, das ich oft beim Aufsammeln von Kuhfladen und Holzkohleresten sah, zupfte am Rücken einer vor dem Scheiterhaufen liegenden, wiederkäuenden Kuh schwarze Haare aus, hielt mir das Büschel unter die Nase und rief: »Rupies! Rupies!« Schon waren die Gesichtszüge des fünfzigjährigen, bei einem Arbeitsunfall tödlich verunglückten Mannes zu einer gesichtslosen schwarzen Masse verschmolzen, und der weiße, mit den hochstechenden Flammen aufwirbelnde Aschestaub fiel auf die beiden vor dem Scheiterhaufen liegenden Kühe, auf mein Haar und auf meinen Scheitel. Mit den Kohlepartikeln auf meiner Kopfhaut werde ich mich in der Finsternis in der Harishchandra Road auf eine Fahrradrikscha setzen, im Hotel die Kleider wechseln, meinen Körper duschen, aber während ich mit den anderen Hotelgästen beim Abendessen sitze, werden immer noch weiße und graue Aschepartikel auf meinem Scheitel liegen, mein Haar wird nach dem Rauch am Einäscherungsplatz riechen, und die speisenden Hotelgäste werden von ihren Reiseerlebnissen und von ihren Durchfällen berichten. Die höchste Erhebung der hervorquellenden und aufgedunsenen Eingeweide des verunglückten Arbeiters, die zu schäumen und zu brutzeln begannen, war stark angekohlt, während dazwischen das Bauchfleisch noch rosafarben war und die gelbe Magenflüssigkeit zu kochen begann. Die Zehen, die vom Feuer noch unberührt waren, wurden von der ausstrahlenden Hitze auseinandergebogen, und die weißen Zehennägel des Toten standen mehr als einen Zentimeter über die schwarzen Zehenkuppen hinaus. Als das Feuer die Sehnen zwischen Ober- und Unterschenkel durchtrennt hatte, rutschte der Unterschenkel ein Stück über den Scheiterhaufen hinaus, so daß die nackten schwarzen Fußsohlen nur mehr wenige Zentimeter über der Erde schwebten. Die schwarze, vor dem Einäscherungsaltarstein liegende Kuh erhob sich, leckte mit ihrer rauhen Zunge an ihrem linken vorderen Oberschenkel – man hörte das Reiben der Zunge am Fell –, hob ihren Schwanz und ließ ein paar sich übereinanderhäufende rauchend warme Kuhfladen fallen, bevor sie, ohne mit dem rechten Vorderfuß aufzutreten, an dem in der Asche knienden und weinenden Mädchen vorbeihumpelte, das mir, immer wieder »Rupies! Rupies!« rufend, ein Büschel schwarzer Kuhhaare angeboten hatte. Man hörte die Schreie der Raben, vereinzelt quakten Frösche, eine weiße Ziege mit schwarzem Kopf lief vorbei, die in der Mitte ihres Gesichtes einen senkrechten weißen Fellstreifen hatte und deren weiße, schlapp hinunterhängende Ohren vollgesprenkelt waren mit kleinen, schwarzen Punkten, ein Japaner beugte sich zu seinem tieferstehenden halbwüchsigen Sohn hinunter und flüsterte ihm etwas ins Ohr, schwarze, sich vom verkohlenden Leichentuch lösende Aschefetzen schwebten ringsum, fielen auf meinen Kopf und auf mein aufgeschlagenes Notizbuch, fünf Hunde schliefen zusammengekrümmt rings um einen niedergebrannten, an mehreren Stellen noch glühenden Scheiterhaufen, und über einem kleinen, fast erloschenen Aschehäufchen, in dem nur die farbigen Kunststoffleichentücher verbrannt wurden, wärmten ein paar davorhockende und sich unterhaltende Männer ihre ausgestreckten Hände. Ein über den Hügel kommender Mann legte ein Bündel, in dem der Leichnam eines Kleinkindes verpackt und das an beiden Seiten wie ein Mehlsack zusammengeschnürt war, zu Füßen des hohen offenen Schreins, über dessen Stufen eine Ziege bis an die Spitze stieg, wo sie geopferte orangefarbene Blumengirlanden vom Shiva-Lingam fraß, um dann wieder, Stufe für Stufe vorsichtig ertastend, die steile Treppe nach unten zu steigen. In gebückter Haltung ging mehrere Male ein schwer betrunkener und laut mit sich selber redender Mann um den hohen

Schrein herum, blieb vor dem toten Kind stehen, klaubte ein paar Reiskörner vom Boden auf und legte sie auf den in ein weißes Tuch eingewickelten Kinderleichnam. Hinter dem Rücken der hockend auf einen Domra – er sollte das tote Kind in Begleitung der beiden Männer in die Flußmitte hinausrudern –, wartenden Mutter ging eine Totenlieder singende Frau, geführt von einem Mann, über den Sandhügel hinauf, die den Einäscherungsplatz verlassen mußte, als ihr toter Mann auf den Scheiterhaufen gehoben wurde und ein kahlgeschorener, mit einem nahtlosen weißen Baumwolltuch bekleideter Mann mit einem zusammengeknickten Bündel Schilf, auf dem ein rauchend heißes Holzkohlestück lag, um den neuerrichteten Scheiterhaufen herumzugehen begann. Als zwei vor einem der brennenden Scheiterhaufen stehende junge Inder in der Flußmitte einen Maler sahen, der seine Staffelei auf einem Boot aufgebaut hatte und sich, am Gemälde arbeitend, von einem Inder langsam flußabwärts rudern ließ, liefen sie über den Sandhügel hinunter und riefen dem Maler zu, daß er das Boot näher ans Ufer rudern lassen solle. Während das Boot dem Ufer immer näher kam, die beiden jungen Männer aufs Gemälde starrten und auch der Maler im Boot, einen Schritt zurücktretend, mit stolzgeschwellter Brust sein Bild begutachtete, drehte sich der schöne halbwüchsige Sohn eines Domra, der, wenige Meter vom herankommenden Ruderboot entfernt am Ufer des Flusses hockend, mit seinen Fingern die Kotreste zwischen seinen Hinterbacken entfernt hatte, vom immer näher kommenden Boot und vom Fluß weg. Wasser tropfte von seinen schwarzen Geschlechtsteilen und rann aus seinen Schamhaaren über seine Oberschenkel. Als sich das Boot wieder drehte, die beiden Studenten dem Maler mitgeteilt hatten, daß sie an der Banaras-Hindu-Universität studierten, man die Malertafel auf dem sich fortbewegenden Boot zuerst von vorne, dann von der Seite, schließlich nur mehr von hinten sehen konnte, das Boot in die Flußmitte hinausgerudert wurde und die beiden Studenten wieder über den Sandhügel hinauf zum brennenden Scheiterhaufen liefen, auf dem ihr Verwandter eingeäschert wurde, schlug der schöne, nackt vor mir stehende, lächelnde Junge sein orangefarbenes Tuch um seine Hüften und verknotete es an seinem Bauchnabel. Neben Hunderten über den Baumwipfeln und Ruinen kreuz- und querfliegender, nach Mücken suchender Schwalben sah man an diesem Tag auch viele schreiende grüne Papageien mit roten Schnäbeln, die sich am Harishchandra Ghat vor allem in den Hausruinen, den Ästen der Bäume und in den Ecken und Nischen des Betongerüstes des elektrischen Krematoriums aufhielten. Während der schnauzbärtige junge Domra mit dem Bambusstab in die heraustretenden, grauen Eingeweide eines halbverkohlten Kadavers hineinstocherte, bis er Halt gefunden und die Leichenreste, die er zuerst, um die Glutprügel neu ordnen zu können, an den Rand des Scheiterhaufens geschoben hatte, wieder auf die neu aneinandergeordneten brennenden und Flammen schlagenden Hölzer und Glutprügel hob, ging ein mit indischem Schmuck behängtes, ihre Hände andächtig zum Gebet faltendes und in Kopfhöhe hebendes Travellergirl vorbei, das um ihren blonden Haarknödel eine gelbe Blumengirlande gewunden hatte. Am seichten Flußufer – ein rosaroter Schimmer von der untergehenden Sonne lag über dem bleifarbenen Ganges – spiegelte sich der Schatten einer nach verkohlten Menschenknochen suchenden Hündin. Von der Bootsschnauze eines am Einäscherungsplatz vorbeifahrenden, mit indischen Pilgern besetzten Bootes wurde der rosarote, auf der Wasseroberfläche liegende Schimmer auseinandergeteilt. Hinter dem weiterfahrenden Boot sah man einen langen bleifarbenen Wasserstreifen, ehe die beiden rosaroten Farbteile langsam wieder zusammenfielen. Der mit seinen gelben Augen schielende, leicht gehbehinderte kleine Junge mit den hervorstehenden Oberkieferzähnen streckte aus seinem offenen Hosenschlitz sein Glied heraus und urinierte, Asche aufwirbelnd, auf einen niedergebrannten Scheiterhaufen. Ein kleines, vor mir mit Gangeswasser seinen Mund spülendes und gurgelndes Mädchen drückte eine leere Zündholzschachtel an ihren Unterkörper. Rot leuchteten in der Dunkelheit die Glutprügel, die der schnauzbärtige, pockennarbige Domra von einer anderen, niedergebrannten Feuerstelle genommen hatte und auf einen Leichnam legte, dessen Scheiterhaufen nur aus einer Schicht Holz bestand. Auf dem weißen, den Kopf bedeckenden Stoff des Toten sah man am Kinn und am Mund einen sich kreisförmig vergrößernden roten Feuerring. Als ein Kind mit einer Bambusstange auf die verkohlenden Reste eines Leichnams schlug und es dabei um den Scheiterhaufen hell wurde, Tausende Feuerfunken in die Höhe und ringsum spritzten, sprang ich, einen Finger ins aufgeschlagene Notizbuch klemmend, auf und trat hustend ein paar Schritte zurück. Unmittelbar danach stießen drei kleine Kinder mit Bambusstangen den verkohlenden Leichnam am Kopf tiefer in die Glut hinein und hockten sich, zu viert, zu fünft, die Bambusstangen senkrecht haltend, vor dem Scheiterhaufen auf den Boden nieder. Fünf am Rand eines noch heißen Ascheflecks schnüffelnde und nach frisch verkohlten Knochenresten suchende Hunde wurden von einem heiße Holzkohlestücke aufsammelnden Knaben verjagt. Einer der aufspringenden Hunde blieb zuerst steif vor dem Jungen stehen, nieste ein paarmal, ehe er den anderen, sich vom Aschefleck entfernenden Hunden folgte. Wieder sprangen die vier, fünf vor dem Scheiterhaufen hockenden Kinder der Domra auf und schlugen, um den Verbrennungsvorgang zu beschleunigen, mit aller Wucht ihre Bambusstangen auf den verkohlenden Toten, auf die brennenden und laut knisternden Holzscheite, auf die zusammengeschrumpfte, gelb und orange leuchtende Glut, denn die Jungen wollten sich bald die übrigbleibenden

Holzkohleprügel und die Kohlestücke holen und ins Quartier der Domra tragen, denn es war schon spät, und es war auch schon finster. Über den Sandhügel und die Steinstiege hinauf, am ewig brennenden heiligen Feuer vorbei, in die Harishchandra Road hineingehend, sah ich, daß in einem Lastwagen ein toter, vom Kopf bis zum Unterkörper abgedeckter Mann auf einem Bett lag. Als ich im Vorbeigehen auf seine nackten schwarzen Beine blickte, zog eine auf dem Lastwagen hockende Frau eine Wolldecke über die faltigen Füße des Verstorbenen. Ein schnauzbärtiger, nur einen Lendenschurz tragender Mann hackte vor der Auffahrt ins elektrische Krematorium die Haltegriffe einer siebensprossigen Bambusleiter ab, auf die mit Hanfstricken ein mit weinroten Blumengirlanden geschmückter und in vergoldete Kunststofftücher eingewickelter Toter aufgebunden war. An der Wand des kleinen Holzverschlages, in dem der pokkennarbige, einen Haarknödel tragende und Totenutensilien verkaufende einäugige Transvestit hockte, klebte ein Plakat, auf dem für Vollkornbrot und Vollkornkekse geworben wird. Zwischen mehreren in der Harishchandra Road abgestellten Fahrradrikschas säugte eine auf dem Asphalt liegende schwarze Hündin ihre blinden Welpen. Ein Mann ließ die nach Sandelholz duftenden Räucherstäbchen, die er in seiner Hand hielt, zuerst abbrennen, bevor er mit einem großen, schweren Holzkohlebügeleisen, aus dem in der Dunkelheit die rotglühenden Holzkohlestücke hervorleuchteten, mehrere Hemden zu bügeln begann. Während der junge Schuster an der Kreuzung der Assi Road meine Schuhe putzte, setzte ich mich neben einen ebenfalls wartenden, schönen, vielleicht sechzig Jahre alten, aus Radjastan stammenden, einen farbigen Turban tragenden Mann, dessen nackte Zehen und Fußsohlen von Henna rotgefärbt waren und der an der mittleren Zehe seines rechten Fußes einen silbernen Ring trug. Der Schuhputzer, der mit der einen Hand in meinen Schuh geschlüpft war und mit der anderen Hand das Leder bürstete, fragte mich, als ich die frisch eingecremten und glänzenden Schuhe anzog – ich spürte noch die Wärme seiner Hand im Inneren des Schuhs –, in welchem der beiden Hotels ich am Assi Ghat wohne. Kaum hatte ich die Schuhbänder zusammengeknöpft, blieb ein Polizist beim Schuhputzer stehen und deutete mit seiner Hand auf die durchgewetzte Gummikappe seines Bambusknüppels.

AM HARISHCHANDRA GHAT hielt ein lachender Mann unter dem Gejohle von mehr als zwanzig anderen Männern einen weinenden, bloßfüßigen Knaben, dem Rotz aus der Nase über die Oberlippe rann und dem die Hose hinuntergerutscht war, vor einen zuerst ein paar Schritte nach hinten gehenden und schließlich mit gesenktem Kopf angreifenden Widder, der mit seinen gebogenen Hörnern auf die nackten Hüften des vor Angst weinenden, zappelnden und urinierenden Knaben zulief. Im letzten Moment, bevor der heranlaufende Widder die Hörner in die nackten Hüften des Knaben stoßen konnte, faßte der lachende Mann den Jungen unter den Achseln und hob ihn in die Höhe, über die Hörner des verstört und störrisch stehenbleibenden, seinen Kopf zu Boden senkenden Widders. Ein bloßfüßiger Mann tauchte ein totes, von Kopf bis Fuß in ein dünnes weißes Baumwolltuch eingewickeltes Kleinkind in den Ganges und trug den tropfenden Leichnam ans Flußufer zurück, legte es auf einen flachen Stein und griff nach einem Hanfstrickknäuel. Durch das nasse dünne weiße Baumwolltuch sah man die schwarzen Haare und die Ohren des toten Kindes. Zwei kleine Knaben, Kinder der Domra, ruderten das tote, auf dem Boot liegende Kind in Begleitung eines Erwachsenen in die Flußmitte hinaus, nachdem der Vater des toten Kindes dem zwölfjährigen Ruderer den Toten- und Fahrtschein gegeben hatte. Ohne das Papier anzusehen, zerriß es der Junge, warf die Papierschnitzel in den Ganges und griff zu den Rudern. Als sich eine kleine Hündin, die aus der noch heißen Asche einer niedergebrannten Feuerstelle ein paar verkohlte Knochenstücke herausgeschnappt hatte, an den heißen Kohlestücken verbrannte, stillte sie, mit ihrer feuchten Zunge immer wieder aus dem Maul leckend, die Brandwunden an den Lefzen und an ihrer behaarten Schnauze, versuchte noch einmal, ein paar noch heiße Knochenstücke aus der Asche zu holen, verbrannte sich aber wieder und lief, mit ihrer Zunge immer wieder ihre Lippen leckend, zum Fluß. Sphinxhaft und besitzergreifend lagen die beiden Vorderpfoten einer braunschwarzgefleckten Hündin mit rosaroten und schwarz besprenkelten, unter ihrem Bauch hervorschauenden Zitzen auf einem angebrannten, rußigen, an mehreren Stellen noch blutigen Menschenknochen.

We Cover Thee – Sweet Face –
Not that We tire of Thee –
But that Thyself fatigue of Us –
Remember – as Thou go –
We follow Thee until
Thou notice Us – no more –
And then – reluctant – turn away
To Con Thee o'er and o'er –

And blame the scanty love
We were Content to show –
Augmented – Sweet – a Hundred fold –
If Thou would'st take it – now –

Das Zitat auf Seite 5 stammt von André du Bouchet (Übertragung Paul Celan), das Zitat auf Seite 16 von Hans Henny Jahnn, das Gedicht auf Seite 285 von Emily Dickinson.